丝路文库
SILK ROAD LIBRARY

梦苑文化
DREAM GARDEN CULTURE

丝路文库

拉封丹寓言

〔法〕让·德·拉·封丹 著
杨松河 译

華文出版社
SINO-CULTURE PRESS

FABLES DE LA FONTAINE

Jean de La Fontaine

译本序

古今中外都有寓言。

男女老少都喜欢寓言。

寓言是童年的牛奶，青年的快餐，成年的点心，晚年的美食。

俄国文艺批评家别林斯基说：“寓言是理智的诗。”智慧人生不能没有寓言。

寓言最大的特点是故事与哲理相结合，小中见大，言简意赅，雅俗共赏。

寓言讲故事大都采取拟人化艺术手法，借题发挥，演绎人生百态，或褒或贬，或抑或扬，或颂或讥，借以表达深刻的哲理。这些哲理深入浅出，潜移默化，很容易被人们接受，从而产生不可估量的教化作用，有的可用作政治宣言治国平天下，有的可作为外交辞令舌战群雄，有的可作为处世哲学安身立命，有的可作为教科书教育后代，有的可作为人生格言流芳百世，有的则作为讽刺小品成千古笑谈。因此，寓言具有很高的社会普及率和历史渗透力。可以肯定，不论在世界什么地方，只要存在启蒙教育，就有寓言故事在流传；同样也可以毫不夸张地说，凡是受过教育的人，脑子里不可能没有寓言故事的印象。

寓言有两种基本形式，一是散文体，一是诗歌体，散文体居多。如果说古希腊的《伊索寓言》代表着散文体寓言创作的最高成就，那么法国拉封丹的《寓言诗》则是诗歌体寓言的登峰造极之作。

拉封丹从不讳言自己的寓言诗取材于古代寓言和其他名著，拉封丹的研究者很容易找到各首寓言诗的渊源。特别值得一提的是，拉封丹对《伊索寓言》情有独钟。据统计，238 首寓言诗中，竟有三分之一来源于《伊索寓言》。1668 年出版的 6 卷本 124 首拉封丹《寓言诗》中，有上百篇取材于《伊索寓言》。当然，取材不等于模仿，更不是抄袭，而是在继承的基础上进行再创作。拉封丹的《寓言诗》堪称古为今用、推陈出新的艺术杰作，具有很高的文学价值和教育功能，在法国文学史上占有重要的地位，在世界文化教育史上也有很高的知名度。

首先，拉封丹用诗歌体改造散文体寓言，使之富有音韵感和节奏感，便于朗诵和记忆，因而更富有艺术表现力，也更便于流传。拉封丹创造了一种自由的“长短句”（借用中国古诗词术语）诗体，既讲究音韵美和节奏美，但又不拘一格，诗行、音节、韵律变化多端，朗朗上口，夹叙夹议，生动活泼，很适合不同层次的读者背诵、朗读、表演和欣赏。可见，《寓言诗》既不是完全意义上的格律诗，也不是完全意义上的自由诗，而是不拘一格的格律诗。这种诗体赋予古老的寓言以新的艺术魅力，成为拉封丹寓言诗的一大特色。法国文学理论家贝洛（1628—1703，《灰姑娘》的作者）曾高度评价《寓言诗》对文学创新所做的贡献，称拉封丹不仅创造了独特的寓言诗样式，而且使这种寓言诗“臻于完善”。

与此同时，拉封丹加强了寓言故事的戏剧性描写，矛盾冲突激烈，情节跌宕起伏，加上各种神话传说和心理活动穿插其间，使短小的寓言富有史诗的色彩，小诗中见大师手笔，小故事中闪烁着大哲人的智慧。无怪乎法国文学评论家泰纳（1828—1893）盛赞拉封丹是“法国的荷马”，是更完善更本土化的诗歌杰作。

据统计，拉封丹在《寓言诗》中创造了 496 个人物形象，其中动物 125 个，人 123 个，神话人物 85 个，构成了一个虚拟的大千世界。在这个世界里，天神魔鬼，王侯贵族，黎民百姓，贪官污吏，农工商学，五行八作，三教九流，人人都有出色的表演，构成了拉封丹时代的《人间喜剧》和《一千零一夜》。

诗歌是语言艺术的最高殿堂。《寓言诗》最出色的地方，往往也是拉封丹诗歌语言最精彩的部分。拉封丹把日月星辰人格化，山水草木充满人情味，飞禽走兽个个能说会道。《寓言诗》人物对话精彩纷呈，形成独特的拉封丹风格，寥寥数语就能把人物的性格刻画得栩栩如生，入木三分。

拉封丹的创作实践证明，艺术的生命在于创新，没有创新便没有艺术。但任何艺术家都不可能无中生有、凭空捏造。换句话说，艺术创新绝不是无源之水、无本之木。创新需要有丰厚的文化艺术底蕴。拉封丹不仅善于学习古代寓言和神话的优秀传统，而且善于在学习中继承，在继承中创新，才达到举世公认的文学新高度，真正做到了“青出于蓝而胜于蓝”。

我们不妨把伊索的《大鸦和狐狸》和拉封丹的《乌鸦与狐狸》进行一番比较。

大鸦和狐狸

伊　索

大鸦抢到一块肉，落到大树上。狐狸看见了，想得到那块肉，便站在树下，夸大鸦高大、漂亮，说他最适于做鸟中之王，要是他能发出声音，那就毫无疑问了。大鸦想表明他能发出声音，便放开肉，大叫起来。狐狸跑上去，抢到那块肉，说道：“喂，大鸦，假如你有头脑，你作为鸟类的王就没有问题了。”

这故事适用于愚蠢的人。

（见《伊索寓言》，罗念生等译，人民文学出版社）

乌鸦与狐狸

拉封丹

乌鸦师傅，落在树梢，
嘴里叼着一块奶酪；
狐狸师傅，闻味赶到，
对着乌鸦连声叫好：
“嘿！您好，乌鸦先生。
您真美丽！您的美貌倾国倾城！
不用吹捧，假如您的嗓音，
同您的羽毛一样迷人，
那您就是林中的凤凰。”
乌鸦听了欣喜若狂，
恨不得展现歌喉嘹亮，
不由张开大嘴，奶酪顿时落地。
狐狸一口接去，却说：“先生您太客气，
不过您得记住：凡是吹牛拍马之人，
全靠爱听奉承话的人为生。
毫无疑问，一块奶酪换了这个教训。”
乌鸦无地自容，羞愧满面，
发誓不再上当，可惜晚了一点。

拉封丹笔下的狐狸已不是一般意义的狡猾，而是狡猾到自私、刻薄、卑鄙却又十分机智的程度，他为了把别人的东西骗到嘴，不惜违心地吹捧一个本来并不漂亮、甚至丑陋的乌鸦。在没有达到目的之前，狐狸说尽了好话，极尽逢迎吹捧之能事；一旦达到目的，马上改换腔调，用鄙薄尖刻的语言把乌鸦讽刺得无地自容：

“Que vous êtes joli! Que vous me semblez beau!”（您真美丽！您的美貌倾国倾城！）

“Tout flatteur vit aux dépens de celui qui l’écoute.”（凡是吹牛拍马之人，全靠爱听奉承话的人为生。）

狐狸吹捧和批评乌鸦的这两句话，前一句成了奉承别人的玩笑话，后一句则成了至理名言，在法国可谓妇孺皆知，家喻户晓。

法国人一般都能背几首法文诗，假如只能背一首，那这一首肯定是拉封丹的寓言诗。法国家庭一般都有书架，据说有书架就有拉封丹的寓言诗。拉封丹的《寓言诗》不仅是法国人启蒙教育的教科书，而且是最理想的文学藏书之一。三百多年来，拉封丹寓言诗代代相传，享誉全世界。如今世界各国都有拉封丹的《寓言诗》的译本，与此有关的儿童读物、画册、邮票、明信片、动画片五彩缤纷，畅销不衰。

中国人历来善于古为今用，洋为中用，推陈出新。我相信，随着中国老百姓经济条件的不断改善，家庭书架一定会越来越普及，有书架必有《拉封丹寓言》的那一天一定会到来。

2003 年 4 月 5 日于南京

目录

第一卷

第二卷

第三卷

第四卷

第五卷

第六卷

第七卷

第八卷

第九卷

第十卷

第十一卷

第十二卷

第一卷

知了与蚂蚁

知了知了唱没完，
一唱就是一夏天。
秋风嗖嗖身边过，
这才惊慌又失措：
苍蝇没留一小腿，
毛虫没存一小尾。
知了只好找邻居，
蚂蚁家中叫苦去；
求她开恩借点粮，
颗颗粒粒关存亡。
混到开春就好办，
并说：“到时一定还。

八月之前本利清，

有借有还讲信用。”

但是蚂蚁不松口，

这事显得有点抠。

“天热时节干什么？”

蚂蚁责问借贷者。

“逢人唱歌莫见怪，

日夜唱得好痛快。”

“您唱饱了，我也乐，

索性跳吧，更快活！”

乌鸦与狐狸

乌鸦师傅，落在树梢，
嘴里叼着一块奶酪；
狐狸师傅，闻味赶到，
对着乌鸦连声叫好：
“嘿！您好，乌鸦先生。
您真美丽！您的美貌倾国倾城！
不用吹捧，假如您的嗓音，
同您的羽毛一样迷人，
那您就是林中的凤凰。”
乌鸦听了欣喜若狂，
恨不得展现歌喉嘹亮，
不由张开大嘴，奶酪顿时落地。
狐狸一口接去，却说：“先生您太客气，
不过您得记住：凡是吹牛拍马之人，
全靠爱听奉承话的人为生。
毫无疑问，一块奶酪换了这个教训。”
乌鸦无地自容，羞愧满面，
发誓不再上当，可惜晚了一点。

气壮如牛的青蛙

青蛙看见一头公牛，
只觉得牛身壮实有气派。
可青蛙呢，充其量只有鸡蛋粗，
妒忌呀，不由得伸腿、鼓气，只图痛快，
无论如何要与那牲口比个高低，
便问身边小青蛙：“好好看看，妹妹，
够大吗？告诉我，难道我还不魁伟？”
“不行。”“现在呢？”“差远哩。”“现在肯定可以？”
“您还是毫无长进。”可怜这小动物自不量力，
只见他把气一鼓再鼓最终胀破了肚皮。
世界上有多少人并不比青蛙聪明：
小商贩盖房讲究贵族豪门气势，
小小诸侯竟也有几个大使，
侯爵有侍卫胜似宫廷。

盗贼与驴子 ①

两个盗贼为一只偷来的驴争吵：
一个想留下，一个要卖掉。
两位“斗士”拳打脚踢好不热闹，
正准备拿出防卫奇招，
没想到来了第三个强盗，
抓住蠢驴师傅就跑。

驴子，有时候就像一个可怜的外邦，
强盗便是某某国王。
如特兰西瓦尼亚、土耳其，还有匈牙利，
我发现强盗不是两个，而是三个：
世界上这样的货色难道还不够！
他们往往没来得及把外邦夺到手，
第四个强盗就来调和从中渔利，
顺便把蠢驴牵走。

① 这则寓言影射当时法国面临的巴尔干战争形势。巴尔干半岛历来是兵家必争之地。特兰西瓦尼亚就位于巴尔干半岛的东北部，历史上曾遭到罗马人、匈牙利人、德意志人、土耳其人的入侵，十七世纪又被西班牙人占领。

H. PISAN

两头骡子

两头骡子一起走路，
一头驮燕麦，一头驮税银，
驮银的，为背负这等美差而荣幸，
无论如何不肯减轻重负。
只见他高抬步，
晃动着铃铛响一路，
却引来强盗剪径，
强盗正是要白银；
一伙强人扑向骡子，
抓住缰绳不让挪步子。
驮银的骡子拼命自卫，
忽然挨了几刀，不由得唉声叹气。

他埋怨说：“难道这就是回报？
我身后的骡子脱离干系，
可我竟倒在这里，白白死掉！”
“朋友，”他的伙伴对他说，
“身居高职未必是好事。
如果你像我一样为磨坊驮粮食，
你也许就不会遭此飞来横祸。”

狼与狗

一只狼瘦得皮包骨头，
狗见了无不对他严加监视。
这只狼遇见一只漂亮的大狗，
狗肥壮，油亮，却不小心方向迷失。
发动攻击，将狗撕成碎块，
狼大人早就迫不及待；
但这就得展开搏斗，
可看家狗长着好身手，
一旦开战他就会拼命抵抗。
于是狼低声下气挨近狗身旁，
稍事寒暄，便对狗百般恭维赞赏，
夸他长得丰满，说自己好生羡慕。
狗答道："若要有我这身肥肉，
英俊的先生，其实全靠您自己；
离开树林子，您就会大有作为，
你们何必成群躲在树林里受罪？
好吃懒做，成了可怜的穷鬼，
到头来只好饿死完蛋。
为什么？因为毫无保障：没有免费的美餐；

一切都悬于刀剑之尖。
跟我走吧，保证您时来运转。”
狼不禁问道：“那我该怎么办？”
狗答道：“易如反掌。无非是驱赶
手拿讨饭棍的叫花子和穷光蛋；
奉承屋子里的人，讨主人的喜欢，
只有这样您才能拿到工钱，
那就是残羹剩饭大杂烩，
鸡骨头，鸽子骨杂碎，
且不说还有多少抚摸安慰。”
狼听罢很是称心如意，
美滋滋的感动简直要流泪。
走路时，狼突然发现狗脖子毛挨了剃。
“这是怎么回事？”“没什么。”“怎么没事？”“小事一桩。”
“总有原因吧？”“也许与拴我的套圈有关系，
您看这正是我脖子上戴项圈的地方。”
“您被拴住？”狼问道：“如此说来，
您不能随便跑？”“不总是；但又有何妨？”
“关系太大了，您的饭菜再香，
我一样也不想品尝，
付出如此代价，给我金山也不要。”
说罢，狼师傅毅然逃离，至今到处乱跑。

小牛、山羊和绵羊与狮子结伙

小牛、山羊和绵羊亲如姐妹，
邻居骄傲的雄狮却是一方尊贵，
据说，过去，他们曾结拜过把兄妹，
发誓同甘共苦，一定和衷共济。
一只鹿钻进了山羊拉好的绳套里。
山羊便向结拜兄妹发出通知，
大家到齐后，只见狮子掰着指头一算，
便说："我们四个来把猎物分吃。"
于是他把鹿肉分成四段；
然后他以领主的身份拿了第一份：
"这一份应当归我！理由就是：
我的名字叫狮子。"
对此大家没有异议。
"第二份，论权力，还是非我莫属，
因为这权利，你们都知道，唯强权才有。
因为我最大胆，我要求第三份。
如果谁敢动第四份，
我就首先掐断她的喉头。"

褡 裢

有一天，朱庇特说：“会呼吸的动物请注意，
你们一起到我宝座跟前来，
如果有人对自己的长相有异议，
可以大胆把心里话说明白：
我可以采取办法来补救。
过来，猴子，你先说，你最有理由。
看看这些动物，不妨对比对比，
到底谁最美谁最丑。”
“你满意吗？”“我？”猴子答，“为什么不满意？
难道我没四只脚可以走？
我至今对长相没有任何遗憾；
只是熊大哥，有人给他画了个轮廓，
依我看，他的肖像千万画不得。”
说熊熊就到，他似乎有苦要诉。
没想到，他对自己的相貌赞不绝口；
可他批评大象，却毫无保留，
说象尾巴应加长，耳朵可削短，
大象丑得简直没模样。
大象听到了这番议论，

虽然他一贯明智，说的话却欠分寸：
若凭他的口味评判，
鲸鱼夫人着实太肥。
蚂蚁女士嫌蛆虫太短，
总觉得自己高大无比。
既然他们互相贬低却又沾沾自喜，
朱庇特便把他们打发回大地。
愚蠢中的愚蠢恐怕是我们自己：
看别人犹如猞猁锐利，
看自己恰似鼠目寸光，
对自己百般迁就，对他人毫不客气——
对人对己态度完全不一样。
造物主一视同仁施手段，
不分古今为我们做好褡裢，
总让我们把自己的缺点藏在后面，
却把别人的短处装在前边。

燕子与鸟雀

一只燕子在旅行，

学到了很多东西。

见多识广就是这个意思。

燕子可以预见前面是雨还是风。

暴风雨即将来到，

燕子就向水手作预报。

已是播种大麻的时候，

燕子看见农夫播下好大一片。

便对鸟雀们说："这事很讨厌，

你们实在可怜，因为大难就要临头，

我可以远走高飞，到别处去谋生路。

你们可看见农夫播种的动作？

有朝一日，而且不用多久，
撒下的种子必成大祸。
地里将布满封锁你们的暗道，
张开罗网设下捕捉你们的圈套，
还有夹子机关许许多多，
一旦到了那个时令，
你们不死也得被擒，
千万当心烹锅和鸟笼！”
燕子说：“快把种子吃掉，
道理就在这里。相信我没错。”
然而鸟雀们反把燕子嘲笑：
他们在地里可吃的东西太多。
等到大麻地里长出青苗，
燕子又来提醒：“快把幼苗通通拔掉，
否则结出恶果不出所料，
到时候你们就在劫难逃。”
鸟雀答道：“你开口‘倒霉’，闭口‘糟糕’，
你让我们干的活儿说得轻巧！
我们得动员千万只飞鸟，
才能把青苗彻底铲除掉。”
眼看大麻一天天长大，
燕子又来劝告：“事情不妙：
撒下坏种子偏偏早开花。
可至今你们还以为我是开玩笑，
一旦大地披上绿装，
庄稼长势良好，

农民不必再为麦子操劳，
对鸟雀的战争就要打响；
到时候到处是罗网和圈套，
专门捕捉小雀和小鸟，
你们就不能飞来飞去，
你们只好待在家里，要不就得背井离乡：
学习野鸭、水鹤和山鹬。
可是你们的情况不一样，
不能像我们飞越沙漠和海洋，
更不能找到世外桃源好地方；
所以，你们只有一个办法可行，
那就是躲进一个墙洞。”
鸟雀们听烦了燕子的劝话，
群起而攻之叽叽喳喳，
犹如特洛伊人对待卡桑德拉[①]，
弄得她只好呆呆地张着嘴巴。
他们就这样束手就擒：
许多鸟雀也沦为奴隶受到监禁。

顺耳的话我们人人爱听，
落难时才知道忠言可信。

① 卡桑德拉，特洛伊公主，由于得到太阳神阿波罗的帮助，她能预卜吉凶。但她拒绝阿波罗的求爱后，就不再有人相信她的预言了。例如，她曾预言特洛伊城的沦陷，特洛伊人就不相信。特洛伊后来果然沦陷，他们都当了俘虏。

城乡老鼠

从前城里有只老鼠，
邀请乡下老鼠做客，
礼节周到用心良苦，
共享雪鸦多余鸟雀。

铺好了土耳其地毯，
刀叉餐具一应俱全，
我让你们浮想联翩，
两位朋友如何聚餐。

盛情欢宴富有气派。
美味佳肴应有尽有，

宾主正在举杯痛饮，
有人打搅令人难受。

原来就在大厅门口，
他们听到有人走动，
城里老鼠慌忙溜走，
乡下老鼠跟着钻洞。

人去厅空恢复平静，
城乡老鼠重上战场；
城里老鼠献殷勤：
“我们把饭菜打扫光。”

“算啦！”乡下老鼠回答，
“请您明天光临我家，
倒不是我自卖自夸，
非同您比气派豪华。

“但在乡下无人扰乱，
吃饭落个自在悠闲。
走啦。欢宴不能尽欢，
尽欢何必提心吊胆！”

公鸡与珍珠

一天，一只公鸡觅食忙，
扒来挠去啄到珍珠王。
公鸡立即去见珠宝商：
“我看这颗珍珠很灵光，
但一粒粟子一颗粮，
更能派上我的用场。”

有一个愚蠢的无知佬，
继承到一部祖上遗稿，
便把隔壁的书商来找：
“我相信，这是一部好书稿，
但最小的一张银票，
更能解决我的需要。”

狼与小羊

强权总是强词夺理，

下面就是最好实例：

一只小羊正在喝水，

只见小溪清波荡漾。

一只饿狼到处觅食，忽然从天而降，

正是饥饿把他引到这里。

“谁让你胆大包天竟敢搅浑我的饮水？”

这只野兽暴跳如雷疯狂问罪，

“你的过失必将受到惩罚。”

小羊回答：“大王陛下，

您千万不要动火，
不妨听我说说——
我在小溪，
喝口水，
在陛下的下游，
少说也有二十多步，
因此不管有多么拙笨，
我也不可能把陛下的水搅浑。”
“就是你搅的！”恶狼凶相毕露说，
“我还知道，去年你曾经骂过我！”
“当时我还没出生，怎么可能呢？”
小羊回答道，“我现在还在吃妈妈的奶呢。”
“如果不是你，那也是你的哥哥！”
“我根本没哥哥。”“反正是你们这帮家伙；
因为你们从来不肯放过我，
你们一家子，包括牧羊人和狗。
我无论如何要报仇。”
恶狼话音刚落，就叼起小羊羔，
跑进大森林，把小羊吃掉了，
也不讲法律诉讼那一套。

人与人像

——为德·拉罗什富科公爵[1]大人而作

有一个人喜欢自我欣赏，
自以为天下就数他最漂亮。
他总是埋怨镜子出了错误，
错上加错的误会倒使他心满意足。
为了纠正他的错觉，
命运之神殷勤负责，
在他眼前到处摆弄，
女人专用的无声顾问：
家里摆镜子，商店安镜子，
风流情郎口袋里带着镜子，
妇女们腰带上挂着镜子。
我们的那喀索斯[2]如何是好？
他只好东躲西藏逃之夭夭，
再也不敢拿镜子对照。

① 德·拉罗什富科公爵(1613—1680)，拉封丹的患难之交，著有《格言集》一书。

② 那喀索斯，希腊神话中的美少年，他只爱自己，不爱别人。回声女神向他求爱遭到拒绝，便惩罚他，让他爱恋自己的影子，最后憔悴而死，变成顾影自怜的水仙花。

有一股清泉流成小溪，
流经野外不见人踪迹，
他朝水里一看，不禁大为生气，
心想简直见了鬼。
于是他拔腿就跑离开小溪，
为什么要跑？小溪是这么美丽，
离开它岂不有点可惜。
大家明白我的用意。
我开诚布公：这种谬误人人都犯，
明知是差错，可心里却喜欢，
我们的灵魂，就是那个自我欣赏的人；
那么多镜子，都怪别人太愚蠢，
那一面面镜子，
其实是我们缺点的权威画师；
至于清清的小溪，
尽人皆知，那就是书本《格言集》。

多头龙与多尾龙[①]

据史书记载，有那么一天，
土耳其苏丹的使者觐见德皇，
竟然夸苏丹的实力比帝国强。
一个德国大臣便对使节宣扬：
“我们皇上有好几路诸侯，
他们个个兵强马壮，
每一路兵马都势不可当。”
将军大使对答如流：
“有些传闻我记在心上，
每个选侯确实兵多将广；
这倒使我想起往事一桩，
故事虽然离奇，却是真实情况。
在一个可靠地方，我看见一道绿树篱墙，
有一只百头凶龙硬要穿墙冲来。
我吓得热血差点冻僵；
我想谁看了都会恐慌。

① 这是一首借古讽今的寓言诗，多头龙比喻德国皇帝，多尾龙指法国国王路易十四。当时，路易十四加强中央集权，长期与尼德兰交战。德皇要出兵支援尼德兰军队，但他的许多选侯被法王收买，兵多将广也无法通过诸侯国领地。

但这只是一场虚惊，并没有造成损伤，
因为篱墙没有缺口打开，
凶龙未能向我冲来。
正当我惊魂未定，
又一只凶龙猛冲，它只有一个头，
但有好几条尾巴，
我再次受到惊吓，
失魂落魄好生惊讶。
只见龙头先过，龙身龙尾紧紧跟上，
摇头摆尾毫无阻挡。
依我看，你我的皇上，
多头与多尾恰好比方。”

诸神护佑的西摩尼德[1]

有三种人任颂德歌功：
那就是国王和情妇及其保护神。
马雷伯[2]就是这么说；这话我赞成，
至理名言价值永存。
赞美之词讨人喜爱征服灵魂：
甜言蜜语往往可以博得美人芳心。
让我们看看天神们如何答谢。
西摩尼德曾准备赞美一位竞技者，
刚要动笔就觉得空空如也。
竞技者家人不过是无名小辈，
其父虽是良民，却没有多少功绩，
平平淡淡皆是鸡毛蒜皮。
诗人首先要谈论笔下的主人公，
能说的话都已经说空，
他不由一转笔锋，

① 西摩尼德（前556—前467），古希腊诗人，写过不少歌颂奥林匹克运动的诗篇。诸神指达官贵人。通过这篇寓言可以看出作者希望得到国王及其宠臣的垂青。

② 马雷伯（1555—1628），法国亨利四世的宫廷诗人，文学批评家，古典主义文学创始人之一。

谈起了卡斯托耳和波吕丢刻斯[①]两位英雄，
说他们是光荣斗士们的榜样，
诗人列举兄弟俩的赫赫战功，
描写他们浴血奋战的战场，
孪生兄弟就是在那里英名传扬，
结果对天神的赞美之多，
竟然占据全诗的三分之二。
竞技者原答应付给一个塔兰[②]的稿费，
但一看颂歌，就只付给诗人三分之一，
其余的坦率请诗人向英雄兄弟讨回。
“请孪生的天神让你满意。
不过，我也不会亏待你，
请到寒舍吃晚宴，我们共享美味。
所有的宾客都经过精心挑选，
都是至爱好友和自家亲戚，
还请您光临赏脸。”
西摩尼德欣然同意，
也许是担心赔了三分之二，再失三分之一。
诗人赴宴，觥筹交错，大吃大喝，
人人兴高采烈，
忽然来了一个家奴向他禀报，
门口来了两位好汉急忙把他来叫。
诗人匆忙离席，大伙儿照吃不误，

① 卡斯托耳和波吕丢刻斯是主神宙斯和斯巴达王后勒达的双胞胎儿子、美女海伦的哥哥、希腊神话中不畏艰险的英雄，天上的双子座即以英雄命名。
② 塔兰，古希腊金币重量单位。

没有影响他们磨牙口福。
原来两位好汉就是诗人称颂的孪生英雄。
他们双双上门致谢，并且回报了诗的赞颂。
兄弟俩叫诗人赶紧离开这户人家，
这间屋子马上就会坍塌。
天神的预言一点儿不差。
只见一根大柱折断，
天花板稀里哗啦，
落在宴席上，砸烂了杯和盘，
连斟酒人员也倒大霉。
更糟糕的事情还在后面，
为了替诗人打抱不平出口恶气，
一根大梁压断了竞技者的两条腿，
死里逃生的各位嘉宾，
十之八九成了伤兵。
信息女神[1]连忙吹喇叭广播消息，
世人听了无不呼喊称奇；
天神宠爱的诗人稿酬加倍。
为了耀祖光宗，
谁不争先恐后高价请诗人颂德歌功？
以免落个不肖子孙的骂名。

言归正传首先要说明，
千万别忘了赞美天神及同人；

① 希腊神话中的信息女神，长有一百只嘴巴，可以同时吹一百只喇叭，以便广播消息。

再说悲剧女神有时也卖诗谋生，
但从不降低自己的身份；
艺术有价，这种观念人人应当有，
大人物厚爱我们也风光；
从前在奥林匹斯和帕耳那索斯山[①]上，
大家都是兄弟和朋友。

① 希腊神话中众神歌舞欢会之地。

死神与不幸者

一个不幸者天天呼唤，
请求死神来救苦救难。
“哦，死神啊，”他喃喃求情，
“你是多么美丽动人！
快来啊，快来结束我的残酷命运。”
死神信以为真，于是前来帮忙，
只见他敲门造访，进门，亮相。
不幸者吓得直喊：“见鬼啦？快给我滚蛋；
他长得多么难看，见了面我心惊胆战好生恐怖！
哦！死神，千万别靠近；
哦！死神，请打道回府。
梅塞那斯[①]堪称风流人物，
他曾说过：‘就是让我浑身残废，
哪怕痛风，缺胳膊断了腿，
只要能活着，我就很满意。’
哦！死神，千万别上门，
大家都会这么拒绝你。”

① 梅塞那斯（前69—前19），罗马帝国奥古斯都的重臣，被誉为诗歌和艺术的保护神，对著名诗人维吉尔和贺拉斯尤为厚爱。

死神与樵夫

一个背负大捆柴草的穷樵夫，
成年累月打柴谋生好不辛苦，
弯腰躬背，气喘吁吁，拖着重步，
拼着老命走向被烟熏黑了的茅屋。
他最后筋疲力尽，忍受不了痛苦，
便放下柴捆，多少心酸涌上心头：
“来到世上可曾有什么欢乐享受？
走遍全球有什么人比我更穷苦？
从来得不到休息，经常饿肠肚。”
有老婆，有孩子，官兵来了要吃住，
高利贷盘剥，劳役加苛捐杂税，
分明成了十足的苦命鬼。

他呼唤死神，死神闻声而降，
问他有什么事要帮忙。
樵夫说：“其实，不过小事一桩，
请帮我一帮，
把柴捆扶上肩膀，
误不了你多少时光。”
死亡虽治百病，
谁都不走死路，
去死不如受苦，
人人以此为铭。

中年汉子与两位情人

一个中年汉子，
头发开始斑白，
都说青春不再，
考虑婚事应该。
既然积攒了一些钱财，
谈情说爱，
就可以选择肥瘦高矮，
小娘们都讨他的喜爱，
我们的情郎就不忙表态。
求婚毕竟不是一碟小菜。
在他心中有两个小寡妇堪称最爱：
一个还很娇嫩，另一个颇为成熟，
但打扮起来青春得到修复，
岁月虽无情，风韵依然在。
两个小寡妇，有说又有笑，
为他开心，百般献媚讨好，
有时还去他家为他梳头，
不断在他头面上下功夫。
年龄大的每次到了他家，

总爱拔他头上的黑发，
为的是让情郎更加般配自家。
轮到年轻的梳头就来拔白发。
就这样两个寡妇交替轮流，
把灰头汉子拔成光头，
他也猜中几分缘由。
他说：“美丽的人儿，万分感谢，
感谢你们把我薅成了秃头，
有所得也必有所丢，
谈婚论嫁就此罢休。
我娶谁，谁都要按她的方式改变我，
而我，却不能按自己的方式去生活。
我现在虽然头发不留一根，
美人啊，但我感激你们给了我教训。”

狐狸与仙鹤

有一天狐狸老兄慷慨花钱，
邀请仙鹤大姐共进晚宴。
小菜一碟，谈不上什么山珍海味，
这个老滑头，倒会精打细算，
宾主两人共用清汤一盘。
盛汤的碟子又小又浅，
鹤喙虽长就是一点儿喝不上，
老滑头顿时把汤舔个精光。
为报复这次受骗上当，
过不久仙鹤回请狐狸。
狐狸答道：“恭敬不如从命，
对朋友我从来不讲客气。”
约定的时间已经来到，
狐狸来到女主人家里，
少不了一番恭维客套，
火候恰到好处，饭菜无可挑剔，
胃口大开，狐狸最爱色香味，
肉末的浓香令他陶醉，
想必是很有滋味。

为了刁难狐狸，
仙鹤把肉末装进一个长颈窄口瓶里。
鹤嘴伸进瓶子十分容易，
但狐狸张着大嘴只好干着急。
狐狸不得不空着肚子回家去，
竟似斗不过母鸡般羞愧，
夹起尾巴，耳朵耷拉扫地。

骗子，我为你写这篇诗章，
你也逃不了同样的下场。

孩子与老师

我写这个故事想让大家看到，
某些愚蠢的责备简直是徒劳。

一个小孩在塞纳河边嬉戏，
一不小心掉进水里。
老天有眼在那里长了一棵垂柳，
秉承上帝旨意柳枝将儿童营救。
我是说，孩子终于抓住了柳条，
一位教师刚好来到；
孩子高喊老师："救命啊，我完啦。"
老师闻声立刻转身来瞧，
他不分青红皂白开口就责骂：
"你啊你，你这个淘气的小笨蛋！
你看看，"他说，"你又添的什么乱！
再说了，你怎么这么调皮捣蛋！
你爹娘也是倒了八辈子霉，
总也看不住你这个顽皮小鬼！
他们真不幸！我都为他们叫苦！"
老师教训够了，才把孩子拉出水。

我这里要对许多人提出批评，
耍贫嘴，老学究，还有大小评审，
但愿他们看了我的故事有自知之明。
社会上这三种大有人在，
造物主施恩惠他们繁衍还很快，
一事当前，他们只想说三道四，
搬弄舌头倒是淋漓尽致。
嘿，朋友，请先把我救出危险，
然后再长篇大论发表高见！

胡蜂与蜜蜂

古谚：看作品识工匠。

有几个蜜蜂窝找不到主，
一群大胡蜂要求归他们所有，
一群蜜蜂坚决反对被别人占有，
于是官司打到马蜂处。
马蜂左右为难拿不定主意。
证人们都说在蜂窝周围，
老有长翅膀的动物嗡嗡乱飞，
身体稍长，颜色褐黄，很像蜜蜂。
但又何尝不像胡蜂？
证人说的特点也是胡蜂特征，
两边都有理，弄得马蜂无所适从，
于是重新调查事情的原委，
竟走访了一大窝蚂蚁。
但一头雾水仍然不见谜底。
一个蜜蜂对此提出异议：
“请恕罪，这样做有何意义？
官司打了半年，归属还是个谜，

案情转来转去又回到原地，
如此翻来覆去蜂蜜已经变质，
法官大人办案，讲究事不宜迟，
难道让小熊把蜂蜜通通舔吃？
何必要进行这么多的辩论和过堂，
何必听废话连篇和无稽的做证？
我们和黄蜂比比干活，
便知道谁会酿出如此甜的蜜糖，
便知道谁会建造如此巧妙的蜂窝。”
胡蜂拒绝表演酿蜜的本事，
于是马蜂把蜂窝判归蜜蜂了事。

但愿上帝让大家都这么断案！
但愿大家能学土耳其人[①]办案！
简单的常识能解释法典，
打官司何必要花那么多钱；
官司吃官司，就是被吃和诈骗，
官司一拖再拖我们受害不浅；
如此打官司，吃蚌肉的是法官，
打官司的人只得空壳一片。

① 据说当时土耳其的法律程序比较简单，断案较快。

橡树与芦苇

有一天，橡树对芦苇说道：
“你有理由对大自然提出控告——
一只戴菊莺你都承受不了，
一阵微风吹来，
水面皱纹展开，
你连头也不敢抬。
你看我，头像高加索的高岗，
但并不满足能遮住阳光，
还要与暴风雨拼个顽强。
你以为是狂风呼呼，
我却看作清风习习。
如果你躲进我的树荫里，
我的枝叶可以覆盖周围：
你就不必受那么多委屈，
我可以为你遮风挡雨。
可你偏偏生在池沼湿地，
那是风王的诸侯领地，
大自然对你实在太不公平。”
芦苇冷静回答：“多谢你的同情，

你也是一片好心；但请你尽管放心：
对我来说，大风小风并没有太大危险；
我虽然弯了弯腰，但我并不会折断；
而你呢，一直顶住暴风雨的猛烈打击，
从不低头弯腰屈服压力；
但看谁能坚持到最后胜利。”
正说着，天边忽然风起云涌，
北风带着万恶的子女呼啸，
一路作威作福到此胡闹。
橡树挺立；芦苇弯腰。
狂风更加凶暴，
力大无比，
竟把橡树连根拔起，
橡树的枝叶虽然顶着天际，
但脚跟（根）已经站到死亡王国里。

第二卷

群鼠会

有一只猫叫罗狄拉，

名气大了难得见到他，

因为他把无数耗子追杀，

葬送了老鼠兵团何止千军万马。

剩下的耗子寥寥无几不敢离洞，

找到的食物填不饱肚子三分空。

罗狄拉对于狼狈的鼠辈，

已经不是猫而是魔鬼。

哦，有一天，风流猫登高望远，

去找女人谈情说爱好不浪漫，

正当英雄与美人欢会大呼小叫，

老鼠的遗老遗少集会在墙脚，

讨论当前形势很有必要。
首先发言的是谨小慎微的元老：
情况紧急，推迟不如提早，
在罗狄拉脖子上系铃铛最妙；
这样一来，只要老猫披挂出击，
走动必有声响，大家闻声赶紧钻地。
挖空心思只想出这条妙计，
元老先生的建议人人都同意，
除此之外谁也想不出更好的主意。
但谁去系铃铛却成了困难问题。
一个说：“我不去，我还没傻到这般田地。”
另一个说：“我不会！”
大家议而不决，只好散会。

这种会议我见多了，都是竹篮打水，
开会开会，不只群鼠会，还有修士会，
教士的议事会照样说会做不会。
若只是议论议论，
宫廷有的是顾问；
若需要贯彻执行，
就没一个人响应。

狼告狐狸，猴判案

一只狼声称自己被盗，
邻居狐狸劣迹颇多成了被告，
与窃案有牵连受到传唤。
官司打到猴子跟前，
庭审不用律师，却由双方争辩。
据猴子记忆，案情史无前例，
正义女神也从未审过这类案例。
大法官坐在法椅上汗流浃背，
只听双方争得天花乱坠，
唇枪舌剑，你喊我叫，暴跳如雷。
法官终于摸清了双方的诡计，
便说："朋友们，我对你们知长知短，
你们双方都必须交一笔罚款：
狼，既然人家没偷你的东西，你就是诬告；
狐狸，人家既然向你要回东西，你非偷即盗。"

法官以为歪打可以正着，
反正有罪，不是被告就是原告。

蝙蝠与两只黄鼠狼

一只蝙蝠低头盲目乱飞，
闯进黄鼠狼窝活该倒霉，
黄鼠狼对鼠辈向来不客气，
见鼠就扑过去恨不得吃到嘴里。
黄鼠狼说：“什么？你们鼠类竟敢如此嚣张，
接二连三在我眼前把我坑害！
你是不是老鼠？务必如实交代，
要么你是老鼠，要么我不是黄鼠狼。”
“原谅我吧，”蝙蝠求情饶命，
“我从来就不干老鼠这家子行当。
说我是老鼠！肯定是坏蛋在撒谎。
应当感谢造物主广施恩惠，
我成了鸟类，请看看我的翅膀！
能腾空飞翔的鸟类万岁！”
蝙蝠的辩解无懈可击，
娓娓动听近乎完美，
得以脱身告退。
可是过了两天，我们这个冒失鬼，
稀里糊涂到处瞎飞，

竟闯入另一条黄鼠狼家里，
这家伙以鸟为敌，
蝙蝠生命危在旦夕。
女主人长着一副好长的脸和嘴，
飞上门来的鸟儿正好当美味。
蝙蝠连忙抗议对他如此无礼：
“你把我看成什么东西！
请你仔细瞧瞧：
何为鸟？一定要有羽毛。
我是耗子，鼠类万岁！
但愿朱庇特让猫类败退！”
由于蝙蝠巧舌如簧，
两次得以逃脱危亡。

许多人像蝙蝠陷入危机，
换换佩带便能化险为夷。
智者见什么人说什么话，
曾喊过：“国王万岁！”
再喊，“同盟万万岁！”

回敬闲言碎语[1]

我也许生来就有史诗女神[2]的护佑，
缪斯曾答应将天赋赏给情人所有，
我把这些才能献给伊索[3]的虚构，
不同时代的故事和诗篇都是朋友。
但我不信会受到帕耳那索斯山这般宠爱，
以至于会为这些故事增添光彩。
人们可为前人的创造发扬光大：
别人能做，我也试试——智高一筹为佳。
直到今天我才找到一种新方法：
我让狼和小羊开口说话；
我得寸进尺，即使我家草木，
也都成为会说话的造物。
难道有谁不为此感到欢乐？
我们的批评者会这么说："不错，

① 拉封丹第一卷寓言诗发表后，好评如潮，获得很大成功，但也有人看不起他的"小儿科"，说他的寓言不过是哄小孩玩的小故事，并一再挑剔毛病，散布闲言碎语，拉封丹便写了这首诗作为回答，明确表明了自己的创作态度和艺术追求。

② 指希腊神话中主管史诗的缪斯女神卡里俄珀。

③ 伊索，公元前6世纪古希腊寓言作家，《伊索寓言》即是其作品集，拉封丹的许多寓言取材于《伊索寓言》。

你讲的故事很出色，

不过是哄孩子们的故事五六个。”

你们说三道四，

需要更真实更高雅是不是？

那就请听特洛伊战争的故事：

“特洛伊人十年苦战守卫城池，

最终把特洛伊城奉送给希腊战士，

希腊人千方百计绞尽了脑汁，

发动了千百次攻击，

打了上百个战役，

都未能拿下这座骄傲的城市，

后来受到智慧女神密涅瓦[①]的启示，

制造了一头举世无双的木马，

大肚子里藏着乌利西斯[②]的机智，

还有英勇的狄俄墨得斯[③]，

无敌的埃阿斯[④]。

只见这魔怪般的庞然大物，

隐藏将士偷偷潜入特洛伊城，

连同祭神的供品拱手相送：

闻所未闻的计谋出奇制胜，

制造者付出了多少顽强和艰辛。”

“够了！”有的作家对我不客气：

① 密涅瓦，罗马神话中的人物，相当于希腊神话中的雅典娜。

② 乌利西斯，希腊神话中的英雄，即罗马神话中的奥德修斯、罗马史诗中的奥德赛、特洛伊战争中献木马计的伊塔刻国王。

③ 狄俄墨得斯，特洛伊战争时藏在木马腹中进入特洛伊城的英雄之一。

④ 埃阿斯，特洛伊战争的英雄之一。

“故事太长，得让人喘口气；
再说你的木马计，
还有你的英雄及部队，
编得比你的狐狸还离奇，
狐狸吹捧乌鸦好赖有狐狸味，
更何况，史诗的高雅谈何容易！”
好吧！我们就退而求其次降低音阶：
“好妒忌的牧羊妹妹想念情哥哥，
以为只有羊群和狗在听她说，
柳树后却有人偷看把身躲；
只听到牧羊妹这么说：
‘微风轻轻从这里吹过，
请把心里话捎给阿哥：
我要让你停下听我唱歌，
马上会有人横加指责，
我不认为合情合理，
也没什么大恩大德，
最好让两行诗融合。’
该死的指责者！休要一派胡言，
你存心不让我把故事说完？
本来要讨你喜欢，
看来却很危险。”

爱挑剔的人真是不幸，
所有的东西都有毛病。

两头公牛与一只青蛙

两头公牛斗得热火朝天，
为争一头小母牛和统治权。
一只青蛙不由发出哀叹。
“干你什么事？”
另一只青蛙呱呱把她劝。
感叹的青蛙答道：“难道你没有看到？
争斗的结果肯定糟糕，
一个追赶，一个逃跑，
背井离乡，放弃故国美好，
不再留恋牧场的花草，却来我们的沼泽糟蹋芦苇滩，
牛蹄会把我们深深地踩进泥水里，
不是踩到我，就是踩到你，
公牛为母牛打架我们反遭罪。”
这种担心很有几分道理。
有头公牛果真逃到这里，
牛要逃命却断了青蛙的生机，
几脚就踩死二十只。
唉！不管何时何地，
大人物干蠢事，小百姓倒大霉。

中箭的鸟

一只鸟儿中了致命的羽箭，
对自己的悲惨命运好不心酸，
忍受飞来横祸苦不堪言：
“难道受难的人还要受难！
残酷的人类，
你们拔掉我们翅膀上的羽毛，
制造了伤害我们的毒箭，
无情的人，你们莫要笑得太欢，
等待你们的命运同样可怜。
人类子孙总是一半对一半，
一边造武器，一边挨刀剑。”

老鹰与金龟子

兔子先生被老鹰追赶，
直奔兔子洞逃跑一溜烟。
半路却遇到金龟子洞府，
你想想这等小窝岂有安全！
万般无奈，兔子只好蜷缩里边。
老鹰猛扑才不管避难不避难，
金龟子只好出来讨个情面：
“不管我求情不求情，您是鸟中之王，
您要抓走这个可怜虫简直易如反掌，
既然兔子求您放他一条生路
就请给我面子，不要叫我打怵，
权且饶他一命，要不就把我俩一起清除，
他是我的邻居，又是我的朋友。”
朱庇特之鸟不张牙也不露齿，
只用翅膀轻扫一下金龟子，
将他打昏过去，企图把他的嘴封死，
然后一把抓走了兔子。
金龟子醒来大怒，
趁老鹰不在家，便飞到鹰巢去报复，

捣碎老鹰蛋，破坏她家幸福，
一个希望也不给她留。
老鹰回家，惨不忍睹，
叫苦连天，却不知道找谁报仇，
满腔怒火差点烧断肠肚。
她暗自悲叹，怨声载道随风飘散。
倒霉的母亲就这样度过一年。
第二年，老鹰把巢筑在更高的树巅，
金龟子找到机会，再一次飞来捣蛋，
终于为兔子之死再报仇冤。
老鹰二度哭丧，哭得树林惶惶不安，
足有半年不得入眠。
老鹰曾奉命劫持过特洛伊王子，
如今也只好求主神支持，
把鹰蛋保存在朱庇特怀里，
以为在那里可以平安无事。
朱庇特为了自身利益，也不得不保护鹰蛋，
谁敢来捣蛋未免胆大包天。
果然没有人前来闹事。
但敌人的策略也随之改变，
偷偷在主神皇袍上拉了一泡屎；
主神抖抖皇袍不小心抖落了老鹰蛋。
老鹰知道了主神的疏忽气得半死，
威胁朱庇特说要远离宫苑，
去荒凉的沙漠虚度日子。
彼此的从属关系就此了断。

气头上说许多话难免走极端。
可怜的朱庇特有口难言。
金龟子受到法庭传唤，
他把来龙去脉做了申辩。
老鹰终于明白了自己也有过失，
但两个死对头仍然不肯相安无事。
众神之王自有英明决断，
将老鹰的交尾期稍作改变，
那季节金龟子正在冬眠，
像土拨鼠一样偷懒，
成天躲在洞里天日不见。

狮子与蚊子

“滚蛋，虚弱小虫，你这余孽残渣！”
有一天狮子对蚊子破口大骂，
言辞之粗鲁无以复加。
于是蚊子对狮子战争爆发。
蚊子说：“你以为你称王称霸，
就能使我担惊受怕？
殊不知公牛比你还强大，
我却可以随便捉弄他。”
他的话音刚刚落地，
就把冲锋号吹起，
杀声震天英勇出击；
只见他抓住时机，

稍稍拉开距离，
向狮子的脖子发起猛冲，
咬得狮子几乎发疯。
只见四足兽口吐白沫，两眼冒火星，
狮子怒吼，百兽躲藏，人人胆战心惊；
这惊天动地的一场闹腾，
竟是小蚊子动刀兵。
带刺小嘴竟咬他百处伤痕，
一会儿叮脊背，一会儿叮狮唇，
有时候还深入地洞钻鼻孔，
气得狮子火冒三丈要发疯。
无形的敌人出奇制胜，
笑看怒兽张牙舞爪难解恨，
把狮子弄得血淋淋，
可怜狮子自作自受自挠身，
甩动尾巴拼命抽两胸，
鞭打无可奈何的耳边风，
暴怒使狮子筋疲力尽龇牙咧嘴，
小蚊虫却胜利退出战斗凯旋：
过去蚊子吹号打冲锋，现在蚊子吹号庆胜利，
一路凯歌高奏吹吹打打好不得意，
没想到半路中了埋伏，
掉进蜘蛛网里，
也就断了气。

这个故事能够留给我们什么教训？

我看有两条最为根本：

最可怕的敌人往往是最弱小的敌人；

有的人可以在大灾大难中自由游刃，

却因在小事上麻痹大意而千古遗恨。

驮海绵的驴子与驮盐巴的驴子

驴夫手里拿着权杖，
活像罗马皇帝模样，
赶着两匹“长耳骏马”。
一匹驮着海绵，迈着信使步伐；
另一匹不请不走，
身上似乎驮着瓶瓶罐罐，
其实只是几块盐巴。
翻山越岭，长途跋涉，
好一对矫健的旅行家，
最终来到一条小河滩，
感到筋疲力尽，举步艰难。
驴夫过浅滩那是家常便饭，
便骑上驮海绵的驴子，
把另一头驴子往前赶；
那家伙总爱自作主张，
忙中有错陷入一个深潭，
浮出水面后才得以脱险；
经过一沉一浮游了几下，
背驮的盐巴全都溶化，

既然背上负担变空，
蠢驴感觉好不轻松。
驮海绵的驴子学伙伴榜样，
只知道亦步亦趋像只绵羊。
只见他深入水里，驴头露出，
带着海绵和背上的驴夫。
三个宝贝都喝了个痛痛快快，
驴夫和蠢驴与海绵都成水怪。
海绵吸水增加了重负，
那么多水填饱了肠肚，
蠢驴不堪重负河岸难靠，
驴夫把驴死死紧抱：
死神一到全都完了。
是否有人来救并不重要，
但有一个教训不可忘掉：
不同的病要用不同的药，
这就是我要提出的忠告。

狮子与耗子

我们应当尽可能为大家服务，
强者往往也需要弱者帮助。
有两则寓言可谓异曲同工，
故事把真理说得栩栩如生。

一只耗子冒冒失失钻出地洞，
稀里糊涂置身狮子四爪当中。
百兽之王放了耗子一条生路，
却也显示出王者的不凡气度。
行善做好事不会吃亏，
说出来好像有点离奇，
耗子救狮子岂有此理？

有一回狮子走出森林，
陷入大罗网进退两难，
狂叫怒吼救不了他的苦难，
鼠爷一到，张嘴就咬网眼，
慢慢把一个个网结咬断。

力量和勇气固然重要，
耐心和坚持更不能少。

鸽子与蚂蚁

另一个例子出自更小的动物。
一只鸽子正在清澈的溪流边喝水，
有一只蚂蚁不小心倾身掉进水里。
蚂蚁拼命挣扎白费力气，
汪洋大海靠岸何止万里！
鸽子一看蚂蚁多么可怜，
便把一段杂草投入水面，
蚂蚁登上“半岛”得以生还。
就在蚂蚁获救上岸时候，
走过来一个赤脚大仙。
乡巴佬手里拿着弓和箭，
看见维纳斯之鸽好不喜欢，
以为是天上掉下一顿美餐。
正当村夫要杀蚂蚁的救命恩人，
蚂蚁上岸一口咬住凶手脚后跟，
乡巴佬疼得连忙把头转回：
鸽子听到动静，立刻展翅高飞。
乡巴佬的晚餐随鸽子飞走，
鸽子肉美味也没尝到一口。

落井的占星家

有一天有个占星家掉落井底，
路人对他说："可怜你这般傻里傻气，
尚且看不清脚底下的东西，
居然想解读头顶上的奥秘？"

这个故事本身不必太多引申，
对多数人来说足以引为教训。
我们这些尘世上的芸芸众生，
有句话常有人说起，却很少有人爱听：
凡人都可以阅读命运之书，却值得荷马等人大书特书，
但命运到底是何东西？莫非是古人说的天机，
抑或是我们说的运气？
可是机缘巧合并没有什么科学道理，
即使有的话，也是牛头不对马嘴，
既不是天机，也不是运气，更不是命运，
天下事叫人捉摸不定。
至于造物主创造万物，他有至高无上的意图，
但除了他自己，谁能说得清楚？
他的意图又如何解读？

时光夜幕笼罩着的神秘，难道会在星星额头上露出光辉？
又有何益？难道是为了磨炼智者的智力，
只因为他们写了星球和地球的秘密？
难道是为了我们免受不可避免的灾难？
难道让我们有福不享，有乐不及？
让在望的幸福提前变得乏味？
幸福还没有到来难道就变成了痛苦？
相信那些胡诌，不是有错便是有罪。
苍穹在运动，星体在环绕，
太阳天天把我们来照耀，
送走了黑暗，光明就来到，
我们只能进行这种推论，太阳发光和照耀是天然必要，
带来四季变化，催熟种子好育苗，
让太阳的影响遍及各个天体。
何况宇宙的运行总有一定之规，
对千差万别的命运如何一一搭理？
江湖骗子和占星家欺世盗名，
请滚出君主宫廷离开欧洲，
同时把炼金术士一起带走；
你们是一丘之貉不值得信任。

我把话题扯得有点遥远，
还是言归落井呛水骗子。
他招摇撞骗不过是虚张声势，
但也暴露了异想天开的嘴脸，
不过其处境已经岌岌可危，骗子骗人已不是那么容易。

野兔与青蛙

一只野兔在洞里胡思乱想，

(躲在洞里还有什么可干?)

思来想去不禁心烦意乱，

野兔愁眉苦脸，越想越是心慌。

他说:“生性胆小的人，

生活很是不幸。

尝不到一口好菜好茶，

成天闷闷不乐，总是担惊受怕。

我就是这样苟且偷生，

睡不安席，老得睁着眼睛。

有智者劝我自我调整。

胆小病难道可以改正?

我甚至坦诚相信，
世人同我一样有惶恐病。”
我们的野兔就这样且思且问，
不由自主地观察起动静。
疑窦丛生，诚惶诚恐：
一阵风，一道影，无缘无故也心惊。
这动物生性多愁善感好怀疑，
疑神疑鬼难免胆小，
风吹草动都成警报，
连忙拔腿往回逃跑。
野兔途经一个池塘，
青蛙跳水好不慌张，
急忙钻进深洞把身藏。
“哦！”野兔恍然大悟，
“别人使我害怕，我也叫别人恐怖！
我的到来同样把人吓得一塌糊涂！
我拉响了警报！我哪来如此胆量？
怎么啦？也有动物在我面前发抖？
我也是闪电雷鸣久经沙场！
我明白啦，不论胆小鬼多么胆小，
比胆小鬼胆小的人也不难找。”

公鸡与狐狸

一只老公鸡在树枝上站岗，
察言观色称得上老谋深算，
“兄弟，”狐狸对他蜜语甜言，
“我们不再吵架干仗。
这一回全面和好，
我特来通报，下来吧，让我把你拥抱。
别耽误我的时间，请你行行好，
我还有二十个驿站不能不跑。
你和你的家人尽管放心，
做事毫不受惊；
我们为你们服务亲如弟兄，
今晚请点起篝火欢庆和平，
不过现在我对你有请，
下来接受兄弟友爱的亲吻。”
公鸡答道：“朋友，恕我孤陋寡闻，
这么美妙的好消息闻所未闻，
和平，
堪称号外新闻；
从你嘴里我得知双喜临门。

我看见两只猎狗来送信，
这一点我可以肯定，
专来送这条喜讯，
他们快跑如风，马上就来见我们。
我这就下去，我们大家该拥抱亲吻。”
“再见了，”狐狸道，“我还要走很长路程，
我们下次再欢聚庆功。”
老滑头扭头就走，
慌忙逃上山岭，
对自己的失策而悔恨。
而我们的公鸡不禁喔喔大笑，
笑话狐狸的胆战心惊：
骗走骗子大快人心。

乌鸦仿效老鹰

朱庇特之鸟[1]抓走了一只绵羊，
乌鸦对事件了如指掌，
腰身虽瘦弱，胃口并不小，
乌鸦当时就想把老鹰来仿效。
他在羊群头上来回飞了好几趟，
百里挑一，总算看上一只最肥最漂亮，
原来这是一只地道的替罪羊，
专给天神留着做口粮。
乌鸦欢天喜地大为欣赏：
“我不知道谁是你的奶妈妈，
不过我看你身体的确顶呱呱，
你做我的美味不会差。”
乌鸦说着扑向羊羔，
小羊咩咩直叫，
造物毕竟重于奶酪[2]，
何况浑身长着特别厚实的长毛，

① 指老鹰。
② 参看《乌鸦与狐狸》。

简直像巨人的胡须[1]，
密密麻麻乱糟糟。
结果羊毛把鸦爪缠绕，
竟使可怜的飞禽有翅难逃。
牧人赶到，抓住乌鸦，关进笼正好，
送给孩子们当作宠物逗笑。

切勿自不量力，
否则后果不妙。
小偷学不得江洋盗。
模仿是座危桥，
鱼肉百姓门第未必高，
蚊虫难过马蜂道。

① 巨人，指希腊神话中的独眼巨人波吕斐摩斯，他的胡须杂乱如蓬，很难梳理。

母猎狗及其伙伴

一只母猎狗就要分娩，
过于匆忙不知把孩子生在哪里，
磨破了嘴皮终于征得狗伙伴同意，
让产妇住进了狗窝。母猎狗把门关闭，
过了一段时间，狗伙伴来把房子要回。
母猎狗请求她宽限两个星期，
说她的小家伙走路还很吃力。
再借住几天，狗友也就同意。
又到了第二次限期，狗友又来要她的房屋、卧室和床席。
这一回，母猎狗张牙舞爪不讲道理：
“只要你有本事把我们赶出去，
我就准备带着我的兵马撤离！”
这时候小猎狗们已很有力气。

对坏人做好事，迟早要后悔。
为了向坏人讨回借去的东西，
少不了拳打脚踢动用武力；
少不了起诉打笔墨官司，
今天你让坏人得寸，明天他就要求进尺。

孔雀对朱诺[1]诉苦

孔雀对朱诺连天叫苦：
“女神啊，我唠唠叨叨来诉苦，
并不是没有理由，
因为你赐予我的歌喉，
全世界都听起来难受；
而夜莺长得玲珑小巧，
歌声却清脆美妙，
独占了春天的荣耀。”
朱诺听了发火道：
“你给我闭嘴，你这妒忌之鸟！
你岂能羡慕夜莺的歌声美妙！

① 朱诺，主神朱庇特的妻子，天后。

看看你脖子四周挂绿披红，
绫罗绸缎宛若彩虹，
你趾高气扬，翘起五彩尾巴开屏，
在我们面前抖尽威风，
珠宝店琳琅满目也甘拜下风。
天底下还有什么飞禽，
能比你更讨人欢心？
每个动物不能把好处都占尽，
优缺点我们给你们摊分，
因此有的鸟高大有力量，
隼鹘轻捷，雄鹰勇猛；
乌鸦有先见之明，
小嘴鸦预报祸凶。
百鸟对自己的啼鸣都很称心，
你不要再牢骚满腹，否则我要给你教训，
脱掉你的羽衣裙！”

母猫变女人

有个人疯狂地宠爱自己的母猫，
觉得她千娇百媚而且神妙，
最甜不过听她叫喵喵：
疯子也没他神魂颠倒。
只见他祈祷又流泪，
使了魔法施魅力，
打动命运之神千方百计，
以至于在一个美好早晨，
母猫终于变成了大美人，
愚蠢的先生即私定终身。
男人把疯狂的友情，
变成了疯狂的爱情。
倾城倾国的绝代佳人，
也没有新娘美丽动人，
万千宠爱集中一身，
叫夫君爱得丢了魂。
他对她甜言蜜语，
她对他阿谀逢迎，
她身上哪有猫的踪影，

索性将错就错假当真，
事事处处都把猫当夫人，
忽然有耗子偷偷咬床枕，
搅乱新婚夫妇好事做不成。
新娘闻声连忙翻起身，
可惜没有抓到耗子精。
耗子再来时，妻子摆好阵，
这一回可谓旗开得胜，
因为老猫已变了模样，
耗子对她失去提防。
自古猫就爱逮耗子，
天性力量可想而知。
到了一定年龄，天性便肆无忌惮。
酒味离不开酒坛，皱褶离不开衣衫。
平时养成的习惯，
要改要变也难。
做件事容易，
但禀性难移。
木叉打，皮鞭抽，
行为方式不肯丢；
即使你手拿木棍，
天性也不会恭顺。
即使你把天性关在门外，
天性照样会跳窗回来。

狮子与叫驴

有一天百兽之王灵机一动，
用打猎庆祝生日以示隆重，
小麻雀不配做狮子的猎物，
要吃肥美的野猪和梅花鹿。
为确保捕猎成功，
狮子把蠢驴起用，驴一叫山摇地动。
驴子充当狮王号手任重。
狮子指定好位置，叫驴躲进树丛，
嘱咐他待机吼叫；可以肯定，
驴一叫大胆的动物也会逃出洞。
野兽没有听惯野驴的叫声，
把驴叫当作万钧雷霆，
可怕的霹雳声震长空，
林中百兽无不胆战心惊，
四散逃命，结果一一落入陷阱，
狮子正等着坐享其成。
“这一回出猎我是不是很成功？”
驴子这样说是在为自己请功。
狮子答道：“没错，你叫得的确响亮，

如果我对你这类蠢驴不了如指掌，
我自己听了也会失措惊慌。”
驴子忍气吞声到底没敢发脾气，
人家的嘲笑毕竟有些道理：
因为谁能忍受蠢驴自吹自擂？
再说这种性格他们也不配。

伊索解释遗嘱

倘若伊索传说不虚，
那么堪称希腊神谕；
伊索果真智慧过人，
胜似战神法庭精英；
有个动人故事做证，
也许能博读者开心。

有个人有三个姑娘，
三人爱好大不一样：
老大好酒，老二臭美，
老三精打细算太小气。
父亲立下遗嘱字根，
符合市政法规定，
全部财产三姐妹平分，
孩子们的母亲当然有份，
孩子们得支付相应的现金。
父亲一死，三姐妹追问遗嘱，
争先恐后，唯恐延误。
有人宣读遗嘱，大家咬文嚼字，

要弄清立嘱人究竟什么意思；
但越听越莫名其妙，
怎么一下子谁都得不到，
自己那份遗产竟成空头支票，
难道要女儿支付母亲的开销？
把应得的财产作抵押，
这实在不是支付的好办法。
那么父亲到底安的什么心？
只好去找律师咨询请教。
律师们反复研究推敲，
绞尽脑汁挖空心思，
承认自己无知，
只好不了了之，
便建议继承人分了再说，
不必考虑太多。
至于寡妇那笔款项，
律师们说了自己的主张：
三姐妹达成协议，
按照母亲的心意，
各人负担三分之一，
从父死之日开始，
为母亲建立一笔年金。
事情就这样决定，
于是遗产分成三份：
第一份是乡村小别墅，
大棚底下立着一排碗橱，

银餐具，漱洗盆，大水壶，
储藏室陈列名优酒，
还有端菜倒酒众奴仆，
简单说就是大开口福；
第二份，尽是臭美家当，
城市住房，家具时尚，
男女奴仆伺候梳妆，
还有巧手绣花娘，
金银珠宝首饰配华丽衣裳；
第三份，有管家，有农庄，
还有牛羊和牧场，
牲口自有雇工养。
三份财产分配停当，
但抽签结果未必妥当，
想要的不一定能得上，
得到的不一定合愿望，
弄不好姐妹们大失所望。
倒不如投其所好，
三姐妹所得如所料。
此事惊动了整个雅典，
男女老少发表意见，
各取所需，称心如意，
成人之美，何乐不为？
只有伊索意见与众不同：
预案虽经长期反复争论，
然而恰恰违背立嘱人初衷。

伊索慷慨陈词：
“如果死者有知，
全雅典都会受到他的讥刺！
怎么回事？
雅典人自命不凡，自以为是
何以对遗嘱进行如此糟糕的解释！”
说完话，伊索便亲自主持分配：
三姐妹通通事与愿违，
分到的都不合口味，
教她们好生受罪：
爱臭美的分到酒橱柜，
爱喝酒的闻到牛羊味，
吝啬鬼偏偏要付梳妆费。
伊索解释说：
这样的分配最稳妥，
才能迫使姐妹们自我解脱，
变卖遗产就有钱花，
有钱就可以嫁个好婆家，
也就有现钱送给老妈妈；
这就是遗嘱的妙诀。
雅典全城为之惊愕：
智慧不在人多，
全城人不如伊索！

第三卷

磨坊主父子与驴的故事

——献给莫克鲁瓦先生[①]

艺术创造之重不在长子继承权之下，
我们的寓言写作应当追溯到古希腊，
但这块土地并非一锹能挖出金娃娃，
割了麦子还不要忘了把麦穗拣回家。
虚构和想象是一块荒凉的处女地，
我们的作者每天都会发现新东西。
我想给你说一段惟妙惟肖的构思：
过去马雷伯曾对拉康[②]讲过这故事，

① 莫克鲁瓦（1619—1708），拉封丹的老朋友。
② 马雷伯（1555—1628），法国宫廷诗人，古典主义文学创始人之一。拉康（1589—1670），法国贵族诗人，马来伯弟子，法兰西学院院士，代表作有《短歌行》《颂歌》《田园诗》等。

贺拉斯后继有人，他的诗才养育才子，
说白了，就是阿波罗弟子、我们的祖师。
有一天他们两人见面，旁人不得而知
(因为他们互相交换思想而且关怀备至)，
拉康是这样开始的：“请您告诉我，
你见多识广，知道的事情肯定很多，
人生甜酸苦辣，你都亲身经历过，
年纪大了千万别把人生体验弄丢，
何必迟疑？该是好好思考的时候。
财富、才能和贵族出身你知道我都有，
难道我还要在外省居留，
或投笔从戎，或在宫里谋求一官半职？
世界有苦也有甜，有完美就有瑕疵，
战争有时很温柔，婚姻有时很糟糕，
若能尽兴办事，我会瞄准目标，
但我有亲友，有宫廷，要使臣民都满意！”
马来伯便道：“要做到皆大欢喜！
先听听这段故事后再来回答你。”

我偶尔读到磨坊父子的故事，
一老一少，少年并非毛头孩子，
如果我没记错，该是十五岁小子。
有一天父子去赶集，想卖掉自家驴子。
为了卖得更容易，不能让驴子太受累，
于是倒挂金钟捆住四条大驴腿，
父子一路用杠抬，好像吊灯往下坠。

可怜这对大笨蛋，老粗父子多愚昧！
出门遇见第一人，见此不由哈哈笑：
“实在太荒唐，他们玩的是什么鬼花招？
两人抬蠢驴愚蠢到家简直莫名其妙。”
磨坊主听了这话也觉得做事欠周到，
便解开驴腿，赶着驴子赶快跑，
驴子觉得刚才的滋味特别好，
怪主人给自己松绑大发牢骚。
老汉只当耳旁风，竟让儿子骑驴自己跟，
恰好这时来了三个生意人。他们顿时抱不平，
那个最年长的便对骑驴小子大发雷霆：
“喂喂，小子，你快下来，别让旁人说闲话——
年轻人不像话，后面跟着白胡子一大把。
你应当在后面跟，驴子应当让给老人家。”
“先生们，”磨坊主道，“你们说的理应当。”
于是孩子下来老头子上。
只见走来三个姑娘，一个说：“未免太狠心，
竟然让细皮嫩脸的儿子不知深浅地后面跟，
而这笨蛋却坐在驴背上偷懒筋，
自以为比大主教还聪明。”
磨坊主答道：“老骨头何来偷懒的心，
你走你的路，何必乱弹琴，姑娘？”
双方唇枪舌剑干了一场，
老汉觉得理亏就让儿子也骑上。
刚走三十步，又来了第三批人，
他们指指点点，说父子俩是疯子：

“驴子哪里受得了，眼看就要被他们折磨死！
到底怎么啦？可怜的母驴负重如此！
对待老家奴难道不讲一点仁慈？
看样子到集市他们只能卖一张皮！”
“天哪！”磨坊主道，“要想人人都满意，
除非异想天开当疯子。
不过总得想点法子，天无绝人之路。”
于是父子俩都下驴再走路。
蠢驴便独自在他们前面迈着四方步。
有个人看了大惊小怪：“莫非世道已改，
磨坊主走路受劳累，驴子却轻松自在？
是驴子还是主人该受苦，老天怎安排？
我得劝父子俩将蠢驴当神明来朝拜。
他们宁可磨破鞋子，也不劳驾驴子。
尼古拉却相反，他去会让娜的时候，
就是骑驴走的，歌中唱的就是这样子[①]。”
好美丽的三头驴子故事！
磨坊主道：“我是蠢驴，我承认，我同意，
今后不管是污蔑我还是吹捧我，
管他说三道四或者什么也不说，
我想做什么就做什么！”
他说到做到，效果不错。

“至于您，不论您追随战神、爱神还是王侯，

① 典出当时流行的一首民歌：“永别了，狠心的让娜；如果你不爱我，我就骑驴走啦，快快奔向死亡天涯。驾，不要把遗憾留下。一去不回头，尼古拉！”

该去就去，该来就来，跑跑颠颠，外省居留，

该娶就娶，该干就干，谋个一官半职都可以，

别人对此总要说三道四，您根本不必在意！”

全身与胃

作为本卷开篇，本该先谈王权。
但从某个方面，胃公颇似王冠；
只要胃有需要，全身无不奔波。
浑身上下都讨厌替胃工作，
各个部位都想过体面生活，
说要步胃公后尘，大家都来坐享其成，
他们说：“胃离开我们，只好喝西北风。
我们汗流浃背，像牲口受苦受累，
为谁干？全为他个人！我们毫无实惠；
我们忙忙碌碌供他三餐美味。
罢工吧，游手好闲的本事一学就会。”
说到做到。双手停止拿东西，
胳膊不肯动，双腿不肯走，
都叫胃公自己找食物。
一失足终成千古恨，
浑身上下都没劲；
心脏不再造新血，
浑身受苦力衰竭。
不吃一堑，不长一智，

造反者终于长了见识，

胃公看起来悠闲好偷懒，

对公益做贡献却比自己长远。

王国繁荣富强也情同此理。

有收有支，进出差不离。

人人为王国做事，

人人也从王国获取衣食。

王国使工匠劳而有生，

商人得以致富，官员享受薪俸，

农夫有地种，战士得军饷，

王恩浩荡，普济四方，

一王治全国。

梅内纽斯[①]说得不错。

当时公众要把元老院摆脱。

说整个帝国的命运掌握在元老院，

他们权力在手，拥有财富、荣誉和威严；

却让老百姓去承受所有的苦难，

服劳役，纳捐税，饱受战乱。

市民们要到城外安家落户，

多数人要去寻找新出路，

梅内纽斯却使他们看见，

他们就是身体的器官，

大家听了这则寓言，

回家尽责无怨。

① 梅内纽斯，古罗马执政官，曾向聚集在罗马城附近的造反民众讲了这个寓言故事，劝他们回到原来的工作岗位。

假冒羊倌的狼

狼开始感到觅食困难，
附近叼一只羊谈何容易，
有必要学习狐狸披羊皮，
不妨将自己摇身一变。
他扮成牧羊人，披上棉大衣，
拿了根长把的牧羊铲，
也没有忘记带风笛。
伪装索性假到底，
真想在帽子上写一笔：
“在下名居约，羊群大总管。”
经过精心乔装打扮，
前掌抓住牧羊铲，

假居约偷偷走向前，
而真居约正呼呼睡得香，
放开手脚躺倒在草地上；
他的狗也在睡，安静得像身边牧笛；
他的羊群也大都进入了梦乡。
这个冒牌货索性让他们睡，
为了将羊群赶进自己家，
狼想说人话锦上添花，
他认为装假须到家。
但这一下反而弄巧成拙，
狼说人话跟鬼叫差太多。
林中回荡狼嚎鬼哭，
阴谋诡计大暴露，
人人都听到狼叫声，
羊、狗和牧羊人都被惊醒。
人人喊打，狼倒了大霉，
最碍事的是身上那件大衣，
裹住手脚逃不掉也难自卫。

是伪装总会留下几处破绽，
狼改不了狼的行为习惯，
装虚作假肯定要完蛋。

狼与鹤

俗话说“狼吞虎咽”，
有只狼应邀赴宴，
由于吃得太慌张，
差点把老命搭上。
原来是根骨头将喉咙卡塞。
虽然不能呼救，但运气还算不错，
有只白鹤正从那里路过。
狼拱手求情，白鹤招之即来。
鹤嘴取骨，又轻又快，
手术成功便讨辛苦费。
可是狼说：“你要收费？
我的好大姐，你真会开玩笑！
我刚才张着喉咙没把你吃掉，
你占我的便宜难道还嫌少？
快滚，你这忘恩负义之徒，
千万小心别再被我抓住！”

蛙民请立国王

青蛙们活得好不耐烦，
对民主政体失去好感，
他们对上天呱呱乱嚷，
朱庇特只好让君主掌权。
他从天上降下一个和气的国王，
国王落地发出一声巨响，
惊动了远近沼泽水乡，
愚蠢的臣民被吓破了胆量，
连忙潜入水中把身躲藏，
灯芯草里，芦苇滩上，
沼泽孔洞也好遮挡，
躲了许久不敢抬头探望，

以为是一个新巨人从天而降。
弄了半天原是一根大梁，
第一个青蛙壮了壮胆，
见了大梁那副庄严模样，
吓得眼前天昏地暗。
只见他哆哆嗦嗦爬向国王，
第二只、第三只依次跟上，
于是来了密密麻麻一大片；
俗话说给了鼻子就上脸，
有的竟然跳上国王的肩膀。
万岁爷一声不响任凭犯上。
青蛙们说：“请派个会动的国王！”
朱庇特被吵得头昏脑涨。
于是众神之王派一只仙鹤下凡，
他见青蛙连吃带杀毫不手软，
美味填饱肚子好不喜欢；
弄得青蛙们叫苦连天，
朱庇特听了反问：“有完没完？
难道你们要逼我就范？
你们一开始就该稳住，
支持你们自己的政府，
既然你们不爱民主，
那就得接受君主。
你们的国王是那样宽厚，
要是你们对此还不满足，
再来一个恐怕更难接受。”

狐狸与山羊

狐狸长官和公山羊一起出游，
犄角长长的山羊是他的朋友；
山羊目光短浅只看到鼻子尖，
而狐狸堪称大师最善于行骗。
口干舌燥他们只好下一口井，
在井里他们开怀畅饮。
两人痛痛快快灌满了肚皮，
狐狸便说："现在如何是好，伙计？
喝水并非万事大吉，还得离开这里。
请你抬高前脚，高高仰起你的双角，
紧紧贴紧井壁，我要登上你的脊背，
用你的角为我垫脚，
然后把我抬高，
有你帮我抬举，
我就可以出去，
然后回头再来拉你出去。"
"凭我这把胡子，"山羊说道，
"就知道这招真妙；
像你这般聪明值得我夸耀。

我承认，想出这等妙计，
我永远望尘莫及。”
狐狸爬出了井，却把伙伴抛弃，
还说了一番大道理，
劝山羊耐心莫着急。
狐狸说：“如果天老爷给你判断力，
就会像你的胡子一样有出息，
你就不会轻易下到井里。
既然我已出来，那就说声再会，
想出来还得靠你自己努力；
我还有一些事情要做，
不允许我路上耽搁。”

凡事都得考虑后果。

母鹰、母猪与母猫

有棵蛀空了的大树寄居着三家：
鹰巢在上，野猫居中，野猪在下。
三家母子各得其所，自立自主，
彼此倒也没有什么不方便之处。
但是野猫却用奸计摧毁了和睦。
她爬到鹰巢里说：“大事不好，
我们，至少是孩子们，性命难保，
这对母亲来说都是在劫难逃。
你看我们树下那该死的母猪，
拱来拱去不停地刨坑挖地，
肯定是要把橡树连根拔起，
想把孩子们置于死地，
树一倒，孩子们就会被吞吃，
但愿孩子们能平安无事。
只要能留一个，我就谢天谢地。”
野猫离开鹰巢，留下一片害怕，
于是她出溜直下，
来到树底，
进入正坐月子的野猪家。

“我的好朋友，我的好街坊，”
她低声挑拨说，“我有要事对你讲，
只要你一出门，老鹰就要抢猪窝。
只当我什么也没说，
要不然，老鹰就要对我动肝火。”
野猫把恐怖种子撒播，
然后就回到自己老窝。
就这样，老鹰不敢外出觅食哺雏，
野猪更是胆小如鼠，
愚蠢到竟忘了饥荒准备，
她们只知道死守在自己家里，
随时准备救孩子于万一。
王者之鹰，最怕的就是老猪刨坑，
老猪最怕的就是老鹰入侵。
坐吃山空饿死人，
野猪和老鹰断子绝孙，
家族兴亡留教训，
只有老猫一家吃得开心。

巧舌如簧挑拨离间，
造成多少人间灾难！
潘多拉盒子惹是生非，
从中跳出了多少伤悲！
要说世上最可恨祸端，
我看就是狡猾的欺骗！

酒鬼和他的老婆

人人有缺点，不时会重犯，
羞辱和恐惧都难以改变。
说到这里我想起一段故事，
我从来不捕风捉影举例子。
话说酒神巴克斯有个传人，
健康、神志和财富因酒受损，
人生道路还没有走过半程，
却闹得一贫如洗囊底空空。
有一天葡萄酒灌满一肚皮，
而他的神志却忘在酒瓶底。
他老婆把他关进一个墓窖，
酒气发酵在窖内自由缭绕。
经过多时酒鬼终于苏醒，
只见身边尽是死人用品：
一盏长明灯，一条裹尸布。
“怎么！”他问，“难道我妻子成了寡妇？”
原来他老婆化装成地狱女鬼，
故意装腔作势改变原来嗓音，
只见她走近棺材来到死人旁，

端来只有魔鬼才爱喝的热汤。
丈夫居然不起一点疑心，
自己已经成了地狱子民。
“你是何人？”酒鬼问这个幽灵。
幽灵答：“我在撒旦王国里专管伙食，
谁被关进这暗无天日的墓室，
我就负责送饭菜给他们吃。”
丈夫听了不假思索：
“可你为何不给他们送酒喝？”

痛风与蜘蛛

当魔鬼造出了痛风和蜘蛛，
便对两个闺女道几声叮嘱：
“你们应当感到春风得意，
人类把你们都列入讨厌鬼。
那就考虑一下你们该住在哪里。
看看是要这破破烂烂的小房间，
还是要那金碧辉煌的富丽宫殿？
我把这两处向你们推荐。
那就这样吧，这里有两根签，
就看你们如何应付命运挑战。”
蜘蛛道：“破屋里的东西我一概不喜欢。”
痛风与蜘蛛的要求正相反，
看见宫殿里医生到处转，
住里面肯定会有麻烦，
不如在破屋里把家安，
只见她在穷汉脚趾上随身一躺，
说：“我不信我会在这里下岗，
也不信我会卷铺盖背井离乡，

神医希波克拉底[①]对我也无奈。”

而蜘蛛便在墙裙上安营扎寨，

这地方似乎是她的人生舞台，

住下就工作，吐丝织蛛网，

几只飞虫立刻自投罗网。

一个女仆过来对蛛网大扫荡，

她又重新结网，很快又被一扫而光。

可怜的蜘蛛只好天天挪地方。

一败再败，屡试不爽，

她只好找痛风去商量。

原来痛风在乡下更倒霉，

比起蜘蛛要命苦千百倍。

主人一会儿带她去砍柴，

一会儿带她翻土把荒开，

还是俗话说得好：

痛风没好药，折腾胜治疗。

她说：“我在这里再也没法待，

蜘蛛妹妹呀，何不你我对调开？”

蜘蛛一听正中下怀，

二话没说就溜进窝棚来，

这里再没有扫帚逼她换地方。

痛风却径直来到主教身上，

害得他风痛发作下不了床。

到底用了多少好药，只有天知道！

① 希波克拉底（约前460—前377），古希腊名医，西方医学的奠基人，被誉为“医学之父”，著有《流行病》《预后学》等。

风湿越治越重，医生竟不害臊。

蜘蛛和痛风各得其志，

当时对调是多么明智。

狐狸与葡萄

有一只加斯科尼[①]狐狸，
也有人说来自诺曼底，
饥肠辘辘差点快要饿死，
发现葡萄架上葡萄熟得发紫。
风流才子恨不得摘下来填满肚子；
但他面对的是高不可攀的葡萄架子：
“太酸了，”他自我安慰，“只配老粗吃。”

自慰岂不比叫苦更有面子？

① 加斯科尼和诺曼底都是法国地名，传说那里出来的人大都比较滑头。

天鹅与厨师

有一个饲养场，
禽鸟济济一堂，
天鹅和草鹅成了同行。
天鹅专供主人观赏，
草鹅则供主人品尝；
天鹅因是花园常客而扬扬得意，
草鹅因是屋内娇宠而得意扬扬。
府内的沟渠成了他们的游廊，
经常可以看见他们并肩成双，
只见他们忽而潜水，忽而冲浪，
兴致勃勃，贪玩之心总是那么火旺。
有一天厨师多喝了几口佳酿，
错把天鹅当成草鹅抓住脖子不放，
要把天鹅掐死放进锅里熬汤。
天鹅自知快死不觉哀鸣悲怆，
厨师闻声失措惊慌，
发现自己太过荒唐。
“怎么？”他说，“我竟要把啼鸟熬汤！
不，不，天神知道了岂能容忍我的鲁莽，

是我亲手让如此美妙的歌喉遭殃！”

危险临头火烧屁股，

好言好语毫无坏处。

狼群与羊群

经过上千年兵戎相见，
狼群与羊群讲和言欢。
和平对双方好处明显：
狼曾吃掉多少迷途羔羊，
牧羊人又拿狼皮做皮装。
打起仗来绝没自由可讲，
不论吃草还是吃肉都很紧张，
战战兢兢永远也享受不了安康。
于是双方媾和把人质交换：
老狼交出小狼，羊群则交出牧羊犬。
交换的仪式符合规范，
而且有专员负责监管。

事过境迁小狼长成大狼，
狼性十足，杀生胃口大涨，
等待时机要开斋解馋，
看准了牧羊人不在羊圈，
便把肥嫩的羊群咬死了一半，
老狼叼着羊羔退进树林里面。
老狼悄悄通知了自己的伙伴。
牧羊犬相信了狼的诺言，
高枕无忧时被咬断了喉管，
一命呜呼还不明真相，
一群羊全被撕成碎片。

我们由此可以得出经验：
对坏蛋不可休战，
和平本弥足珍贵，
我对此从无异议；
但面对敌人的不仁不义，
奢谈和平又有什么意义？

狮子老了

狮子一贯在林中称王称霸，
年纪大了回首昔日雄风不由泪下：
自己衰弱就意味着对手强大，
过去打别人现在却挨打。
马过来踢他一脚，
狼咬他一口，牛顶他一角。
可怜狮子老弱，愁眉苦脸太疲乏，
岁月无情只允他勉强吼几下，
他等待末日来临无怨无悔无牵挂，
但当他看到蠢驴也朝洞口冲杀，
“啊！”他大叫道，“太不像话，我死好啦，
受你们的羞辱等于两次死的惩罚。”

菲罗墨拉与普洛克涅①

古时候燕子叫普洛克涅，
远走高飞先向家园道别，
来到远离城市的一座山林，
只听可怜的菲罗墨拉在啼鸣。
姐姐问："你的日子可平安？
转眼间就有一千年没见面，
我只记得离开色雷斯后，

① 典出希腊神话。普洛克涅和菲罗墨拉都是雅典王潘狄翁的公主。姐姐普洛克涅嫁给了色雷斯王忒瑞俄斯，但他却奸污了小姨子菲罗墨拉。为防小姨子说出真情，他割断了她的舌头后将她关进一座塔里。妹妹菲罗墨拉便把自己的遭遇绣在手绢上投给了姐姐。姐姐设法救出了妹妹，并把儿子杀死，剁成肉片给丈夫吃。忒瑞俄斯发现吃的是自己的儿子后，便要杀死这两姐妹。姐妹俩在逃难过程中遇到天神，天神把姐姐变成燕子，将妹妹变成夜莺。

你就不曾来到我们中间。
请告诉我，你现在有何打算？
难道不想摆脱这冷清孤单？”
“啊！”妹妹道，“还有什么地方比这里更温暖？”
姐姐大为惊讶：“你傻呀？你的嗓子这般漂亮，
成天只为百兽们歌唱，
到头来有几个乡巴佬捧场？
荒山野岭哪能有天才的知音？
到城里你也许可以一鸣惊人！
更何况，成天看见树摇影动，
难免会想起忒瑞俄斯的丑行，
类似的场所令人触景生情，
他对你的美色施暴刻骨铭心。”
妹妹回答：“正因为往事不堪回首，
我才不能跟你一起走。
唉，我只要一看到有人，
对人的暴行就更加记忆犹新。”

落水女人[①]

有人说："没关系，不过是女人落水。"
我对说这种话的人不敢恭维。
我说大有关系，女人值得我们珍惜，
因为女人能让我们欢喜。
我这里说的故事不是无源之水，
因为在这则寓言里，
说的是有个女人掉进波浪里，
她的生命断送得实在倒霉。
她的丈夫来找她的尸体，
只求全尸安葬爱妻，
也好讨个口碑。
他来到河堤，
事故就发生在这里，
有人散步，但他们并不知原委，
丈夫便向他们打听消息，
问是否知道他妻子点滴踪迹。

① 这则寓言是根据一个著名的幽默故事改编的，本意是用来讽刺某些朝三暮四、用情不专的女人，但作者把个别女人的缺点扩大到一般女人身上显然有失偏颇。

"一点没有，"一个说，"不如往下找找，
顺着这条河道。"
另一个则说："不，千万别瞎跑，
不如往上好：
因为上流势高浪不小，
风大水急就把你妻子拐跑，
——心思乱了套，
也许就爱往相反的方向漂。"

丈夫无可奈何地笑了笑。
至于这个南辕北辙的玩笑，
我不知道它说得是否地道，
但不管好笑不好笑，
女人的弱点及爱好，
与生俱来，
至死不改，
从头到尾说不明白，
若可能，还会从头再来。

进入粮仓的黄鼠狼

婀娜的黄鼠狼小姐身材修长，
从一个狭窄的洞口溜进储仓。
此前她曾病过一场。
仓库里她生活得多么舒畅，
大吃大喝极尽排场，这样的好生活只有上帝知道，
多少肥肉就这样被吃掉！
总之一句话，她现在是心宽体胖脸也大，
过了一个星期，一顿饱餐后，
忽听有动静，便想找洞往外溜，
左右就是出不去，莫非认错了洞口？
她来回转了好几回才说：
“奇怪呀，这地方明明没有错，
五六天前我就是从这个洞里过。”
一只耗子见她为难便把话来说：
“当时你的肚子空空小得多，
你瘦着进来，也当瘦着出去，
我对你说这话，不过是句口头语，
不好相提并论，不必咬文嚼字，
此一时来彼一时。”

猫与老鼠

我拜读过一位寓言作家，

说罗狄拉二世[①]乃猫族的亚历山大[②]，

他是鼠类克星，不可一世的阿提拉[③]，

他把耗子军杀得稀里哗啦。

我曾拜读过一部寓言书，

说这只猫王不杀绝耗子誓不罢休，

① 罗狄拉，借用拉伯雷《巨人传》中的名字，意思是吃肥肉大王。拉封丹在第二卷第一则寓言中提到猫王罗狄拉，所以在这里称罗狄拉二世。

② 亚历山大，指亚历山大大帝（前356—前323），马其顿国王。在位期间，曾大肆向外扩张，发动了对波斯、叙利亚、腓尼基、罗马、埃及的侵略战争，并在尼罗河三角洲建立了亚历山大城。后又入侵印度，建立了横跨亚非欧三洲的亚历山大帝国。

③ 阿提拉（约406—453），匈奴王。在位时，曾占领里海至波罗的海和莱茵河广大地区，罗马帝国都被迫纳贡，后又长驱直入攻占高卢（今法国）和意大利，盛极一时。

说他是地道的地狱看门狗，
方圆好几里耗子不敢冒头。
不论是用细棍支起的压鼠板，
还是耗子药，还有捕鼠器，
比起猫王不过是小孩玩具。
因为在他看来，
老鼠躲进洞无异于蹲监狱，
耗子不出洞，老猫就干着急，
便想出一条装死的妙计，
天花板上倒挂金钟头朝地，
凶猫爪里故意抓一把绳套，
耗子们见了以为是恶人没好报，
肯定是偷吃烤肉或奶酪，
不是把人伤了，就是把物打了，
大坏蛋最后被捆绑倒吊。
且说这样一来，耗子们喜出望外，
无不为老猫的下场拍手称快，
他们嗅嗅鼻子探探脑袋，
首鼠两端却又缩回耗子洞来，
随后又往外走几步试一试，
最后才敢东张西望去觅食。
说时迟那时快，
吊死鬼复活了，老猫四脚往下跳，
一把抓住动作慢的耗子。
他边吃边说："我们的办法有的是，
这不过是故技重演战术老一套，

洞深救不了你们，我这里先警告：
你们一个也休想溜掉！”
说到做到，猫王装得倒是厚道，
耍诡计要把耗子们骗得吓一跳，
只见他用白面扑白了外衣罩，
乔装打扮很地道，
蜷身躲进一个打开的储粮箱子。
这一招令人叹为观止，
无名鼠辈纷纷前来找死。
只有一只老耗子迟迟不肯靠近箱子，
他久经沙场，老奸巨猾，
曾在一次战斗中丢了尾巴。
“这扑粉的一团看来蹊跷，”
他远远地对猫将军大声叫道，
“我怀疑又有什么新花招，
扑上面粉也改不了你的相貌，
即使你是面粉袋，我也不会往前靠。”

老耗子说得好，我看小心为妙。
老耗子毕竟经验老到，
他知道防人之心不可无，
戒心乃安全之母。

被人打倒的狮子

有人展出一张图画，
画家大笔只勾几下：
一头猛狮张牙舞爪，
却被一人打翻脚下。
看客个个扬扬得意。
一只狮子路过很不服气。
他说："我一看就很明白，
此画是为你们的胜利喝彩；
但画匠却让你们大失所望，
任意的虚构成了骗人勾当，
假如我的兄弟善于作画，
那必是狮子在上人挨打。"

第四卷

恋爱中的狮子

——献给德·塞维涅小姐①

塞维涅，你有花容月貌，

美惠三女神②为你骄傲，

你天生丽质，

你冷艳清高，

你能否赏脸，

欣赏天真寓言的热闹，

保证你不会自寻烦恼，

① 德·塞维涅（1646—1705），著名书信体散文家塞维涅夫人的女儿，芭蕾舞演员，有冷面美人之称。其母与拉封丹是好朋友，保持三十年之久的书信来往。

② 希腊神话中以美貌著称的三位女神：阿格拉伊亚（光辉女神）、欧弗洛绪涅（快乐女神）和塔丽亚（花神）。西方文学中常用以形容绝代佳人。

看看狮子如何被爱情打倒?
爱情是离奇的主导。
寓言描写惟妙惟肖,
言外之意更是微妙!
在你面前谈情说爱,
直言不讳会使你害臊,
而寓言至少可以博你一笑。
不揣冒昧推出这则寓言,
献你脚下匍匐拜倒,
感激之情一言难表[①]。

古时候动物会说话,
狮子与人同走天下,
很想得到我们接纳。
为什么不呢?
那时狮子并不比我们差,
他们有勇有谋头大面大,
除此之外狮子英俊潇洒。
请听来龙去脉如下:
一只狮子出身名门,
一天路经一处草场,
遇上一位称心姑娘,
便向她求婚想当新郎。
但父亲希望找个女婿,
起码没有这脸凶相。

① 据塞维涅夫人书信透漏,其女对拉封丹颇为赏识。

千金许配雄狮门户不对，
若不答应又怕有失妥当，
即使断然拒绝，
说不定有一天早上，
发现他们暗中成双，
因为古往今来一个样，
美人偏爱粗野英雄郎，
万一姑娘心甘情愿，
迷恋上这戴假发[①]的长毛王。
所以父亲左思右想，
不敢公然赶走这位痴情郎，
便对他说：“我闺女娇生惯养，
就怕你爱抚她的时候，
你的爪子会把她挠伤。
请允许把你的四爪斩断，
叫人一个一个磨光，
同时把你的牙齿改装，
亲吻时就不会硬邦邦，
保你有滋有味满口生香，
因为我闺女不再有顾虑，
回吻时会更加情深意长。”
狮子早已神魂颠倒，
满口答应，不用商量！
狮子无齿无爪再难嚣张，
犹如堡垒拆除一切武装。

① 影射当时男人好戴假发的时尚。

人家放狗驱赶狮子，
狮子再也无力抵抗。

人们一旦坠入爱河，
“小心！”的提醒半句多！

园主与领主

有个人爱好园艺，
论习性城乡两栖，
乡下有清静园地，
篱笆墙勃勃生机。
绿树丛团团包围，
菜蔬花草长势葳蕤，
逢节日采束花献给爱妻，
几朵茉莉花，一大把百里香。
但一只野兔却打破了幸福时光，
花园主便向当地领主告了一状：
“这只该死的动物早晚来一顿大吃，
布下陷阱和罗网他根本不当一回事，
石头和棍子对他也无法压制，
我想兔崽子一定有魔法。”
领主道：“他有魔法？
我倒要领教领教，
就是魔鬼放凶狗我也不怕，
任他诡计多端，我很快就把他拿下！
我要为良民除害，岂容兔子称王称霸。”

“什么时候？”“明天就去，要案决不拖拉！”
领主决心已下，便带来大队人马。
领主道：“先吃饭，小母鸡肥嫩吧？
小丫头，快过来，不要羞羞答答，
什么时候找对象？什么时候谈婚嫁？
老实人，终身大事，听我一句话，
该花钱时就得花！”
说话间领主与姑娘把话拉，
并要她在自己身边坐下，
拉她的手和胳膊，撩起她的一角面纱，
领主对姑娘调戏有加，
美人敬畏不迭招架，
到最后父亲看出疑团如麻。
这时候，厨房里烹炒煎炸，
“何时熏的火腿？样子不错嘛！”
“老爷，给您的！”领主答：“真的吗？
那我就收下，不讲客气啦！”
领主大吃大喝，沾光的还有随从人家，
就连马和狗胃口也乐开花，
老爷反客为主，行为越发猥狎，
喝完主人的酒，竟在闺女身上抓。
猎手们酒足饭饱丑态尴尬，
一个个摩拳擦掌整装待发。
又吹号角又吹喇叭，
老实人听了担惊受怕。
更糟糕的是菜地惨遭践踏，

田垄菜畦被踩得稀里哗啦。
莴笋韭葱遭屠杀，
做汤的青菜也被镇压。
兔崽子就住在一棵大白菜下，
搜呀，捅呀，兔子趁机逃跑啦。
不是沿着洞，而是冲出破篱笆，
因为领主早把命令下，
不能让篱笆墙挡住大队人马，
得砍出一个缺口好撤离回家。
老实人道：“这便是逍遥王法。”
牢骚尽管发，当官的连人带马，
一小时造成的破坏之大，
就是全省的野兔胡闹一百年，
也比不上王子犯法可怕。

列位小诸侯，彼此争端莫扩大，
求助于国王解决你们就蠢到家，
你们的战事切莫让国王把手插，
引狼入室后果太可怕。

牧羊人与大海

有个人家有羊群，生活无忧无虑，

长期以来与海神比邻而居，

虽说家产没几许，

但至少岁岁有余。

后来发现海边发财有道，

不觉动了心计，便把羊群卖掉，

换来钱全部投入海上交易。

没想到遇海难血本无归。

羊群主不得不替别人看羊，

可惜再没有牧羊人首领风光，

只看见原来的羊群在岸边牧放，

过去看羊是财东扬扬得意，

现在也是看羊却一贫如洗。
过不久牧羊人得了几分奖励，
便把自己的长毛羊买回家里。
有一天大海收敛波澜，
海上商船平安靠岸，
牧羊人说：“海太太啊，我知道你来要钱，
不过，我请你另找伙伴，
老实说，我的财富与你无缘！”

这不是杜撰的开心故事，
所用材料皆有事实，
亲身体验有目共睹：
没到手的五个苏[1]，
不如到手的一个苏。
人生悲欢贵知足，
大海野心不可图，
名利引诱只当耳边风。
一家发财欢呼，万家倒霉叫苦，
你若陶醉于海市蜃楼荣华梦，
狂风和海盗马上就来作威作福。

① 苏，法国古币名，2 法郎等于 20 苏。

苍蝇与蚂蚁

苍蝇和蚂蚁争论身价贵贱。
苍蝇说:“朱庇特啊我的天,
自尊到利令智昏就是可怜,
真是不知天高地厚不要脸,
就连一只小小的爬行蚂蚁,
也敢与我这空中小姐攀比!
我出入宫殿,高坐你的案几,
若有牛羊供品,我先尝后才给你,
可这可怜巴巴的小东西,
拖一根麦秆回家也够三天美味,
喂,我的小宝贝,你倒给我说说,
你可曾爬到王冠上头威风过?
你可曾在皇上皇后头上做过客?
我干过;只要我愿意,美人酥胸也敢摸,
美发如云我也游戏如穿梭,
洁白的肌肤有我更出色[①],

① 古代法国妇女以脸上有美人痣为美,因此外出喜欢披戴有黑点的白面纱,或索性在脸上描出黑点以假乱真,这种斑点法语也叫“苍蝇”。另外,下文中的密探,奸细,均与“苍蝇”同音。

女人征服男人自有高招，
精心打扮出花容月貌，
只要把人造美人痣在脸上描一描。
再说说你们蚂蚁的破粮仓！”
“说够啦？”精明的蚂蚁回击对方，
“你登堂入室，可是谁都骂你肮脏。
至于你先下手为强，
抢先把献给神明的祭品品尝，
你不以为耻反以为沾了光？
你到处乱窜，实际上是亵渎犯上。
国王和蠢驴的头你都可以逛，
这一点我不给你算账，
可我知道谁敢在太岁头上乱摸，
往往会引来杀身之祸！
就说装虚作假描个美人痣，
我也不反对，你我一样黑就是。
美人痣苍蝇屎反正就是那么回事，
难道你就可以因此招摇过市？
你不也有‘寄生虫’的美名传世？
劝你不要再说类似废话，
千万不可自高自大。
宫廷密探如苍蝇挨打，
军营奸细被捕像苍蝇该杀！
当太阳神照顾世界另半拉，
你就要饥寒交迫惨死在天涯。
到时候我将享受自己的劳动果实，

不必再翻山越岭累得半死，
也不用风吹日晒到处觅食，
我可以无忧无虑地过日子。
我现在辛苦是为了以后不受苦。
我的好意请你务必记住：
虚荣与光荣一定要分清楚。
再见了，时间误不起，我还要去干活，
耍嘴皮，嚼舌根，闲唠嗑，
粮仓不会满，东西不会多。”

驴子与小狗

能力不行千万不要逞能，
逞能蛮干必然一事无成；
笨手笨脚却要装模作样，
无论如何不是风流倜傥。
得天独厚之人毕竟凤毛麟角，
天赋才能生来就有巧妙，
这一点千万不要计较，
别像寓言中的蠢驴遭人取笑：
为了博得主人青睐，
千方百计向主人献媚讨好。
“怎么？”驴子心中暗自问道，
“只因为这条狗长得娇小，
就能跟主人撒娇，
对先生太太没大没小。
凭什么我却要挨棍子？
狗干什么了？不过伸伸爪子，
但狗很快就得到亲吻的回报，
只有如法炮制才能得到搂抱，
事虽难却不能把我难倒。”

蠢驴想得倒是美妙，
瞅着主人高兴，便来献媚讨好，
对主人举起破蹄烂脚，
冲着主人下巴多情地挑挑，
为了使轻举妄动有声有色，
他又扯开歌喉放声大叫。
“吓！吓！别瞎挠！唱也不成调！
算啦，挨揍的料！”主人嚷嚷道。
此后主人叫驴，驴才改变了腔调。
这场闹剧才算完了。

老鼠与黄鼠狼之战

有一族黄鼠狼，
与猫族一个样，
不想让老鼠生活安康。
我想，若不是老鼠住的地方，
洞口小得太窝囊，
黄鼠狼身段修长，
早就杀进洞里，
叫耗子们非死即伤。
且说有那么一年，
老鼠族子孙兴旺，
邋遢蓬出任鼠王，
派遣大军出征打仗。
黄鼠狼早就摆开战场，
但见军旗迎风飘扬。
倘若相信传闻，
很难断定谁是胜方，
反正双方血染沙场，
田野得到丰富补养。
但从损失大小来讲，

可以说是两败俱伤，
不过鼠辈超过黄鼠狼。
鼠军一败涂地，
尽管都是惯偷惯抢，
面包甜点顺手牵羊。
但这次鏖战尘土飞扬，
持久战时间拖得很长，
将士们前仆后继，
但都是垂死抵抗，
只好向命运投降，
这才叫抱头鼠窜，
不论是士卒还是猛将。
统帅们死了个精光，
草民们缩进洞里，
随时准备撤向后方，
没费大劲就躲过劫难一场；
但各路诸侯头上，
都戴有美丽翎冠，
或者用兽角显示胆量，
反正是威风凛凛冠冕堂皇，
或许是为了吓唬黄鼠狼，
叫他们望而心慌，
谁知道反误了救命逃亡。
不论是土洞、地缝还是断墙，
对诸侯大驾百般阻挡，
而草民进去易如反掌，

小缝小洞都能把身体隐藏，
所以洞前横尸悲壮，
大都是鼠中诸侯王。

头上一旦冠冕堂皇，
麻烦也就跟来算账，
过于讲究体面排场，
通道就不那么顺畅，
误事害事关系存亡。
凡事不必大肆张扬，
船小好掉头更灵光，
繁文缛节成功无望。

装孔雀的松鸦

一只孔雀换毛，松鸦立刻捡起，
用孔雀毛打扮自己，
然后混进孔雀群中趾高气扬，
自以为有多么帅气。
有只孔雀认出了他的虚伪，
于是他受到了嘲笑、戏弄和攻击，
孔雀先生们啄掉他的外衣，
只见他连滚带爬去找同类，
同胞们关门叫他无家可归。

两脚走路的松鸦并不稀奇，
往往贪他人之功打扮自己，
这就叫作剽窃投机。
我点到为止，并不想惹是生非，
——事不关己，高高挂起。

猴子与海豚

希腊人有个风俗：

凡是要出海远游，

都要带几只戏猴，

和会杂耍的小狗。

有条船带着一只猴子，

在雅典附近沉船大难临头，

多亏了海豚全力搭救。

普林尼[①]写过一部名著，

说海豚对人真够朋友，

这个故事理应接受。

① 普林尼(23—79)，古罗马学者，著有《自然史》共37卷，堪称最早的百科全书，是研究西方科学文化史的重要文献。寓言中所提海豚救人的故事出自该书第九卷。

海豚一向有难必救，
猴子落水当然也不例外，
因为猴子像人十有八九。
有只海豚果然把猴子当人看待，
让猴子坐在背上逃离沉舟，
看见猴子郑重其事，
还以为他是著名歌手①。
海豚正要把猴子护送上岸，
无意中问起他的缘由：
“你可是雅典老住户？”
猴子答道：“没错，我是雅典名流，
如果你在雅典出什么事故，
可以来找我，因为我家亲友，
在雅典都是头面人物，
我的一位表亲就是法官领袖。”
海豚道：“不胜感激之至，
比雷埃夫斯②想必很熟？
对你大驾光临一定欢欣鼓舞？
想必一日不见如隔三秋？”
“我们天天见面，他是我的朋友，
我们认识已经很久很久。”
我们的猴子这下可大出其丑，
竟然把港口说成人口。

① 指《自然史》第九卷提到的歌唱家阿克匈。据说，阿克匈出海旅行时，水手们想对他谋财害命，他要求被投进大海前唱支歌。他唱完歌投海后，被欣赏他歌声的海豚救起送上了岸。

② 比雷埃夫斯是雅典的出海港口之一，猴子竟把港口说成是人，露出了破绽。

这种人在世上不会少有，
有人把小镇说成首都，
逢人就大吹大擂喋喋不休、
海阔天空，其实都是瞎吹牛。
海豚大笑一声掉转过头，
仔细把猴子瞅了又瞅，
这才明白他的所救，
原来只不过是一只野兽。
于是他把猴子沉入海底，
赶紧去把落水之人搭救。

异教徒与木头偶像

某异教徒家里供着一尊神像，
木雕虽有耳朵却听不见声响，
不过异教徒对神明抱有大望，
三倍花钱敬神烧香，
又是许愿又是上供，
牛头牺牲戴花献上。
天下不论什么神像，
都未有这般口福可以独享。
但顶礼膜拜并未带来好运，
遗产、赌博、寻宝毫无灵光。
相反，只要附近有风吹草动，
或者有什么灾难从天而降，
他也跟着倒霉，钱包就闹饥荒，
但异教徒敬神未受丝毫影响。
但终因得不到回报大动肝火，
一气之下就用大棒砸了偶像，
没想到神像内黄金满膛，
“我对你好时，你为何不肯解囊？
算了，滚出我家去，另谋祭坛吧，

你真是天生的臭皮囊，
不识抬举的下贱模样，
不挨棍子你不肯赏光，
我越是宠你，越是空了巴掌，
幸好我及时变了心肠。”

骆驼与浮木

人第一眼看见骆驼，
大惊小怪连逃带躲，
第二次见了就去摸摸，
第三次就敢套笼头配绳索。
一回生二回熟三回成一伙。
有些东西乍一看很怪很邪恶，
但只要抬头低头天天见，
也就见怪不怪变得亲热。
既然提起这个话题，海上瞭望的故事不妨说说。
哨兵发现海上有东西漂过，
便立即报告不敢耽搁：
一艘大军舰肯定没错！
不一会儿说是小船要来放火，
后来说是舢板，再后来成了包裹，
最后断定是浮木逐浪随波。

这样的事情我见得很多，
大同小异，如出一辙：
远看煞有介事，近看没有什么。

青蛙与老鼠

大法师麦尔兰[①]所说极是，
欺骗别人往往欺骗自己；
只可惜此言太不合时宜，
但对我来说是名言至理。
我不妨来个旧话重提：
有一只老鼠脑满肠肥，
营养过剩又没持斋禁忌，
为散心散步来到沼泽地。
一只青蛙过来对他客气：
“到我家看看，我为你大办宴席。”
老鼠先生欣然同意，
倒不必要打听仔细。
青蛙大谈特谈洗澡的快意，
无奇不有，可以游山玩水，
沿着水塘饱览万千胜迹，
也许有一天鼠爷对子孙回忆，
水乡风光和民俗多么美丽，
何况沼泽国里，公务管制多么有条有理。

① 法国中世纪《圆桌传奇》史诗中的神奇人物。

只是有一点对鼠爷不太有利，
游泳水平不高，应助一臂之力。
于是青蛙想出一条妙计：
只消把老鼠拴在青蛙腿，
一根灯芯草足可以解决问题。
一旦进入水泽，蛙姐就背信弃义，
拼命把客人拖入水底，
人权和信誉一概不理，
恨不得趁热一口吞进肚里，
这可是一顿名贵美味，
风流姐想象中嚼得嘎嘣脆。
老鼠求神保佑，青蛙连讽带讥，
一个挣扎，一个猛拽，战斗升级，
此时天上一只鹞鹰盘旋翻飞，
一眼看见倒霉鬼扑腾呛水，
他便俯冲下去，把耗子叼起，
还有灯芯草捆着青蛙腿。
鹞鹰一举两得，一得双喜，
意外收获堪称无本万利，
而且不费吹灰之力，
鱼肉晚餐有滋有味。

挖空心思搞阴谋诡计，
到头来可能害了自己；
做人做事背信弃义，
自作自受活该倒霉。

动物向亚历山大进贡

一则古老寓言流传至今，
个中道理我也说不清，
但愿读者从中汲取有益教训，
下面和盘托出寓言原本。

信息女神曾到处发表讲话，
说朱庇特有个儿子叫亚历山大，
不许有任何自由留给天下，
便迫不及待把旨意下达，
要全体臣民都来拜倒他脚下，
兽类、人类、虫类，不管会走会爬，
包括各界鸟类诸子百家；
我看，百嘴女神到处吹喇叭，
在颁布皇帝敕令的同时，
是在到处散布害怕，
毒蛇猛兽，爬虫飞虫，
生来一切听命于胃口多大，
可这次恐怕得遵循新的律法。
人们离开巢穴集合于野外荒沙，

七嘴八舌，千方百计，决心终于定下，
派人把忠心和贡品向皇帝献纳。
朝贺与表态，
由猴子全权负责送达，
于是请大家把愿望通通写下。
只是贡品使大家十分为难：
送什么好呢？当然是白银最佳。
大家便向一位大方的王公求助，
他的领地出产可以满足大家，
黄金宝藏就埋在他的地盘下。
接下来运输问题也挺复杂，
骡子、驴子自告奋勇自不必说，
义不容辞的还有骆驼和马。
于是骡马驼驴一起上路，
猴子作为新使节一起出发。
朝贺队伍半路却遇不快，
狮子大王正在半路守把。
狮子说："我们狭路相逢，
正好结伴而行一起进发。
我也要去把供品缴纳，
尽管礼物很轻，但对我却是重压。
我只好难为大家，
四个人分担一下，
对你们负担不算太大，
而我却可以空出四爪，
一旦有强盗袭击我们的队伍，

我就可以立即投入战斗出手大打。”
狮子的要求岂容讨价还价，
于是他一身轻松备受欢迎，
管他是出自朱庇特英雄本家，
大吃大喝反正是公款付出代价。
他们一行来到一片草地，
小河流水万紫千红遍地野花，
成群结队的小羊在这里吃草溜达，
好一派风和日丽太平天下，
狮子在此却赖着不走，
说自己有病嘴里还哼哼呀呀：
“诸位继续走路吧，大使阁下，
我心中好像有股火要爆发，
我想在这里找些药草，
你们千万不要把行期误啦，
还我银子吧，我可能用得着它。”
于是箱子打开，狮子笑声哈哈，
心里不由乐开了花：
“乖乖宝贝，啊！天神开恩，
我的钱会下崽！瞧，个个长得像妈妈，
这帮孩子当然是我的啦！”
于是狮子大拿一把。
虽说没有全拿走，但也没有多少剩下。
猴子和苦力不胜尴尬，
只好重新上路，有苦难言只好吞下。
有人说他们向朱庇特之子告了状，

却得不到半句公道话。

有什么办法？这是雄狮与猛狮斗法！
俗话说得好：海盗打架，最好装聋作哑。

马鹿恩怨

马原本不是生来让人骑。
那时候人类以果实充饥，
驴、马、骡都住在森林里；
当时人哪像我们现在这个世纪，
有那么多马鞍驮这么多东西，
有那么多马具投入这么多战役，
有那么多马车提供这么多座位，
更看不见，
有那么多宴席举行这么多婚礼。
却说当时有那么骏马一匹，
同一只鹿比速度高低，
可马怎么也跑不过鹿的四蹄，
于是他找人帮忙，求助于人的智慧。
那人给马装了嚼子后，便翻身骑上马背，
只要没把鹿逮住置于死地，
马就永远休想得到休息。
马终于达到目的，便向恩人表示感激：
“我不属于你，再会！
我还是回到我老家的野地。”

恩人说：“不，最好同我们住在一起，
我看出你太有出息。
留下吧，我会给你丰厚的待遇，
草料可以埋没你的肚皮。”
唉！一旦失去了自由天地，
花天酒地又有什么意义？
骏马发现自己心窍被鬼迷，
现如今已经后悔莫及，
关他的马厩业已建立。
他将套着缰绳老死在那里。

小不忍乃人生大忌！
报复虽可图一时快意，
高昂的代价却是终身利益，
没有终身利益一切无从谈起！

狐狸与胸像

大名人往往是舞台道具，
庸俗偶像大都是表靓内虚。
从表面看问题犹如蠢驴。
而狐狸则相反，遇事深思熟虑，
上下左右查证，最终掌握证据，
发现名人轰轰烈烈只是装局，
他对英雄胸像只道破一语，
却是一针见血金科玉律：
“一尊空心塑像，比真人大几许。”
狐狸对雕塑家功力不乏美誉：
“头很美，但头脑空虚。”

多少大老爷有头无脑高大自诩！

狼与山羊母子

为了不让乳房奶水减少，
母山羊得出去吃点鲜草，
她出门时把门插严关好，
对儿子不忘一再关照：
“千万当心，小命重要，
开门一定要听准暗号，
要等外面把口令呼叫：
‘恶狼见鬼，通通死掉！’”
妈妈正在交代暗号，
老狼恰好路过听到，
便把暗号记牢。
大家一想就知道，
母羊没有发觉狼在暗中盯梢。
等到母羊走远，狼便装着母羊腔调：
“恶狼见鬼！”打门把小羊来叫，
以为有咒语就有门道。
小羊却从门缝里往外瞅瞅道：
“请把白蹄子让我瞧瞧，
否则我不会上你圈套。”

因为众所周知，狼很难长有白脚。
听了这话老狼吓了一跳，
这趟来回只好空着肚子白跑。
对于狼偶然听到的暗号，
如果小羊信以为真，
这条小命何处去找？

双重保险比单保险有效，
有备无患最好多备几招。

狼与母子俩

这只狼把我的记忆打开，
自己上门送死倒霉活该，
且听我把来龙去脉道来。

有一个老乡住在村子外，
狼老爷就在门口等外快，
看见许多猎物纷纷出来。
有吃奶牛犊和羊母子紧挨，
还有成群火鸡，全是美味好菜。
强盗顿时馋得急不可耐。
忽听孩子哭叫得厉害，
母亲连忙把孩子责怪，

如果再不止住啼哭，
就唬他要把老狼叫来。
老狼谢天谢地准备吃个痛快，
却听到母亲对孩子又亲又爱：
“别哭啦，老狼来了，把他打死活该！”
“这是什么话？”食羊的家伙气急败坏，
“一会儿叫我吃肉，一会儿叫我受害！
这是什么意思？竟把我当傻瓜对待！
但愿有一天，这个漂亮的小孩，
会独自进入树林把野果摘。”
老狼正自言自语，有人从屋里出来，
一条狗咬住狼脖子不肯松开，
长矛、铁叉把老狼打得死去活来。
有人问老狼：“你到这地方找什么美差？”
他便把来龙去脉说了个明白。
“老天有眼！”母亲听了差点气坏，
“你要吃我儿子？难道我的亲生血脉，
有一天会成为你充饥的饭菜？”
野狼终于把老命交代。
一个农夫割下狼的右腿和脑袋，
庄主叫人在门口高挂起来。

配上庇卡底[①]谚语非常精彩：
狼帅爷休要心思歪，
妈妈唬孩子骂是爱！

① 庇卡底，法国北部旧省名。

老人和儿子们

强会变弱，除非团结一致。
请听弗里吉亚奴隶[①]的故事。
若说我在他著作中加进创意，
这是古为今用，毫无别的意思，
我还没有那么大的雄心壮志，
费德鲁斯[②]为荣耀往往攀高枝，
对我来说，这种想法很不合适。
我们言归正传回到寓言故事，
讲讲老人如何让子孙团结一致。

一位老人受死神召唤准备辞世，
便把儿子们叫来布置后事：
“你们谁能将这把箭杆折断，
然后我把用意再作解释。”
老大取来箭捆用尽平生力气，
无可奈何说：“还是需要大力士。”

① 弗里吉亚是古代小亚细亚地名，弗里吉亚的奴隶指古代希腊寓言大师伊索。
② 费德鲁斯（约前15—约50），古罗马寓言作家。他曾在罗马帝国宫廷为奴，所著《寓言集》5卷，大都取材于《伊索寓言》。

老二当仁不让，拉开夺冠架势，
但也白费力气。小子也来试试。
孩子们认了输，箭捆依然笔直，
只要抱成团没有一根受损失。
“废物！”父亲说，“我来给你们试试，
看看我是不是已气力不支。”
大家不觉好笑，却难一笑了之，
老人分开箭杆易如折树枝。
“你们看看，”老人道，“众志坚如石，
抱成一团，孩子们，爱心是支持。”
老人疼痛难忍，有话欲说又止。
老人已经感到没有多少时日。
“孩子们，我要去见祖宗福祉，
永别了，你们要永远相亲相爱，
死前但愿能得到你们的誓词。”
三个儿子哭着向老人发了誓。
老人拉着三人的手瞑目而死，
他们得到有麻烦的可观遗产，
债主刁难扣押，邻居来打官司，
三兄弟团结应对平安无事。
但兄弟情谊历来虚长实短，
同宗相聚厉害却背道而驰，
更有野心、欲望加上背后指使，
时间一长彼此难免节外生枝。
闹分家，瞎猜疑，彼此斤斤计较，
公证调停百般不服左右不是。

债主和邻居又来趁火打劫，
这里找个错，那里挑个刺。
三兄弟闹不团结各行其是，
一个顺水推舟，一个不给面子。
三人的财产因此完全丧失，
记起箭杆聚散教训可惜太迟。

守财奴守不住财宝

只有用钱才证明钱属于自己。
我不由对攒钱的人提出质疑：
他们老是攒钱，一笔又一笔，
到底比没钱人得了多少便宜？
阴间苦行僧可与他们比富贵，
人间吝啬鬼过日子如同行乞。
伊索给我们提供了一个范例，
有万贯家财却不露蛛丝马迹。
这个守财奴真是不幸至极，
一心等来世享受荣华富贵。
他不做黄金主人，却甘当黄金奴隶，
竟把大堆金银藏在地里，

他的心与财宝埋葬一起，
日夜思念金钱成了人生最大快慰，
金钱越是神圣越是不花毫厘。
不管他走来走去，不管他吃饭喝水，
无时无刻不把地下财富惦记，
生怕有什么出其不意。
他老在那里转悠，掘土工看在眼里，
知道地下藏宝，暗中将宝挖起。
有一天守财奴发现洞空如洗，
少不了痛哭流涕，唉声叹气，
顿足捶胸，揪发扯衣。
一个过客问他为什么如此悲泣。
“有人偷走了我的金银宝贝！”
“你的金银？哪里偷的？”“就在此地！”
“咳！又不是战争时期，
干吗舍近求远，不藏在家里？
只要在你家找个犄角旮旯，
岂不比在外面更安全保密？
而且你可以随用随取方便实际。”
“随用随取？老天慈悲！说得容易！
金钱来去岂能一样随意？
我挣钱多多益善花钱不舍毫厘！”
“那么请你告诉我，为什么要如此伤悲？
既然你从来不动毫厘，
不如放一块石头在原地，
石头和金银对你都是没用的东西。”

神与渎神者

想欺骗老天，简直是愚不可及。
人心如迷宫扑朔迷离，神光普照天下所有东西，
人的一举一动，老天看在眼里，
哪怕是暗地里搞阴谋诡计。
一个异教徒感到岌岌可危，
他信上帝，并无真心实意，
只是利用上帝之名得些实惠，
便去请教太阳神弄清是非。
他一到神庙就突然袭击：
“我抓的东西是死还是活的？”
据说他把一只麻雀抓在手里，
并随时准备把可怜小鸟掐死，
或者索性立刻将鸟儿放飞，
从而把太阳神置于必错境地。
太阳神一眼看穿他心里有鬼：
“是死是活，把麻雀放开便知，
别给我玩欺世盗名的把戏，
你的阴谋最终要害你自己。
我远处看你，但看进你心里。”

主人的眼睛

一只小鹿，逃进一家牛棚里，
公牛们对他先是好言劝慰，
叫他另找一个安全地方躲避。
“兄弟们，”小鹿道，“千万别走漏消息，
我会告诉你们最肥美的草地，
你们只消帮几天忙就可以，
保证你们不会吃亏。”
公牛们终于同意保守秘密。
鹿躲进墙角，喘了口气，有了勇气。
到傍晚有人来送鲜草和饲料，
天天如此倒也没什么出奇。
人来人往，奴仆过来百十回，

管家也来过了，没有一人发现变异，
既没看见鹿角也没发现鹿腿，
就连鹿的身影也不曾留意。
森林居民对公牛涕零感激，
期待大家通通出去耕地，
准备瞅个好时机溜之大吉。
一只公牛一边反刍一边出主意：
“行是行，不对吧？百眼巨人[①]还没来呢，
我真担心他会发现你，
在他巡视之前，你千万不能大意。”
说着，主人走进牛棚巡查一气。
“怎么回事？”主人询问跟随，
“每个槽里的草料都少得稀奇，
垫草怎么都这么脏兮兮？
快去换新草！对牲口照料要仔细，
清除蜘蛛网费你们什么力？
牛轭和套绳不会放置整齐？”
他正东张西望，发现多一头东西，
上次巡视并不见在这里。
这只鹿终于暴露无遗，
大家操起大棒对小鹿乱打一气。
小鹿泪流满面挽留不了奄奄一息。
人家把鹿抬走，腌上，成了三餐美味，

① 指希腊神话中的巨人阿耳戈斯。他奉天后之命看管变成小母牛的伊娥。他有 100 只眼睛，睡觉时 50 只眼闭，50 只眼睁。这里指主人的眼睛警惕性高。

左邻右舍吃得欢天喜地。

费德鲁斯对此议论非常精辟：

有道是，主人的眼睛爱挑剔。

依我看：情人的眼睛难回避。

百灵家小与麦地主人

“万事求人难，最好靠自己。”
这是众所周知的谚语，
请看伊索是如何使这话享誉。

百灵在麦田营造窝巢，
麦地里长着一片绿苗。
大概也就在这个季节，
动物谈情说爱很热闹：
波涛深处鲸鱼在求欢；
林中猛虎雌雄追着跑；
地里百灵亲嘴又拥抱。
且说有一只百灵鸟，

大半春光白白虚度，
春欢滋味未曾尝到。
决心遵循自然规律，
当回妈妈有何不好？
于是筑巢，下蛋，孵卵，有了小鸟，
速战速决，一切比预料的美好。
但雏鸟翅膀尚未长硬，
还不能高飞万里云霄，
周围的麦子却已熟了。
百灵忙里忙外太操心，
外出觅食，提醒孩子们应当知晓，
千万别忘了站岗放哨。
“观察地主父子来了没有，
如果他们已经来到，
仔细把他们的话儿听好，
看看他们打什么主意，
然后决定是不是逃跑。”
百灵刚刚告别家小，
地主父子果然来到，
“麦子熟了，到朋友家去，”父亲说道，
“请他们明天起个大早，
每个人带一把镰刀，
来帮我们把麦子收好。”
百灵妈妈回到家里，
发现孩子们成了惊弓之鸟。
一个孩子报告：“他说明天一大早，

叫朋友们来帮忙把麦子割掉。”
“如果只说这话，”妈妈安慰道，
“我们就不必慌忙撤退逃跑。
不过明天还得认真把话听好。
现在你们尽管高兴，吃的东西不少。”
吃饱喝足，母亲和孩子们安然睡觉。
天亮了，没有一个“朋友”来赶早。
百灵妈妈刚走，地主随后又来了，
像往常一样巡视田头地角。
“这麦子不该在地里坏掉，
朋友们迟迟不来误了大事，
请懒汉帮忙太不可靠。
好儿子，还是去请亲戚为妙，
请他们务必赶来代劳。”
巢里的小鸟慌得不得了：
“妈妈，他说叫亲戚，说到就到……”
“不会的，孩子们，安心睡觉，
用不着马上搬家挪巢。”
妈妈说得不错，果然没人动刀。
主人第三次来麦地巡视，
“我们错上加错，”父亲说道，
“我们依赖别人却不依靠自己，
其实自己比亲友更加可靠。
好孩子，这一点务必记牢！
现在你该知道如何是好，
明天起我们全家都拿起镰刀，

这个办法立竿见影最为有效，
我们的麦收一定又快又好。”
百灵妈妈知道了这个消息忙说：
“孩子们，这下非走不可了。”
而到这个时候，
小鸟们个个活蹦乱跳，
于是偷偷搬迁动作静悄悄。

苏格拉底名言

有一天苏格拉底盖好房子，
人人都来对大作说三道四：
有人说屋里陈设太过寒酸，
真与哲学家不是同一档次；
有人数落外表不是太美观，
但房屋太小则意见都一致。
转身都别扭，他住这房子！
“若得高朋满座，”主人自有说辞，
“我就谢天谢地，再小也雅致！”

苏格拉底言之有理不愧是良师，
好朋友聚会陋室心有凌云大志；
人人称兄道弟，真心倒成傻子，
朋友称呼到处是，
天下能觅几心知！

第五卷

伐木工与墨丘利①

——献给德·布伊庸骑士②

我把您的爱好当作金科玉律，

我的著作尽量符合您的情趣。

您希望尽量避免细针密缕，

大可不必去刻意雕饰炫鬻。

我与您不谋而合，何必求全委屈，

苛求完美往往画蛇添足。

倒不是要排斥某些神来之笔，

您喜欢妙笔生花，我也爱妙语连珠。

至于伊索的孜孜追求，

① 墨丘利，罗马神话中的商业神，即希腊神话中的众神使者赫耳墨斯。

② 德·布伊庸骑士，拉封丹的旧友，生卒年月不详。

我尽量做到没有辜负。
总之，寓言中若有不尽人意，
我也无能为力，因为不无忧虑。
权势一点不谦虚，
我可不自讨没趣。
我尽量把邪恶化作笑料，
不敢用赫丘利[①]大臂破局。
在下才疏识浅，不知能否抛砖引玉。
我时而描绘一个故事，
愚蠢的虚荣混合着贪欲，
我们今天的生活就在两轮上滚去。
青蛙气壮如牛，
这便是动物贵族壮举。
我不时相反相成，
善对恶，智对愚，
羊羔与凶狼遭遇，
苍蝇数落蚂蚁，
百态成书演成一部大喜剧，
舞台就是世道寰宇。
天神，动物，饮食男女，
朱庇特也不例外，一切同工异曲。
不妨引进墨丘利捎来的情书，
朱庇特致美人留有佳句：
今非昔比，不可同日而语。
一个木工丢掉自己的斧子，

① 赫丘利，罗马神话中的大力士，即希腊神话中的大英雄赫拉克勒斯。

这等于丢掉了谋生的手段，
左找右找找不着，样子真可怜。
他身边没有别的工具，
斧子是他唯一的本钱。
丢掉了斧子就丢掉了希望，
只见他痛哭流涕愁容满面：
“哦，我的斧子！哦，我可怜的斧子！”
他喊道，“朱庇特呀，请你再来救救难，
快把我的斧子来归还。”
只听号啕声响彻奥林匹斯山。
墨丘利赶来说：“你的斧子没有丢，
你可还认得斧子有何特点？
我似乎在附近什么地方曾发现。”
墨丘利取出一把金斧子给木工看，
木工说：“这把与我毫不相干。”
于是换了一把银斧子，
他说也不是；木柄斧头最后出现：
“就是它，”木工说，“斧子终于露了面；
还我斧子我就谢地谢天！”
“三把斧子全归你，”天神把话说穿，
“你的诚实应当获得恩典。”
“恭敬不如从命。”木工回答欣然。
好事不翼而飞到处流传；
木工们故意把斧子丢弃，
为找斧子而大哭大喊。
万神之王听不出所以然，

于是墨丘利受父之命来到人间，
照样先拿金斧子展现一番。
这时候木工们利令智昏：
“正是这把！”个个恐后争先。
墨丘利非但没有给他们金斧子，
反在每人头上猛敲一点。

坑蒙拐骗害死人，
诚实知足稳如山，
发财岂能靠谎言？
朱庇特不会受骗！

瓦罐子与铁罐子

铁罐子遇见瓦罐子，
建议外出旅行一次。
瓦罐子表示对不起，
说出门在外太不易，
还是守着炉火随意，
因为只要小小东西，
只要轻轻碰碰自己，
自己就会粉身碎骨，
到时不得完尸而归。
瓦罐说的不无道理：
“你的皮比我的硬气，
没有东西敢阻拦你。”
铁罐子自告奋勇道：
“我们可以保护你，
如果有什么硬东西，
胆敢上前来刁难你，
我立刻从中插进去，
一下子就化险为夷。”
这承诺很有说服力。

于是开始了铁瓦配，
结伴而行形影不离。
他们行进靠三条腿，
一瘸一拐颇费力气，
只要有个磕磕碰碰，
彼此就会你推我挤。
瓦罐子感到活受罪，
不出百步就被撞碎，
竟来不及唉声叹气。
社交讲究同等地位，
铁和瓦不好拉关系，
生拉硬拽命运堪悲。

断尾狐狸

有只老狐狸，一贯多诡计，
吃鸡不吐骨，抓兔拿手戏，
狐狸名气享誉方圆好几里，
但到头来还是掉进陷阱里。
不过他大难不死得以逃离，
只是挣脱牢笼折断狐狸尾；
为逃命丢了尾巴太没脸皮，
便求一刀切（这是他的惯技）。
找一天狐狸召开全体大会，
他振振有词："何必自己受罪，
这尾巴只能在小道上拖拖地，
留着有何用？我看不如割去，
如蒙诸位信我，就请人人同意。"
"你的意见甚好，"有人当场质疑，
"不过请你转身，然后再来回答你。"
几句话引起哄堂大笑骂声不息，
只可怜断尾狐狸无人搭理。
尾巴一刀切毕竟不合时宜，
狐狸尾巴至今是时尚毛皮。

小鱼与渔夫

小鱼总会长成大鱼，
只要上帝让活下去；
但放走的鱼还想抓，
我说这人是大傻瓜，
鱼长大了说不定属于谁家。

有一条小鲤鱼小得可怜，
不小心被渔夫抓在河边。
渔夫看着小鱼自言自语：
“大小凑个数，放进篓里面，
酒席筵席多少沾点鱼鲜。”
可怜的小鲤鱼求情开了言：

“现在抓我有何用？
不够半口塞牙缝，
不如现在放我一把，
等我长大了让你再抓，
那时卖给高官可以出高价；
你现在把我做成菜，
再抓一百条也白搭，
做什么菜？依我看，不配塞牙。”
“不配塞牙？那好！来吧，”渔夫回答，
“鱼啊，我的好朋友，你倒替我来说话，
快下锅去吧；你白说了半天话，
今晚就要请你跳油花。”

河里有鱼千百条，逮住一条是一条，
逮到的才算可靠，河里的你管不着。

兔子的耳朵

一只角兽顶撞了几下狮子，
狮子暴跳如雷气得要死，
为了今后不再吃这苦头，
便在领地进行大搜捕，
把头上长角的动物一律赶走。
母羊、公羊和公牛纷纷迁徙，
牡鹿也连忙撤离，
人人背井离乡唯恐不及。
野兔看见自己耳朵影子，
生怕引起判官胡乱猜疑，
硬说兔耳朵与角差不离，
非说兔子头上长角无疑。
“再见了，蟋蟀！我走了，”兔子向邻居告辞，
“耳朵不是角但很可能被说成是，
即使耳朵比鸵鸟还短我仍然怕得要死。”
蟋蟀回答说：“耳朵是角吗？
你别把我当成傻子；
这分明是耳朵，是上帝的恩赐。”
“话虽这么说，”兔子一向胆小怕事，

“但别人非要那么说，说我是角兽，
我理由充分也不让我说清楚，
把我关进疯人院越说越糊涂！”

农夫和孩子们

努力劳动，不怕吃苦，
这是最难的致富基础。

有个富裕农夫，感到死之将至，
便把孩子们叫来私下叮嘱：
“千万不要卖掉土地，
祖上遗产得好生保住，
那地里埋着金银财宝，
我不知到底藏在何处。
只要有点勇气，你们一定能找到财富。
秋收过后赶紧翻土，
又挖又刨，又掘又铲，
反反复复，不要有任何疏漏。”
父亲死后，儿子们立刻翻土，
东挖西耙，深耕细锄，
年终土地竟比上年丰收。
地里虽没埋银子，但父亲用心良苦，
死前就让孩子们记住：
劳动就是财富。

老太和女仆

有一位老太，雇有两个仆人，
她们纺纱织布手巧又辛勤，
质量之好赛过命运三女神[①]。
老太太的当务之急，
就是给仆人布置好活计。
海神赶出金发太阳神露出晨曦，
纺车忙得团团转，来回抽纺锤；
一会儿忙纺线，一会儿跑织机，
两手无闲暇，双脚不停息。
曙光女神驾着太阳车升起，

① 指命运三女神克罗托（负责纺织生命线）、拉克西斯（主管生死簿和纺锤，决定生命线长短）和阿特洛波斯（掌握无情的剪刀负责切断生命线）。

可恨公鸡到点拼命啼。
我们那位老太更不客气，
连忙穿上又脏又臭的旧裙衣，
先点亮灯盏，后直奔女仆卧室，
只见两位女工正呼呼大睡，
晕晕乎乎不知南北东西。
一个眯眯眼，一个伸伸臂，
两个人满腹牢骚越说越来气，
咕哝道：“死公鸡，叫你去见鬼！”
她们说到做到竟掐死了闹鸡，
活闹钟的歌喉从此断了气。
但杀公鸡丝毫没有改善休息，
老太太反而变本加厉，
两姊妹刚刚上床睡觉，
老太太唯恐女仆贪睡，
满屋乱窜，就像妖精作祟。
世上这类情况并不稀奇，
当你以为走出了崎岖路，
却又陷进更糟的泥泞地，
两姐妹的遭遇就是实例。
凶老太太代替了催命鸡，
避开了东墙，躲不过西壁。

林神与路人

在一个深山野洞里，
林神和孩子们一起，
他们正准备喝热汤，
刚刚把汤碗端到嘴。

只见一片青苔地上，
坐着妻室儿女满堂，
没有地毯没有餐桌，
但大家都吃得很香。

一个路人冻得发僵，
为了避雨进洞躲藏，
对待这种不速之客，
林神热情递碗热汤。

主人倒也无须客气，
再请再让大可不必，
因为客人不讲客气，
对着手指直呵热气。

而后客人接过汤碗，
把热汤吹得飘飘然，
林神看了好生奇怪：
“这位客官，敢问高见？”

“现在为了把汤吹凉，
刚才为了吹暖手掌。”
山野林神开口回敬：
“现在就请回你路上！

“我若同你待在一起，
就连天神也会生气，
臭嘴最爱吹冷吹热①，
神仙不听搬弄是非！”

① 典出法国古谚语。吹冷吹热意为搬弄是非，引申为作威作福。

大山临产

有座大山开始临产阵痛，
高声叫苦天地为之震动，
人们闻声赶来，
以为孩子必是，
一座超过巴黎的大城，
结果只生了一只耗子精。
我不由想起一则寓言，
故事当然是虚编，
但寓意却真实可鉴；
联想到一位作家扬言：
“我要歌唱战争，
提坦巨神对雷霆万钧主神开战[①]。”
海口好夸，但有多少兑现？
不过风吹云散。

① 典出希腊神话。提坦是巨神，与雷霆之主的宙斯展开争夺奥林匹斯山统治地位的大战，结果被宙斯打败并打入地狱。

马与狼

春风和煦枯草返青，
动物纷纷走出家门，
到处乱跑觅食谋生。
有只野狼度过严冬，
兴致勃勃也来争春，
见匹马儿正在吃草，
野狼不知有多开心：
“咬一口该多美，出猎碰上好运！
可惜，你不是羊！但我十拿九稳，
不过要吃到嘴还得费点神。
那就玩把阴谋诡计。”说着款步走近，

自称是神医希波克拉底[1]传人。
说对这一带草地知底知根，
对草药种类和功效有数在心，
说不是自吹，他医道高明，
可以包治百病。
只要马老爷不想隐瞒病情，
他狼大夫就免费急诊，
因为看见马站在草地上，
啃着草却不系缰绳，
从医学上看肯定有病在身。
马儿听了将疑将信：
“我的脚掌生了个毒疔。”
狼大夫道：“孩子，最是要命，
脓疮长在脚后跟。
为马大人服务我三生有幸，
替阁下做手术我妙手回春。”
狡猾的家伙只想寻找时机，
把眼前的病人活剥生吞。
没想到马儿早有戒心，
冷不丁对狼猛尥一阵，
踢碎了他的门牙和齿龈。
“活该倒霉，”老狼自惭形秽，
“各行各业都应该恪守本分，
我却在这里伪装草药医生，
可原来只不过会杀生吃腥。”

① 希波克拉底，古希腊名医。

驮神像的蠢驴

有头蠢驴驮着神像，
以为大家把他敬仰，
他越想越趾高气扬，
认为世人是为他念经烧香。
有人发现误会对他明讲：
“驴先生，千万别胡思乱想，
虚荣之心常使人疯狂。
人家尊敬的不是你这模样，
而是众望所归的神像，
只有他享有这等荣光。”

当官的再无知也心里明白，
是身上官袍值得别人崇拜。

命运女神与小孩

在一口深井旁边，

横躺着一位小孩，

看样子他睡得很香很甜。

小孩无忧无虑安眠天地间，

要是换大人，半夜睡井边，

一不小心就会掉进深渊。

也算小孩命大福大，

命运女神正好路过轻轻把他叫醒：

“小乖乖，我救了你的小命，

下一次请你千万要留神，

你若掉下去，人家总怪我无情，

你的差错却没人纠正。

请你老实告诉我，
你如此大意粗心，
是不是因为我太任性？”
女神说完就走了，
我对她的话却很赞成。
世上一有天灾人祸，
总是错怪命运之神，
好像她该负一切责任，
她成了一切灾难的祸根。
其实这是愚昧无知自欺欺人，
以为怪罪命运就能摆脱不幸，
总之千错万错都是命。

蛇与锉刀

话说钟表匠的邻居有蛇一条，
(钟表匠有这邻居凶多吉少，)
蛇溜进店里寻觅吃的东西，
找来找去只找到一把锉刀，
饥不择食便把钢锉乱咬。
钢锉毫不生气对蛇说道：
“你想干什么？可怜的傻瓜！
鸡蛋碰石头你胆子好大！
小蛇小蛇你饿昏了脑瓜，
你咬牙切齿无损我毫发，
可你却咬碎了满口白牙。
只有时间之齿我才害怕。”

这则寓言专献给庸头昏脑，
你们不学无术却到处乱咬，
那你们只好徒然自寻苦恼。
你们以为对佳作咬牙切齿，
就能留迹万卷书混同墨宝？
你们咬不动铜墙铁壁钻石刀！

两个医生

一个医生看病总说病情“糟”，

另一个医生看病老说病情“好”。

“糟”医生说病人要去向祖宗报到，

“好”医生说病人不大碍事就会好。

两个医生治病各有各的高招。

病人相信“糟”医生切中要害，

很快就入土为安走上黄泉道。

两位医生对诊断都很骄傲。

一个说：“他死了，我早就料到。”

一个说：“他若信我，也许还活蹦乱跳！”

下金蛋的鸡

贪多嚼不烂，

什么都想赚，反把老本断，

有诗为证，请看这则寓言。

有只母鸡每天下个金蛋，

主人以为鸡肚里有座金山，

于是杀鸡开膛，

发现里面也是血肉心肝，

但生财之道却毁于一旦。

这个故事深刻教训了贪得无厌！

最近以来见多不怪，

多少人一夜之间变成了穷光蛋，

就因为发财心切想杀鸡取卵！

鹿与葡萄树

有些地方葡萄藤高攀大树，
枝繁叶茂掩护着逃亡野鹿，
死里逃生，野鹿摆脱了猎狗，
猎人还以为猎狗半途迷了路，
便呼唤猎狗们停止追逐。
野鹿脱险便转头来吃葡萄叶，
忘恩负义到无以复加的地步！
猎人听到动静，回头把鹿赶出，
野鹿还是死在原来遇难之处。
野鹿倒下说："我是自作自受，
忘恩负义之人教训务必记住。"
猎狗们争先恐后来吃猎物，

死到临头哭求猎人也没用处。

过河拆桥，恩将仇报，
寓言是这副嘴脸的生动写照。

野兔与山鹑

千万别笑话别人穷困潦倒，
有谁敢说一生总是幸福美好？
智慧的伊索用寓言施教，
只消一两个实例就能开窍。
我这几行小诗说不上套套，
与伊索说的却是一个道道。

野兔和山鹑住在一块地里，
相安无事日子倒很安逸，
忽然闯进一群猎狗，
野兔不得不寻找洞窟。
野兔避难逃进丛林深处，
甩掉了所有猎狗的追逐。
可他自己却自我暴露：
一身热汗冒着腾腾热气。
“密探狗”闻味分析研究，
断定就是兔子便极力搜捕，
穷追不舍，
“粗鲁狗”从不胡诌：

说兔子已经从树林溜走。
可怜兔子跑回家自断生路。
山鹑见兔子狼狈不免挖苦：
“你总爱吹你跑得飞速！
有四条腿为何不敢跑路？”
正当山鹑笑话野兔，自己也大难临头：
她也自我暴露，以为有翅膀不怕没救，
但可怜山鹑精明过度，
却没想到还有利爪鹰鹫！

狮子出征

狮子暗中策划一场战争，
召开军机会议，派出传令兵，
对各路野兽发出通令：
人人要参战，各自显神通。
大象力大用背驮，
专门运输军需品，作战照样进行；
熊要准备猛打猛冲；
狐狸暗中搜集战地军情；
猴子耍花招设法迷惑敌人。
有人说："把驴子打发走，他们太蠢笨，
兔子得赶跑，他们风吹草动也心惊。"
狮子道："不行，我都要一一安排使用。
没有他们，我们的队伍就不完整。
驴叫声惊人，可当号子兵；
兔子跑得快，可到通讯营。"
明君用人一向慎重，
三教九流皆可利用；
寸有所长心中有数，
智者眼中没有废物。

老鹰与猫头鹰

老鹰和猫头鹰停止了争吵，
亲如手足以至于互相拥抱。
彼此称王称霸信誓旦旦，
保证绝对不吃对方幼鸟。
猫头鹰问：“你可认识我的幼小？”
“不认识。”老鹰答道。
“糟糕！”忧郁鸟哀叹道，
“我怕他们的小命难保，
能否活下来只有天知道。
你既然是王，当替天行道，
把万事万物都看明了，
不管人家说好还是孬。

我的家小早晚要被你收拾掉。”
老鹰说：“说说长相，或让我瞧瞧，
我死也不会碰他们一根毫毛。”
猫头鹰答道：“我的子女玲珑小巧，
漂亮，健美，鸟中佳丽之最俏。
记住这个特点一看便分晓。
切勿忘记，务必记牢，
不能因你的疏忽，
让死神光顾我家老巢。”
后来猫头鹰家神显灵子女热闹。
一天晚上老鹰觅食盘旋远眺，
在悬崖峭壁的拐角，
或是在破庙的洞口，
（我也说不清是山是庙，）
发现几只丑陋的小妖怪，
晦气，阴险，魔啼鬼叫。
老鹰自语：“肯定不是朋友的家小，
通通干掉！”这家伙吃了个大饱，
老鹰进餐从来不小打小闹。
且说猫头鹰回家没看见宝宝，
唉！只发现几只剩下的腿脚。
猫头鹰悲愤地向上天控告，
要求惩办杀他子女的强盗。
有人出来说话：“要怪先怪你自己，
或怪那不成文的信条：
人人希望自己后代美好，

比别人漂亮、健美、俊俏。
你对老鹰形容孩子们美貌，
是不是有一点太莫名其妙？”

熊与两个伙伴

两个伙伴等钱用心着急，
与隔壁皮货商达成交易，
熊还没杀死先卖活熊皮，
至少说杀就杀信誉第一。
两人说这可是王牌熊罴，
皮商发财可以大赚一笔；
熊皮披身不怕冰天雪地，
足足够做成两件皮大衣，
为卖熊皮他们吹足牛皮。
言之凿凿绝非自吹自擂，
两天之内交货决不误期。
他们谈妥价钱便寻熊迹，

发现熊朝他们这边奔袭。
两位伙伴仿佛遭到雷劈，
只好取消合同丢了生意，
谁还敢就损失找熊索赔！
一个伙伴爬上树顶躲避，
另一个吓出冷汗似被冰激，
趴在地上装死不敢呼吸，
似乎曾经听人说起，
熊最讨厌不动的尸体，
最嫌弃僵尸了无生气。
傻乎乎的熊老爷果然中计，
错把活生生的肉体当尸体，
但又怕被人欺骗蒙蔽，
将人翻来覆去看仔细，
还凑近鼻子去闻鼻息。
“走吧，”熊道，“没人味，是尸体。”
老熊说着走进附近树林里。
树上的商人放心下了地，
赶紧去看伙伴，惊呼是奇迹！
因为伙伴没死虚惊而已。
于是他又问：“嗨！哪去谋熊皮？
刚才老熊耳语何用意？
我看他与你靠近距离，
熊掌把你来回反复推。”
“老熊对我讲清大道理：
没把熊打翻在地，千万不可卖熊皮！”

披着狮皮的驴子

驴子披上狮子皮，
方圆数里都敬畏：
驴子到底何德何能，
竟使大家诚惶诚恐！
可惜狮皮盖不住驴耳尖，
骗人的伪装终于露了馅，
赶驴棍重新把驴来看管。
有人不知道驴子耍花招，
看见赶狮子不由吓一跳，
“狮子”老老实实走入磨坊道！

在法国许多人名气很大，
对照这篇寓言微妙到家，
骑士之所以能威风天下，
多半是靠全副武装可怕。

第六卷

临水顾影的鹿

一池清泉晶莹如明镜，
一只鹿照水自顾倩影，
对角之美不绝赞美声，
对腿之丑真叫难为情，
水中腿影长又细，
顾影自怜好伤心，
越看细腿气越生：
“我的腿和头多不相称，
我的头角高似矮树丛，
腿脚却让我太丢人。”
他正说着生闷气，
一只猎狗朝他奔。

他千方百计保小命，
一溜烟跑向大森林。
鹿角好看却碍事，
每时每刻都要命，
尽拖后腿不让跑，
磕磕绊绊闹毛病。
劫后余生鹿开始反省，
对年年长角的天缘好痛恨。

我们看重美，对实用却看轻，
可我们不时为美而丧生。
鹿怪腿细，而细腿使鹿机灵，
鹿爱角俏，而俏角害鹿性命。

牧人与狮子

寓言似乎已不是原来面目，
阿猫阿狗都可以当家做主。
直言不讳往往会带来麻烦，
讲故事说教训则畅通无阻。
这种虚构应有益而且有趣，
为讲故事而讲故事却何苦。
有许多著名作家乐此不疲，
辛勤笔耕就为这一个缘故。
大家尽量避免空泛太矫揉，
他们笔下看不到空洞无物。
费德鲁斯言简意赅难挑剔，
伊索惜墨如金含意极丰富。
其中有个希腊人更是少有，
追求简洁几近苛刻的地步，
他总把故事包装进四行诗；
是好是赖只好请专家评估。
同样的题材看出不同风骨，
寓言里一是牧人，一是猎手，
我只不过依着事态发展变化，

亦步亦趋顺便作一点点修补，
下面看看伊索到底如何讲述：

牧羊人发现羊群少了数目，
于是想方设法要抓住凶手。
他怀疑窃贼无非恶狼之流，
便把陷阱布在附近狼洞口。
在离开狼洞前他对天许愿：
“朱庇特啊，如果你让我目睹，
看看那坏蛋如何罗网自投，
让我亲自尝到欢乐的甜头，
我愿从我的牛群里面挑选，
献上一只最肥最美的牛犊。”
话音刚落，从洞里跳出一只猛狮，
牧人顿时吓得半死，缩成一球：
“唉！人老是说不清自己所求！
为了抓住偷吃羊群的凶手，
为了亲眼看到强盗落入我手，
众神之王啊，我曾许你一头小牛；
我现在许愿奉送一头大牛，
只要你把狮子赶快打发走。”

这是经典作家所说的故事，
现在看看模仿者如何处置。

狮子与猎手

有个好吹牛的业余猎手，
刚刚丢失一只良种猎狗，
他怀疑狗已进狮子肠肚，
见到牧羊人便问路：
“请指明窃贼家住何处，
我好找上门去雪恨报仇。”
牧人道：“就朝这山往前走，
我每月献一只羊作礼物，
这样才得以乐业平安住，
进出山村来回随便走路。”
他们正说得眉飞色舞，
狮子跑了出来迈着轻快脚步。
说大话的人拔腿就走：
“朱庇特啊，快指给我逃生路。”

考验是不是勇敢并不看嘴头，
而在于火烧眉毛的紧要关头，
有人把上刀山下火海挂舌头，
见危险就失声逃命唯恐后头。

太阳与北风

北风和太阳看见一位旅行者，
所幸旅人装备齐全从容不迫，
准备抵御刮风下雨气候恶劣。
出门有备无患，已是初秋时节；
雨淋，日晒，雨后彩虹多颜色，
警告出门人千万大意不得，
这季节带大衣路上用得着，
罗马人说天气可疑常变色。
这位旅人对雨天倒有预测，
一身夹大衣厚实料子重叠。
北风说："此人自以为有经验，
想到了风雨天；但他没预见，
我能兴风作浪闹翻天，
可以把他的衣扣全刮散，
只要我愿意，教他的大衣把鬼见。
这种游戏有意思不妨玩一玩，
你可乐意试试看？"
太阳答道："少废话，说干就干！
咱俩打赌比比看，

看谁能使眼前骑士脱衣衫，
赤身裸背光着肩。
开始吧，我先让你遮住我的光线。”
“一言为定。”北风志在必得，
于是憋足了气，胀如气球快破裂，
只听霹雳一声鬼作孽，
怒吼，呼号，暴雨，一路狂风跌，
屋顶为之掀，船队为之灭，
只为一件大衣动用这一切！
骑士严防狂风吹进衣褶，
裹紧大衣拼命往里贴。
旅人保住大衣，北风白费心血，
北风越是凶狂，骑士越不松懈，
暴风只不过翻动几下衣领和衣褶。
北风完成了全套动作，
很快就到了打赌时刻，
太阳立刻驱散了乌云，
顿时把骑士浑身照彻，
骑士汗流浃背嫌穿大衣太热，
不得不把衣服解脱，
而阳光还并不怎么强烈。
怀柔胜于强迫。

朱庇特与佃户

朱庇特有一处田庄出租，
墨丘利发通告，大家来看田亩，
讨价还价，仔细听清楚，
一个说祖上太穷，遗产微薄艰苦，
另一个也不富。
两人如此这般都想承租，
其中一人胆子大，但睿智未必有，
答应交更多租金给天主，
以便把天气一起管住，
春夏秋冬全由他做主，
要热便热，要冷便冷，
晴雨旱涝他调度，
痴人说梦，一再渴求。
朱庇特同意了，租约生效，
佃户当起天老爷，开始呼风唤雨，
为一己私利改变寒暑，
他的近邻也因此得到好处，
迎来了一个好年头，
五谷丰登，葡萄丰收。

承租先生并非得天独厚。
第二年，他汲取了教训，
索性来个天翻地覆，
对天气重新进行调度。
但他的地依然半生不熟，
而邻居田里照样增产增收。
怎么办？他只好求助众神之主，
忏悔自己行为失误。
朱庇特还是把他当好庄主。

结论是：天气变化自有度，
老天比我们更有数。

小公鸡、猫与小鼠

一只幼鼠未曾见过世面，
几乎丢了小命，就差一点点。
且看他如何向母亲诉说历险：
“我爬过国家高山边境，
像年轻耗子乱跑一阵，
去寻求潇洒自由前程，
这时有两只动物吸引我的眼睛：
一个温文尔雅，和蔼可亲，
另一个吵吵闹闹，心神不定，
他的嗓音尖锐而且生硬，
头上还长着一块肉柄，
他的胳膊只要一挺，
好像起飞冲动，
尾巴似羽翎。”
小耗子向母亲勾画的情景，
活像是美洲的舶来品，
其实不过是小公鸡的身影。
小鼠继续说：“只见他挥臂捶胸，
噼里啪啦虎虎生风，

就连我这天生勇士也吃惊，
慌忙拔腿逃生，
心里还骂他是狗杂种。
要不是他捣乱，
我也许社交成功，
与那只极和善的动物建友情，
他同我们一样浑身毛茸茸，
有斑纹，长尾巴，大度宽容，
目光谦逊，但炯炯有神，
我觉得对鼠辈先生很热情，
他的耳朵与我们很相近。
我刚要跑过去，猛听叫一声，
另一只动物叫我赶紧逃命。”
妈妈听了说：“孩子，这面善的是猫咪，
别看他装得笑眯眯，
与你父母兄弟是死敌，
满肚子都是阴谋诡计。
另一只动物恰好相反，
对我们从来无敌意，
也许我们到时还得拿他来充饥，
而猫呢，一向把我们当美味。
只要你还有一口气，
千万别以貌断是非。”

狐狸、猴子与群兽

狮子生前乃堂堂一国君主，
国王驾崩岂可群龙无首，
群兽聚会推举新王侯。
有条龙把密室看守，
有人把王冠从密室盒子里取出。
大家都来试一试，
却没找到一个匹配的头。
许多兽头长得太瘦小，
有的则太大，有的还生角。
猴子也来了，脸上堆着笑，
左顶右扣试戴一下大王帽，
还对周围做鬼脸一阵胡闹，
筋斗百般巧，猴戏千般妙，
好不容易箍住了后脑勺。
群兽觉得这样很漂亮，
便向猴子朝贺，推他为大王。
只有狐狸勉强投了赞成票，
不过没把不满露于言表，
只听他向猴王草草恭喜道：

“陛下，有一处密室藏着珍宝，
请相信除了我没人知道；
不过根据我朝王法，
一切财富皆归陛下所有。”
新王登基正要补充国库，
便御驾亲临现场。
宝库原是陷阱，猴子落网被捕。
狐狸代表诸位说道：
“你尚且自身难保，
岂能把我们管好？”
猴王被废黜，大家认识到：
王冠毕竟不是流行帽。

自夸家世的骡子

一头教士的骡子自夸高贵，
喋喋不休从不停嘴，
谈起马母亲天花乱坠，
讲到马的功劳色舞眉飞，
马曾有过壮举，马曾在此奋蹄。
马公子为此呼吁：
骡马应青史名垂。
他觉得为医生干活有辱门楣[①]。
骡子老了被牵进磨坊活受罪，
才猛然想起，驴父亲是前辈。

若说不幸之中有万幸，
就是傻瓜也懂自家姓；
什么事情都可找理由，
叫花子要饭也有说头。

① 当时法国医生通常骑骡子出诊。

龟兔赛跑

不光要会跑，及时出发最重要，
有个例证就是龟兔赛跑。
乌龟说："我们打赌好不好，
你到达终点肯定不如我早。"
腿脚利索的动物说道：
"比我早？你脑子是不是长毛？
我的大嫂啊，你该清醒一下头脑，
劝你吃四颗治疯癫的丸药。"
"不管毛不毛，我还是打保票。"
一言为定，击掌拉钩，
双方赌注终点附近放好。
到底赌什么，不用瞎操劳，
谁当裁判合适也不计较。
我们的兔子只要几步就跑到。
那几步非同小可，狗撵兔子眼看追上，
兔子一加油，就把猎狗远远甩掉，
叫他们在荒野费力不讨好。
我说他有充分时间来吃草，
也有时间去睡觉，

还可以听听风声来自哪条道，
让乌龟先走又何妨，看他走路像元老。
乌龟出发了，埋头苦干，
尽管很慢，但赶路争分夺秒。
可兔子觉得这胜利微不足道，
先走一步有什么好称道，
后走先到才是荣耀。
只见他不是休息就是吃草，
一路好奇闲逛，打赌之事早丢九霄。
最后他看见乌龟快到目标，
他才出发箭一般飞跑，
但是一切努力都是徒劳，
到底还是乌龟先到。
乌龟对兔子喊道：
“我说的没错吧？好极了！
你速度快管什么用？
我说到做到！
假如你驮着屋子赛跑，
说不定落后得更糟糕！”

驴子换主人

菜农之驴向命运女神告状，
说天没亮主人就赶他起床。
他说："公鸡打鸣等于白唱，
因为鸡叫时我早已起床。
为什么？为把菜送到市场，
我的睡梦被搅得够呛！"
女神一听动了同情心，
便为驴子换了主人；
苦力驴因此改了名堂，
从伺候菜农到伺候皮匠。
制革的活儿又重又臭又脏，
蠢驴很快感到十分沮丧：
"我真不该离开第一家老爷，
何况我至今记得真切，
我趁主人转身的时刻，
不时偷吃一棵白菜补贴补贴；
可这里没有任何外快可拿，
要说有的话，那就是挨打。"
于是蠢驴又换了东家，

烧炭工家里把牌挂，
奴仆名单中居最下。
于是他又发牢骚，
命运女神大怒：
“怎么回事？这蠢驴老是叫苦，
啰嗦事超过了万国君主，
难道他以为天下只有他受苦？
难道要我只为他一个人忙乎？”

命运女神说得不错，人生爱啰嗦：
我们对处境不满牢骚多，
最糟糕就是眼前时刻，
要求太多烦死天老爷，
即使朱庇特有求必应降恩泽，
我们还要敲他心窝。

太阳与青蛙

暴君结婚全民欢庆，
美酒可以淹没不幸。
只有伊索头脑清醒，
借酒消愁实在愚蠢。
伊索讲个故事很动人：
“从前太阳曾打算娶亲。
消息传到沼泽水滨，
急坏了蛙国居民，
吵吵嚷嚷为命运担心：
‘如果太阳生孩子，我们怎生存？’
于是他们去责问命运女神，
说：‘一个太阳尚且痛苦难忍，
六七个太阳挂在头顶，
还不晒干海水晒死居民？
永别了芦苇沼泽，灭种时刻就将来临，
我们很快就要在冥河中沉沦。’
我看小青蛙很善于推论。”

农夫与蛇

伊索讲有一个农民，
好心却缺乏警惕性，
一个冬日他来到田埂，
绕着自家地产走走散心，
却发现雪地里有条蛇横陈，
直挺挺冻得僵硬，
再过一刻钟恐怕就没命。
村民便把蛇带回家中，
既没考虑善有善报，
也没想到救恶丢命。
他把蛇放在炉火旁，
蛇烤暖了就会苏醒。

冻僵的恶蛇刚刚感到温暖，
便凶相毕露恢复了本性，
只见他微微抬头，然后咝咝有声，
而后弓一弓身，拼命往前一冲，
竟袭击再生的恩人和救星。
“你恩将仇报，别怪我手下无情！
你死有余辜！”农民义愤填膺，
说着抓起斧头猛砍畜生，
两下就剁出三份：
一段是头，一段是尾，还有一段是蛇身。
只见蛇三段挣扎着要重拼，
但始终未得逞。

心慈手软当然是好意，
但对谁慈悲却是问题；
恩将仇报不是好东西，
没有一个下场不可悲。

捕鸟人、老鹰与百灵

坏人的恶行当然可恶，
却往往为我们不义开脱。
天下有这么一条公理：
宽恕别人才能宽恕自己。

有个农夫诱小鸟巧用反光镜，
幽灵明晃晃引来一只小百灵，
天空中正好盘旋着一只苍鹰，
从天而降，老鹰突然俯冲，
扑向在坟墓边歌唱的百灵。
百灵才躲过阴险的机关，
却落在鹰爪中挣扎拼命，
尝到了那副利爪的凶狠。
正当恶鸟忙着为百灵啄毛，
一张大网罩住了老鹰。
“捕鸟人，放了我吧，”老鹰发出哀鸣，
“我从来没做对不起你的事情。”
捕鸟人回答：“那么百灵，
可曾伤害过你毫毛一根？”

病狮与狐狸

百兽之王得了重病，
躺在洞里颁发旨令，
告知天下各路臣民，
得派特使前来慰问，
恭请圣安探问病情。
君子一言驷马难追，
保证善待特使一行；
狮王信誉一言九鼎，
验证护照一律放行，
可以免受牙爪之刑。
国王降旨令出必行，
各路特使纷纷前行。

只有狐狸按兵不动，
其中一只道破原因：
特使进宫一路仆仆风尘，
所经之路无不留下脚印，
通过足迹方向断定，
特使进宫无回只进。
这个情报向我们提了醒。
还请大王陛下开恩，
多谢陛下书面保证，
我相信保证好得很，
但我观察王宫动静，
只有进宫不见出宫。

马与驴

世上本该互相帮忙：
如果邻居倒地死亡，
担子顿时压你身上。

一只驴陪伴一匹马走路，
马负担很轻但很难相处，
而可怜的驴则不堪重负。
于是驴请马帮助帮助，
否则没进城自己就可能一命呜呼。
驴说："这不算无礼求助，
分担我一半痛苦，你照样轻松自如。"
但马就不松口，竟放响屁说"不"。
结果眼看着伙伴死于半路，
这时马才后悔犯有错误。
既然驴子已亡故，
老板便让马拉驴车货物，
加上驴皮盖住。

陷入泥潭的车

“法厄同”[①] 赶草车驾轻就熟，
不小心陷进了泥泞路。
茫茫荒野找不到人帮助，
这是下布列塔尼某个郡府，
坎佩尔戈朗丹[②] 颇有知名度。
众所周知，命运女神派人引路，
在那里指点指点，千万别误入歧途：
上帝叫我们到此止步！
为了让车子走出这鬼地方，
你瞧车把式骂不绝口，

① 法厄同，太阳神之子，曾驾着太阳金车外出闯祸，这里笑指车把式。
② 坎佩尔戈朗丹是当时流放囚犯的地方。

他越骂越来劲，气不打一处出：
一会儿怪车轮，一会儿怪马步；
骂车子太破旧，骂自己是废物。
最后只好把上帝来哀求，
上帝爱人有口皆碑举世瞩目。
“赫丘利，”车夫道，“帮我一手。
你背得动天下物，
一伸胳膊就可以把我救出。”
车夫做完祈祷，只见云头留步，
有个声音这般答复：
“赫丘利希望车夫自己动手，
然后再给他一臂之助。
先看看麻烦来自何处，
然后把轮子周围彻底清除，
刮掉讨厌的淤泥，铲除该死的烂土；
你看烂泥埋没了整个车轴；
给我填平车沟。好了不？”
“好了！”车夫不再叫苦。
那声音回答：“那好，我来给你帮助！
请你把鞭子牢牢握住。”
“握好了。怎么回事？我的车子行动自如！
赫丘利真了不起！”那声音好熟，
“我看你的马轻易走出了烂泥沟。
先自助而后天助！”

江湖骗子[1]

世上总不乏江湖医生，
古往今来，这里大有学问，
从中可以汲取丰富教训。
有的戏称到冥河一游，
有的吹牛风雨满城，
说自己比西塞罗[2]有名。
最近有一位大言不惭，
说自己乃大师口才顶尖，
能使马路闲人变得雄辩，
其中包括乡巴佬、庄稼汉、大笨蛋。
“是的，先生们，即使是飞禽走兽，笨驴蠢蛋，
不信你牵一头哪怕是大蠢驴来看看，
我让他摇身一变成为古圣贤，
大学博士长袍身上穿。”
国王得知此事，便把雄辩师召见。
国王说：“在我的马厩里边，

① 在拉封丹时代，巴黎新桥一带常有江湖医生招摇撞骗，表演把戏，推销包治百病的灵丹妙药，甚至吹牛能起死回生。这则寓言以调侃的口气讽刺当时形形色色的骗子。

② 西塞罗（前 106—前 43），古罗马政治家、演说家和哲学家。

有一头很漂亮的驴子；
你要把驴变成演说家以遂朕愿。”
“陛下，您万事如愿！”此人出口不凡。
有人给他一笔代培款。
约定再过十年，
他必须把蠢驴请上讲坛；
否则，就将示众问斩，
脖子上套绞索，活活勒死完蛋，
背上他的修辞学，
用双驴耳朵装饰嘴脸。
有一位朝臣对他说，
到时他将拄拐去见他一面，
对绞刑犯也许发慈悲处理从善；
特别忘不了让他对公众慷慨讲演，
口若悬河，滔滔不绝，
有声有色，精彩斑斓，
洋洋洒洒胜似西塞罗当年，
俗话叫作剽窃犯。
那人道：“事成之前，
我们三个，国王，驴子，还有我，
可能有一个早已升天。”

他说的并非胡言。
疯子才相信人生十年一成不变。
让我们喝好吃好身体康健：
十年内三个中肯定有一个不见。

不和女神

不和女神在众神中挑拨离间，
用一只金苹果挑起官司大战[1]，
于是她被赶出了天堂，
来到混同野兽的人间，
人们张开双臂欢迎她下凡，
她有了爱“斤斤计较”的兄弟，
与“你我分明”的父老为伴。
她使我们有幸身处下界，
对我们这北半球更加依恋，
而与落后的南半球不共戴天，
说那里人粗鲁而且野蛮，
结婚不进教堂也不加公证签鉴，
只需要你争我吵不间断。

---

① 典出希腊神话《不和的金苹果》。阿耳戈英雄珀琉斯与海洋女神举行婚礼，所有的天神都被邀请到了，唯有主管争执的女神厄里斯被漏掉了。盛怒之下她不请自到，并在婚宴上投下一只金苹果，声称是送给“最美丽的女神”的，立刻引起在座的天后赫拉、智慧女神雅典娜和爱与美女神阿佛洛狄忒之间的激烈争执。官司一直打到主神宙斯那里。这场官司最终引发了长达十年之久的特洛伊战争。因此，在西方文学作品中，常用“不和的金苹果”来比喻祸根。拉封丹则用这个典故来调侃夫妻不和的原因，以排遣自身婚姻的不快。

为了让不和女神有求必应，
需要为她提供居留方便，
信息女神留心为她通风报信，
不和女神闻讯从不怠慢，
一有争执就煽风点火赶在和解之前，
投进一颗火星点燃大火烧它很长时间。
信息女神最后开始抱怨，
一天到晚跑跑颠颠，
老找不到不和女神的固定地点，
经常费尽辛苦找不着边。
她应有落脚的家园，
同千家万户一样能安居乐业，
好在约定时日将她调遣，
因为当时还没有女子修道院，
要做到这点还很困难。
最后不和女神寄居婚姻客栈，
便与婚姻女神结下不解之缘。

舍本逐影的狗

人人都可能上当，
捕风捉影很疯狂，
错把假象当真相，
心中无数是经常。

伊索说狗值得认真深思。
狗叼猎物看见水中影子，
就丢下猎物连忙抓影子，
只见水花四溅差点淹死。
狗费尽了力气爬到岸边，
真假猎物早已不见影子。

小寡妇

失去伴侣岂能不哭哭啼啼，
唉声叹气，然后慢慢自我安慰：
悲伤插上时间的翅膀高飞，
时间又把欢乐带回。
守一年寡尚且可以，
守一天寡却等不及，
差别之大有天壤距离；
真不敢相信是同一个人行为：
老寡妇吓跑万人去，新寡妇招惹千人追，
寡妇啼哭不管真假，
反正得到的是千篇一律的抚慰，
怎么劝说也是满腹伤悲；

话虽这么说，但内心并非在意，
看看这则寓言，
真情水清见底。

一位美人的夫君病危，
去另一个世界死别生离。
只听妻子对他喊叫：“等等我呀，夫去妇随；
让你我灵魂一起远走高飞。”
最终只有丈夫孤行一意。
美人的父亲沉着而且智慧，
他让女儿痛哭流涕，
最后把女儿好生安慰：
“我的女儿，泪水流得也太多哩，
难道死者需要你的泪水淹溺？
活者自得活，想死又何必。
我且不说时来运转，
顿时便有更好时机，
丧事之后就是婚礼；
但伤心过后，应允许人家把亲提，
嫁一个新女婿年轻英俊，天生健美，
比死者强百倍。”
“啊！”寡妇立刻反应，“万万不可以，
我该出嫁（出家）隐修院里！”
父亲让她慢慢消化悲戚。
就这样一个月悄悄过去；
到了下个月，家人设法每天改变她点滴，

衣着上添点新花样，内衣、头饰更留意，
黑孝服最终变花娘衣，
期待新欢来相会。
情人们成群结队，
像恋鸽一样成双成对；
天天歌舞，嬉笑游戏……
通宵达旦沉浸在青春之泉[1]里。
父亲再不担心老女婿阴魂不散；
但再嫁之事他却只字不提，
可女儿已经等待不及：
“你许我的年轻丈夫到底在哪里？”

① 典出希腊神话，在青春之泉里沐浴后会变得更年轻漂亮。

老头与驴子

一个老汉骑毛驴发现，
一片牧场草翠鲜花艳。
老汉放开牲口，灰驴跑得欢，
直跑到嫩绿细草间，
蹦蹦跳跳，磨蹭打滚翻，
又叫又唱，又啃又舔，
青草吃光好几片。
就在这时敌人来侵犯。
“我们快逃吧，”老汉把驴劝。
“干吗逃？”浪荡鬼口气变，
“难道要我受双重罪，配两副鞍？”
“不是这意思。”老头抱头鼠窜。
毛驴道：“既如此，我归谁又有何干？
你自己逃吧，让我吃草图个鲜。
索性说穿了：敌人即靠山。”

第七卷

鼠 疫

一种灾难散布惶恐，

那是老天大发雷霆，

制造疾病惩罚人间罪行，

天下流行黑死病（既然必须说出病名）[①]，

一天之内冥河上下死尸横，

鼠疫已向动物界挑起战争。

动物虽未死光，但都染上疾病，

再见不到动物来去匆匆，

外出觅食求生，

什么饭菜都吊不起胃口；

狼和狐狸也不出来转悠，

① 鼠疫又叫黑死病。

不再对温和无辜的动物跟踪；
斑鸠们也不互相走动，
失去了爱，也就失去了欢情。

狮子召开会议，说：“亲爱的朋友们，
我认为这是上天在惩罚我们，
我们的罪过引来不幸。
我们中罪大恶极者，
应为平息天怒做出牺牲；
只有这样我们大家也许能治好病。
历史告诉我们，凡遇瘟疫流行，
大家都要有这种献身精神。
我们不可自鸣得意，
我们要有自知之明。
就说我吧，为了开胃解馋，
曾把多少绵羊生吞。
他们可曾伤害我？不曾！
甚至有时候我太残忍，
竟然去吃牧羊人。
因此，如有必要，我会自我牺牲，
但大家最好像我一样认罪，
因为天网恢恢，首恶先丧生。”
狐狸道：“陛下，您乃一代明君，
陛下的顾虑可见良苦用心。
吃羊怎么啦？就是吃混蛋畜生！
何罪之有？不，不，陛下，您爱吃他们，

那是他们的荣幸；
至于牧羊人，可以这么说，
他们罪大恶极本应受惩，
你看他对待动物，
简直像太上皇霸道横行。”
狐狸这么一说，阿谀之徒拍手相庆。
谁也不敢深究猛兽罪行，
虎豹熊罴之流便逍遥法外，
一根毫毛也没人敢碰。
一切斗士，哪怕是鸡鸣狗盗，
各有各的说头，皆成了小小神圣。
轮到驴子过来自省，
说：“我想起曾走过修士的一片草地，
饥饿难当，又有机会，草又很青，
我想也是鬼迷心窍，
就偷吃了一寸草坪。
我没有这个权利，我该坦白说明。”
话刚说完，大家对蠢驴骂个不停，
一只狼有点歪才投井下石，
说应当叫这只该死的家伙牺牲，
生疮的秃驴，他是万恶的祸根。
驴子小小的过失竟判处绞刑。
吃他人几根草，竟有滔天罪行！
驴子死有余辜，大家还要把这点看清。
只根据你贫富贵贱，
官司黑白就可宣判。

隐居老鼠[①]

地中海沿岸有个传说，
说一只老鼠嫌人间是非太多，
便退隐到荷兰干酪里躲躲，
远离喧嚣的世界。
冷清的感受很深刻，
周围到处都是寂寞。
这位新隐士就在里面开始生活，
腿脚忙捣鼓，牙齿老琢磨，
没几天就收拾好隐修窝，
吃住都不愁，还要求什么？
他长得又肥又胖，上帝布恩泽，
给愿意皈依的信徒好处多。
有一天，鼠族派来几位代表，
到虔诚的隐士家做客，
请他解囊给些许施舍，
因为他们要背井离乡，
为对付猫族侵略寻求援助；

① 这是一则影射时政的寓言，当时法国正参加第三次“英荷战争”（1672—1678），期间发生一宗法国借款案。寓言可能与此案有关。

鼠国都城已被围困，
他们来不及带钱就被迫逃匿，
如今家亡国破，
手头窘迫。
他们要求并不多，
不过三五天凑合，
救援一到也许就缓和。
隐士道：“朋友们，
我已了断尘世烟火，
穷隐士爱莫能助，
叫他如之奈何？
只能祈求上天为你们消灾免祸。”
新圣徒说完这席话，
就把大门关锁。

这只见死不救的耗子精，
你能猜出他的尊姓大名？
是一位修士？不，是一位异教僧，
我想修士总还是慈悲为本。

白 鹭

有一天有一只长脖子白鹭，
迈着长腿伸着长嘴正走路，
沿着一条小河在散步。
河水清澈，晴空明透，
鲤鱼大姐在水里来回溜，
身边还有白斑狗鱼好朋友。
白鹭吃鱼本来很顺手：
两条鱼就在岸边游，张嘴就进口。
但白鹭以为还不到时候，
等等再吃更有胃口，
更何况他按时吃饭生活有制度。
过一会儿，白鹭来了食欲，
于是回到岸边，看看水流，
只见几只冬穴鱼游出了洞窟。
这道菜难吃，最好稍候，
白鹭显然有点不屑一顾，
就像城老鼠嫌乡耗子饭菜苦。
他说：“我，吃冬穴鱼！我，堂堂白鹭，
我吃这破菜？我的脸还要不？”

冬穴鱼错过了，却发现一条鮈鱼。
“鮈鱼！这也算得上白爷餐中物！
我都羞于启齿！天神岂能允许！”
最后他还是张口降低了要求，
因为再大的鱼儿一条也没有。
饥肠辘辘时候，
谢天谢地遇上了一只蜗牛。

我们不要挑肥拣瘦：
越是随遇而安，越是吃穿不愁。
贪多嚼不烂，失手在苛求。
千万不该看不起小苗头，
凡事见好就收。
许多人走过弯路，寓言不光说白鹭；
这里还有一个人的故事，
教训取之于诸君左右。

姑　娘

某某姑娘有点太骄傲，
想找个丈夫有才有貌，
风流倜傥，年轻，漂亮，身材还要好，
不冷淡，不妒忌，这两点更重要。
姑娘要求男方面面俱到：
财富很多，出身高贵，才气不少，
反正样样都得好。十全十美何处寻？
命运女神关怀备至帮她找，
上门求婚的大都是权贵；
美人儿觉得多半不达标：
“什么？我！嫁给这种人？简直是胡闹！
就这么介绍？唉！可怜他们太糟糕！

你们看看竟有如此英俊的傻帽！”
这个人毫无内秀可言，
那个人鼻子长得不正道；
这个那个，那个这个，
风流女子附庸风雅，
妙人看一切都不妙。
走了一群提亲的富贵，
来了一帮求婚的渺小。
小姐自己都觉得好笑：
“啊！我为他们开门，心肠太厚道！
他们还以为我嫁不掉；
感谢上帝，我夜无烦恼，
尽管孤眠人气少。”
美人悠然自得感觉还挺好；
可年龄不饶人，求婚人不吃回头草。
一年两年过去，小姐开始急了；
惆怅忧伤，天天没着落，
笑神、乐神和爱神分道扬镳，
只觉得红颜离退不讨好；
只好描眉施黛饰衰老。
但脂粉挡不住时光偷窃青春貌。
破旧的房屋可以修缮，
憔悴容颜岂能恢复美貌？
优雅顿改当时调。
镜子对她说：“夫君须快找！”
也不知她何以心血来潮，

嫁人情切，清高女雅士心旌摇。
老姑娘做出一个选择谁也想不到，
最后竟心甘情愿随鸡狗，
嫁个粗郎亦自豪。

心　愿

莫卧儿帝国[1]有些精灵，
专爱做下人干的事情，
为主人收拾行装，把屋子打扫干净，
有时养花种草活像花工。
你若插上一手，
反而越帮越忙乱得不行。
且说从前，恒河边有这样一个精灵，
为一家好市民当花工。
他默默无闻地工作，干活很机灵，
爱护男女主人，对花园尤其用心，
天晓得和风细雨竟是他的友民，
总是悄悄地帮他把任务完成！
精灵呢，他干起活来不松劲，
主人看了有多高兴。
为了表明自己忠心耿耿，
他决心永远伺候这个家庭，
既然是精灵，
就难免有轻浮的天性；

① 莫卧儿帝国，1526—1858 年之印度王朝。

没想到他的兄弟姐妹说三道四，
竟然唆使国王下令，
不管是心血来潮还是谋略运用，
要他立即改换门庭。
圣旨令他马上赶往挪威腹地，
为一家房屋当看守，
终年只见白皑皑雪景，
印度人摇身一变要当拉普人[①]。
临走之前，精灵对主人说：
"人家逼我离开你们，
我不知道做错了什么事情，
但君令如山总要走，
行期在即，拖个把月一周也许行，
请你们抓紧，发三个心愿，
我能使三个梦想成真，
三个心愿，多一个也不行。"
发愿，对人并不是新奇的难为情。
他们第一个愿望就是富足丰盈。
于是财神慷慨解囊，
让他们的钱柜装满金银，
粮仓五谷丰登，地窖美酒香醇，
富贵丰盛，如何规整？
账本如山，管理费时还费神！
夫妇俩反而左右为难心不宁。
盗贼暗中要谋财害命；

① 居住在北斯堪德纳维亚半岛上的一族居民。

大贵族借钱不近人情；
国王征税更狠。
这就是穷汉暴富反要命。
“把这些惹是生非的横财全拿走！”
两口子都开口，“穷日子反清静！
贪富不如安贫。
财宝啊，你扭头快滚开；
女神啊，你赶紧转回程，
你是安神之母，休闲之灵，
哦，小日子最温馨。”
话音刚落，女神果然回来了，
夫妇让道，感激涕零，
虽然发过两次愿，却一如既往，
还是那样与世无争，
还是那样希望失望转头空，
只知干活度光阴。
精灵与夫妻俩谈笑风生。
既然精灵大方肯帮人，
何况他就要告辞动身，
夫妇俩便希望得到智慧，
只有这个财宝不惹雨生风。

狮子宫廷

有一天狮子陛下想弄清楚，
上天敕封他君临哪些民族。
于是他派遣使臣走访，
天下各路诸侯，
使臣携带狮王文书，
盖上御玺，
到列国周游。
通知各国，狮王月内大会部属，
开幕式将大摆宴席，
还有猴精表演作秀。
狮王如此大张旗鼓，
就是要向诸侯把威风抖抖。
卢浮宫内请客喝酒。
好一个卢浮宫！简直是大肉铺，
臭气直呛人鼻子。老熊把鼻孔捂住，
他本不该这样外露；
怪模怪样讨人厌，狮王勃然大怒：
叫他到地狱去掩鼻打怵。
猴子为这种严惩叫好，

马屁拍得很溜，
颂扬大王张牙舞爪发怒也酷，
这洞府，这气味，
香水、鲜花也自愧不如，
连装蒜的价值都没有。
吹捧不到位弄巧成拙，
猴子也受到惩处，
狮王陛下凶比罗马暴君，
对百兽一贯作威作福。
狐狸在身边，陛下便发问：
“嘿嘿，告诉我，别装假，何臭之有？”
狐狸立刻赔不是，
推说得了重感冒，不好张口。
他到底脱身于支支吾吾。

这则故事教益明明白白：
若要在宫廷得宠受青睐，
别生硬吹捧，莫心直口快，
学诺曼人回话，模棱两可无害。

为命运女神鸣不平

有个人搞海贸侥幸发了大财，
几次出海战胜风暴凯旋归来。
深渊、浅滩、礁石，见他手下留情，
幸运女神对他的货物一律放行。
可他的伙伴则另当别论，
命运女神和海神不让半分，
他的伙计受女神护佑进港很顺，
船代理、合伙人，人人对他忠心耿耿。
烟草、食糖、肉桂，还有陶瓷器，
他爱卖什么就卖什么毫不顾忌，
奢侈和狂热化作他的财宝，
一时间财源滚滚进了腰包。
在家言必称双料威尼斯金币，
走狗成群，骏马拉车结队，
吃斋的日子也像办婚礼。
一个亲友看见他如此大喝大吃，
便问："你家便饭何以如此奢侈？"
"还不是得益于我的非凡才智！
全靠我自己苦心经营，

全靠我把握商机进出精明。”
一本万利对他来说不费力气，
赚了钱再冒险投资利滚利。
但是这一次竹篮打水一场空，
一失足终成千古恨：
一条简装船经不起迎头风浪；
另一条船由于没有武装，
中途遇海盗被抢光；
第三条虽进了港，
经销却不畅，
顾客再没有往昔奢侈和疯狂。
最后，他还上了代理商的当，
而他还得意忘形摆酒宴，
挥金如土，大兴土木，寻欢作乐，
一下子沦落为穷光蛋。
朋友见他穷困潦倒，
便问：“何至于如此糟糕？”
“唉，都怪命运女神不好！”
朋友道：“算了吧，既然女神不让你走运，
你至少该有自知之明。”

我不知道此人是否听进劝告，
但我知道人同此道：
走运便以为自己本事高；
一旦失手招致失败，
便骂命运女神太坏。

这样的事无处不在：

好事，都是我做的；坏事，都是命之过；

自己总有理，命运总有错。

秃鹫与鸽子

有一次战神大乱长空。
飞禽争战事出有原因，
我不是说善唱歌的夜莺，
他们被春光带进绿叶帐篷，
率先垂范，歌声拨动春心，
维纳斯在我们心中苏醒；
也不是为维纳斯拉车的鸽子，
而是指那些凶猛的秃鹰，
他们有钩嘴利爪，
据说为争一只死狗而展开战争。
我毫不耸人听闻，
到处是血雨腥风。

如果我要一一讲个仔细，
恐怕会上气不接下气。
多少将领阵亡，多少英雄牺牲，
普罗米修斯终于熬到了尽头，
有望结束身锁悬崖的苦痛[①]。
看秃鹫们拼命厮杀不亦乐乎，
看战死者倒毙则动恻隐之心。
英勇、机智、诡诈、突然袭击，
战场上无所不用其极；
两军怒气冲天，使出浑身解数，
阴魂不散的天空战云密布；
阴森王国拥有广阔领地，
每支作战队伍布阵密集。
这场疯狂厮杀何其残忍，
飞鸽族群顿生怜悯，
他们动动脖子，心肠太软而忠诚。
鸽子们出面进行调停，
争取早日解决这场纷争；
鸽群选出自己的使者，
调解工作非常出色，
秃鹫们不再打斗不迭。
双方休战，和平也就来临。
可悲啊！鸽群反遭不幸，
秃鹫对鸽子本应感恩不尽，

① 典出希腊神话。普罗米修斯因盗天火到人间被主神宙斯锁在高加索高崖上，任秃鹫轮番啄食其五脏。秃鹫一旦灭绝，普罗米修斯自然可以免受皮肉之苦。

然而该死的秃鹫恩将仇报，
反过来对鸽群大举追剿，
格杀勿论不问老小，
乡镇田野不许任何鸽子落脚。
可怜好心人往往不小心，
竟为野蛮残暴调解纠纷。

永远不能让坏人相安无事，
罪恶团伙分化，好人才有宁日，
要在坏人中撒下争斗种子，
坏人太平好人就没有太平日子。
顺便说说，点到为止。

马车与苍蝇①

马车上坡且走的是沙土路，
烈日普照颠簸得很不舒服，
六匹骏马拉车旅途很辛苦。
妇女、修士、老人通通下了车；
骏马汗流浃背，累得喘气也粗。
一只苍蝇突然朝着马车飞来，
嗡嗡乱叫催着骏马加快；
这匹闻闻，那匹叮叮，
总以为是他推车前进；
或坐车辕上，或踩车夫鼻梁上，
车子往前走，
旅客跟着走，
苍蝇把一切都归功于自己的力量：
飞过去，飞过来，来来回回团团转，
犹如司令官亲临前线，
指挥部队前进加快胜利实现。
正当需要和衷共济的时候，

① 这是一则经典寓言。法语至今把爱瞎忙乎、乱插手、到处要好处的人形容成“赶车苍蝇”，追根溯源，典故就出于这则寓言。

苍蝇却抱怨唯有他鞍前马后，
竟无人出来助威加油。
修士念叨日课经，
时间抓得倒挺紧！
女人在唱歌，唱歌也不看啥时辰！
苍蝇夫人就飞到他们耳边乱嗡鸣，
干尽蠢事烦死人。
经过千辛万苦，马车终于爬上高地，
苍蝇立刻开口："现在该休息休息！
车子上平路，我出了多少力！
喂喂，诸位马先生，请付给我辛苦费！"

有些人就爱瞎忙乎，
什么事情都要插手，
到处都要去捞好处，
到处讨嫌必被赶走。

牛奶罐

佩雷特头顶牛奶罐，

罐子下面有个垫，

以为这样进城就保险。

一身轻装，大步流星，

这一天，为了走路灵便，

她穿上平底鞋，衣裙也简单。

卖奶妇人打扮虽然朴素，

可她心中早有盘算：

一罐牛奶卖多少钱，

足足可以买一百个鸡蛋，

让三只母鸡孵小鸡，精心照料并不难。

她自言自语道："我看很容易，

就在房前屋后喂小鸡；
狐狸若能把小鸡吃光算它有本事，
总不能叫我连小猪也买不起！
养肥一头猪，费不了多少料，
等我买了猪，一定养肥膘，
然后再把猪卖掉，我就有大银票。
用这笔钱买头母牛和牛犊，
牵进牛棚谁能拦得住？”
牛犊混入牛群就在眼前跳，
佩雷特得意忘形也跟着跳。
牛奶罐翻了，牛、猪、鸡也跑了，
它们的女主人看起来很懊恼，
眼看到手的财富洒了，
只好向丈夫做检讨，
挨打少不了。
故事编成笑剧流传，
剧名就叫《牛奶罐》①。

哪个脑子不欲火连天？
哪个英豪不修城造殿？
皮克罗肖②，皮洛士③，卖奶妇女，

① 典出拉伯雷的《巨人传》第1部第33章：“我真担心这套千秋伟业到头来落下一个牛奶罐的笑话，说是有一个皮匠在一个牛奶罐上打主意想发财，后来罐子打破了，连饭也吃不上。”

② 皮克罗肖，拉伯雷《巨人传》中的人物，是有野心征服世界的小国王。

③ 皮洛士（前319—前272），古希腊伊庇鲁斯国王，野心勃勃，曾率军入侵意大利和南希腊，最后战死疆场。著有《回忆录》。

人通此理不论贤愚贵贱。
人人都做白日梦，都希冀万事如意，
迷雾飘飘然误导我们心愿，
仿佛天下财富都归自己，
可以独享全部荣誉和佳丽。
我独处时，可向最勇者挑战，
想入非非，敢把波斯王推翻，
我被推举称王，深得臣民厚爱，
一顶顶王冠头上戴，
不测风云让我回归到自己，
原来是老几现在还是老几。

神父与死人

一个死人凄凉地离去，
总算有了最后的归宿；
一个神父欢快地跑去，
让这个死人尽快入土。
我们的死者被抬上灵车，
经过精心包装万般妥帖，
唉，棺材就是所谓长袍，
冬季和夏季都是这一套，
死人一般不愿脱掉。
死者的身边就站着教士，
按照惯例总要念念有词，
念着一篇篇虔诚的祷告，
还要背诵日课经和圣诗，
加上《圣经》语录和颂答：
“死人先生啊，让我们做好事，
我们会给你念经诵诗，
关键在于给多少布施。”
教士先生死死盯住死人，
生怕有人把这宝贝劫持，

那目光似乎对死人诉苦：
“死人先生，我求您资助，
我需要金钱，也需要蜡烛，
还需要日常零碎支出。”
他要这笔钱去买桶好酒——
当地出产的上等葡萄酒；
他有个侄女优雅可人，
女仆帕凯特也得关心，
应该给她们添几件衣裙。
他正想得天花乱坠，
马车出事撞得粉碎，
教士先生就在这个时候，
竟被死人撞得头破血流，
盖棺的教友把教士带走，
我们的神父紧跟施主身后，
两人结伴天堂地府同游。

我们一生仆仆风尘，
恰如教士指望死人，
《牛奶罐》寓言说透人心。

幸运女神

谁不把幸运女神[①]向往？
我倒想找个地方，
仔细把芸芸信徒打量，
因为他们不惜周游列国，
寻访命运女神却无缘交往，
虽是捕风捉影却如痴如狂。
当信徒们刚接近千载好时机，
无常女神对他们的渴求当即回避，
可怜的人们！我同情他们，
对疯子应多些同情少来点怒气。
他们常说：“此人种菜是内行[②]，
转眼即成教皇，我们哪点不比他强？”
你们比他即使好百倍，
可你们的优秀又有何用场？

① 幸运女神，罗马神话中的福耳图那，即希腊神话中的堤喀。她是主神朱庇特的女儿，主管命运，是繁荣和幸运的保护神。传说幸运女神头戴隐身帽，蒙着眼睛，形影无常；她身上有一个神奇的钱袋，取之不尽；手中执个转轮，控制世人的命运。西方文学作品常用“福耳图那之轮”来形容人的命运不可捉摸。

② 影射罗马教皇试斯笃五世（1585年当教皇），相传他就是菜农出身。

幸运女神难道没有眼光？
再说，难道教皇的宝座真有那么宝贵，
值得人们放弃弥足珍贵的休憩，
撒手过去只有神仙才有权的享受？
幸运女神很少把珍宝留给施主。
不必去追求幸运女神，
她会自己找上门，因为她是女人。

镇上住着这么两个好友，
家中都算富有，
一个一心追求幸运女神，
一天对朋友说："我们何不离开住地？
你知道先知从不出在乡里，
让我们到外面碰碰运气。"
朋友道："你去找吧，而我呢，
我不指望风水宝地。
好自为之吧，倒不必安分守己，
但愿你早去早回。
我睡一觉等你回归。"
雄心勃勃，莫如说发财心切，
只见他匆忙赶路不舍昼夜。
第二天便赶到一个地方，
那古怪女神想必常来常往，
那就是宫廷殿堂。
他在那里混迹一段时光，
伺候国王就寝和起床，

这机会可是千载难逢，
虽寸步不离，却一事无成。
心想："怎么回事？不如改换门庭。
幸运女神明明住在宫殿里，
我见她成天去串门，
一会儿东，一会儿西，
我为何无缘与任性的女神楼堂相会？
不怪有人说，此地人才多，
人家并不总喜欢雄才大略。
告辞了，宫廷先生们；宫廷先生们，再会，
命运的影子哄你你就跟到底。
据说在苏拉特[①]有女神的宫殿，
不妨去看看。"说走就走，于是又上了船。
世人啊，你们有一颗铜心[②]，
而此人无疑有一颗金刚心，
他第一个敢上海路向深渊挑战。
在海上航行期间，
他几次回望故国家园，
他经历了千难万险：
海盗、风浪、礁石、无风难扬帆，
全是死神门将把关，
他费尽千辛万苦舍近求远，
其实在家里就可与幸运女神周旋。

① 苏拉特，古印度西部港口，商业繁荣。

② 典出贺拉斯《歌集》，说最初乘船出海的人，其心脏周围有橡木板和铜板护卫着。拉封丹借此用金刚心来形容其人的决心与勇敢。

他抵达莫卧儿帝国，
听人说女神在日本广布恩泽。
于是他就去了日本国。
海洋对他不给好脸，
漂洋过海毕竟得到有益经验，
原来还是野蛮人给予指点：
“安居家园，顺其自然。”
他在日本并没有走运，
比在莫卧儿未必荣幸，
最后他得出一个结论：
千万不该离乡背井。
他不再四处奔波，
返回故国，遥望自己的旧窝，
热泪盈眶说：“在家度日月，
与世无争，安居又乐业！
在家只听别人说，
才知道宫廷、海洋和幸运帝国，
幸运女神啊，你让富贵如烟眼前过，
叫我们追名逐利天空海阔，
却从不兑现你的承诺。
我从此不再去颠簸，肯定好得多。”
他做出这样一番推论，
下决心不信幸运女神，
却猛然发现朋友门前坐着女神，
而朋友酣睡尚未苏醒。

两只公鸡

两只公鸡本来过着和平生活，

来了一只母鸡，顿时燃起战火。

爱情啊，你毁了特洛伊①；

就是因为你，才招惹出这场战祸，

连众天神也血染克珊托斯河②。

两只公鸡搏斗了很长时间。

消息立刻在左邻右舍传遍：

戴冠的家禽都跑来观战，

好几个羽毛艳丽的海伦，

① 典出荷马史诗。宙斯的女儿海伦美艳无比，嫁给斯巴达王墨涅拉俄斯后，被特洛伊王子帕里斯诱走，从而引起一场持续十年之久的特洛伊战争。

② 克珊托斯河，流经小亚细亚，入地中海。

成为赐予战胜者的奖品。
战败者逃之夭夭躲避藏身，
为痛失荣誉和所爱而伤心，
眼看着情人被对手夺走，
胜者王侯笑傲败者如流寇，
战败者每天见仇人义愤填膺，
鼓勇气磨尖嘴拍翅膀挺起胸，
顶着狂风练本领，
妒火中烧快发疯。
其实大可不必，只见战胜的公鸡，
飞上屋顶高唱自己的胜利。
秃鹫一听到歌声，
公鸡就失去所爱和光荣；
所有的骄傲在鹰爪下化为泡影。
最后，由于胜者乐极生悲，
战败的情敌又回到原地，
围着母鸡打情卖俏好不得意，
你可以听到咯咯乱叫的甜蜜，
因为他拥有成群的宠妃。

命运女神总爱让人乐极生悲，
骄兵必败就是这个道理，
一旦取得战斗的胜利，
提防点命运女神，切不可麻痹大意。

占卜的女人

舆论往往产生于偶然，
而舆论总是成为流言。
我可对各界人士有言在先，
那全是骗局、固执和偏见，
毫无或很少有公正可言：
这是潮流，怎么办？有潮就有流，
过去将来到永久。
有个女人在巴黎占卜算命，
大家都找她，不管出什么事情：
丢了一件服饰，有了一个情人，
老婆嫌丈夫老不死，
母亲刁难，女人妒忌，
都跑到算命女人家里，
希望她道出自己的心意。
她的手法随机应变，
念念有词，胆大包天，
机缘巧合，掐指推断，
往往被人当作奇迹惊叹。
尽管她是百分百的二百五，

她的话却被当作妙药灵丹。
神的代言人却住破房子，
坐镇陋室可以赚大钱，
她可没有其他经济来源，
却为丈夫高就积攒了本钱；
她买了房子还买了官。
旧房子换了新住户，
更招来全城关注，
大姐小姐，老仆老爷，进进出出，
一如既往算命来找破屋：
破房子竟成了西彼拉仙窟[①]。
前一个女人把破屋变成闹市。
后来的女人怎么推辞也不是：
“我会算命！笑话。先生们，我读过书？
上帝只教我认几个字母！”
无济于事！只好算命和预言，
没想到收入倒很可观，
比两个律师收入多。
换家具添设备更是助澜推波，
四张歪腿椅加一根扫帚托，
令人想起夜里会变形的女妖魔[②]。
这个女人如果说真话，
房间尽管有地毯，

① 西彼拉是传说中的女预言家，著有《西彼拉预言集》，据说藏于卡皮托利山岗朱庇特神庙的石窟中，西彼拉仙窟便成了求神问卜灵验的代名词。

② 欧洲古代传说，魔女们星期六半夜举行盛宴拜敬魔王，赴宴途中常骑着扫帚把，并不时变幻自己的形象。

大家也会嘲笑她，

流言偏爱破房子，因为破房子算命灵。

住好房子的女巫却坐等无人问。

名牌可以把顾客招揽，

法院里律师不正衣冠，

其貌不扬可以赚大钱，

有人封他大师，大师就有跟班，

你问我为什么，我也很为难。

猫、黄鼠狼与小野兔

说有一天早上，
这只狡猾的黄鼠狼，霸占了小野兔的住房——
主人不在家，占房易如反掌，
那一天，小兔子正出去追求曙光，
惹草沾露逗着百里香，
就这样兔子窝溜进了黄鼠狼。
小兔子吃完草，跑跑逛逛，
兜了几圈就回地下把身藏。
黄鼠狼的鼻子正贴着门窗。
“哦，好客的神！我发现有点名堂？”
被赶出祖居的兔子说，
“哎哟喂，黄鼠狼太太，
请你乖乖地给我离开，
要不然我把当地耗子都叫来。”
尖鼻子女士回答：
土地谁家先占归谁家。
这倒是一个借口好吵架，
这鬼地方连他自己都得爬。
黄鼠狼道：“即使这里是王国，

我也要知道法律怎么说，
凭什么单传给兔爷、兔爹、兔孙子，
而不传别人也不传给我？”
兔孙子援引习惯法并动用使用权：
“正是根据这些法律明文规定，
我才成为这间房子的主人，
父亲传给儿子，皮埃尔传给西蒙，
然后由我若望来继承。
先下手为强的法律难道更英明？”
黄鼠狼道：“好了，别吵也别争，
我们去找大法官胖猫评一评。”
这只猫深居简出如隐士，
温良恭顺似谦谦君子，
猫中圣人身穿皮袍，胖脑肥头，
断案堪称行家里手。
兔子同意由猫王当裁判。
于是两人一起求见，来到穿皮袍的猫陛下跟前。
猫大王说：“孩子们，过来呀，
快过来，我耳聋，到底已经老迈。”
两人走了过去，心里没想到意外。
两个人靠近猫手下，伪善的猫王便伸出利爪，
左右开弓，双手齐下，
把两个诉讼人送进嘴里和解吞下。

案子颇像小诸侯闹僵，
请国王调解反而遭殃。

蛇头与蛇尾

蛇有两大部位，
与人类为死敌，
那就是头和尾；
头尾鼎鼎出名，
来自生死女神，
帕尔卡[①]心太狠。
蛇头蛇尾之间，
曾有重大争端：
究竟谁该走在前面？
过去蛇头总走在蛇尾之前，
蛇尾叫屈鸣冤，
对天说：
“我爬行多少里程，
跟着头亦步亦趋，
难道她以为我就这样没出息？
我简直成了她的下贱奴婢。
我应该谢天谢地，
天生就是头的姐妹而非跟随。

① 帕尔卡，希腊神话中主管生死和命运的女神之一。

头尾血统本同根，
对我们应当一视同仁，
她身上有的我也有，
速效剧毒害死人。
我的要求很简单，
请老天快把命令颁，
该让我走在蛇头姐姐前，
我会好好带她走，
保证她毫无怨言。”
老天发狠心与人为善，
好心办坏事司空见惯。
对盲目的祈求本应装没听见。
此番却大谬不然，
蛇尾当向导瞎子看白天，
犹如热锅上的蚂蚁团团转，
时而碰上大石柱，
时而撞行人，时而磕树干，
蛇尾领着姐姐奔向冥河边。

蛇尾误国可悲可怜！

月亮上的动物

一个哲人[①]信誓旦旦，

说人总被感觉欺骗；

另一个哲人[②]则断言，

感觉从来不会把我们骗。

双方各有道理，哲学只讲真言，

说感觉骗人，

是说人只凭感觉反馈下结论；

其实，只要对事物表象进行核证，

根据距离远近，

① 指古希腊哲学家德谟克利特（约前460—前370），原子唯物主义创始人之一，著作有《小宇宙系统》《论自然》等。

② 指古希腊哲学家赫拉克利特（约前540—约前470），唯物主义哲学家，著有《论自然》等。

参考周围环境订正，
凭借感官和仪器测定，
这样形成的感觉不骗人。
自然造化的安排天衣无缝：
我得花几天工夫把道理说充分。
抬眼观察太阳，太阳是何面目？
从下看庞然大物圆周不过三步①。
但如果从太空上看，从太阳高处探望，
眼前又是什么景象？
从距离可做出太阳大小的判断，
通过勾股视角手工就可定算②。
无知者以为太阳是平面，我却说它是球形；
我说太阳好静，而地球好动③。
总之，我不信肉眼感觉之虚幻，
因此不会上当受骗，
我的脑海随时进行思辨，
把现象中掩盖的真相加以发展；
其实我并不自作聪明，
我的目光有点太短浅，
耳朵听声音来得太迟缓。
直竿照水弯，理智正直观：
是非曲直由理智做判断。

① 古代法国长度单位，一步相当于 325 毫米。
② 法国哲学家和天文学家伽桑迪（1592—1655）曾用手工办法，只借助于两块不等边的三角板和几何原理就测量出太阳的距离。
③ 暗指哥白尼（1473—1543）的“日心说”。日心说认为，太阳是静止的，而地球是运动的。

我的双眼，利用理性的帮忙，
在骗我的同时又从不把我欺骗。
只相信感觉反馈，此错司空见惯，
硬说月亮身上冒出一个女人头。
真有其事？不可能。那么何来此物？
那是由于远望错位导致的谬误。
月亮并非清晰如镜面：
有山峦起伏，也有一马平川，
阳光一照阴影便勾勒出各种形象，
像个人，似只牛，还有大象。
不久前，英国人看到月亮出洋相①。
望远镜里，一种新兽上了月亮，
这颗星球本来多漂亮；
人人都望月兴叹。
天上肯定大有改观，
世界必将发生重大事变。
难道与列强之战②有关？国王③跑来助澜，
他以国王名义支持这种高见。
他也看到月亮确有走兽出现，
原来是只老鼠躲进望远镜里面，
人们开怀大笑。多走运的人民！

① 当时英国盛传月亮上有动物存在。
② 指争夺海上霸权的英荷战争（1652—1678），卷进战争的除了荷兰外，还有英国、法国、西班牙、丹麦和瑞典。
③ 指英王查理二世（1630—1685），在其父查理一世被送上断头台后流亡法国、荷兰。后策划王党叛乱，复辟斯图亚特王朝，在位期间两次发动对荷兰的战争。

法国人何时能像他们看出破绽？

战神让我们喜获多次胜利的光荣：

现在倒是敌人害怕战争，

而我们则总想先发制人于死地，

胜利犹如情妇与路易①寸步不离，

武功盖世足以使我们青史名垂。

甚至缪斯女神也依恋我们，

让我们鼓舞欢心；

和平带来希望而不招致呻吟。

英王查理善于享受和平，

战争中尽显自己英明，

并使英国隔岸观虎争。

不过，假如他能平息这场战争，

那就烧高香致敬！他果真不负英名？

难道奥古斯都②的功名不够壮丽，

比不上第一代恺撒的头顶功勋？

哦，多荣幸的英国人！和平何时来临，

好把我们大家都带进歌舞升平？

① 指路易十四。当时路易十四与英王查理二世勾结，发动了第三次英荷战争，法国最后取得了战争的胜利。

② 奥古斯都（前63—后14），罗马帝国皇帝，恺撒之甥孙及养子。一生征战，战功赫赫，始建罗马帝政。在位期间大兴土木，罗致文人，保护并奖励文艺创作，缔造一代“罗马的和平”。

苦　婚①

愿好事总与美丽同窗，
明天开始就去找对象；
但离异已不是什么新鲜，
美人难求，贤惠更难，
美丽与贤惠无从结缘。
莫认为不找女人大谬不然，
婚姻见多了，没一家令人留恋；
然而天下男女无不冒险，
大胆追求姻缘一线牵；
只不过四方男女无不后悔，
我不妨援引悔悟一例。
此人实在没有办法，
只好将妻子送回娘家，
因为妻子抠门、好妒又爱吵架。
鸡蛋里挑骨头，事事不顺眼：
怪睡得太早，嫌起得太晚；
今天说白，明天说黑，天天找麻烦。

① 这则寓言诗取材于伊索寓言《丈夫与妻子》。拉封丹这里借题发挥，对自己的不幸婚姻生活发泄不满。

仆人们听了发毛，丈夫忍耐有限：
“先生你管个屁，先生你太浪费，
先生你快跑，先生你稍息。”
只听她叽里呱啦，叫人疙疙瘩瘩，
听腻小人的叽叽喳喳，
莫如将她送回乡下娘家。
于是她到乡下混同于老粗，
有的养火鸡，有的放生猪。
过些日子，她的脾性该有些软化？
丈夫便把她接回家。
问：“怎么样！你干些啥？
日子过得还好些？
可否满意乡下人的纯朴无邪？”
妻子回答：“够了，看了更难过，
那里的人比这里还懒惰：
他们看羊得过且过，
我对他们好说歹说，他们反恨我，
都是些没教养的家伙！”
“瞧！夫人，”丈夫顿时不快，
“如果你的脾气还是这么坏，
教大家如何以礼相待？
那些人早出晚归难得见你一面，
他们尚且都不愿看你脸色，
仆人们与你抬头不见低头见，
你教他们怎么办？
难道让他们成天看你肆无忌惮？

做丈夫的又该怎么办?

他必须与你日夜相依相伴!

回老家去吧,从此别见面!

如果生前我发贱叫你回来,

那就加倍惩罚我的罪过,

在死人堆里找两个像你这样的老婆,

在我身边不断把我折磨!”

第八卷

补鞋匠与大富翁

一个补鞋匠从早唱到晚，
只听他唱了一段又一段，
人们看了无不感叹，
听了无不称赞，
比希腊七贤人[①]还乐观。
可邻居正相反，虽然腰缠万贯，
却闷声不响，最少是睡眠。
此人堪称富翁大款。
他经常失眠刚刚睡着天快亮，
却被补鞋匠的歌声把美梦打乱；
大富翁便开始怨天尤人，

① 希腊人将他们的智慧和乐观精神归功于七位哲人，故有希腊七贤之说。

甚至怪上帝缺心眼儿，
为何不让人在市场上卖睡眠，
就像买吃买喝那样方便。
于是他把唱歌人请到公馆：
“是这么回事，格雷古瓦先生，
你一年能挣多少钱？”
“一年？先生，实不相瞒，”
快活的补鞋匠笑着调侃，
“我可不这么精打细算，
也不日复一日把钱积攒，
能混到年底就福气不浅，
只求每一天能吃上面包几片。”
“那就请你告诉我，一天到底能挣多少钱？”
“有时多一点，有时少一点，
糟糕的是总有那么些天，
过节放假叫我们失业没事干，
一误再误没钱赚，
（若没有节假日[①]，收入还不少；）
可惜神父布道总爱推出新圣人规定新节日。”
大富翁见他天真幼稚不由露出笑脸：
“我今天要把你推上金銮殿。
给你一百个金埃居，请你好生保管，
必要时供你排忧解难。”
补鞋匠以为看到了金山银山，

① 路易十四统治时期，法国除星期日外，还规定了53个节日，节日期间禁止做工，而且新神父上坛布道往往推出新圣人，增加新节日，引起社会的不满。

百年来人间财富供使唤，
总共也就这些钱！
他连忙回家去，把钱藏进了地窖，
金钱和快乐同时被他埋葬掉。
他的歌声从此再也听不到，
失声得到的却是烦恼。
睡眠从此离家出走，
忧心却登门问好，
疑神疑鬼造成虚惊不少，
成天睁大眼睛警惕江洋大盗，
深更半夜只要听到猫叫，
怀疑猫溜进地窖偷钱。
最后，可怜虫跑去见富翁说道：
“我要唱歌和睡觉，把它们归还我吧，
一百金币我不要！拿回去吧！”

人与跳蚤

我们祈求不休，老爱找天神麻烦，
往往为鸡毛蒜皮小事丢人现眼，
似乎天下万事老天都该管，
像我们一样斤斤计较睁大双眼，
似乎小小苍蝇蚂蚁毛毛虫，
一举一动都要天神做裁判，
甚至要惊动整个奥林匹斯山，
仿佛希腊与特洛伊重开战。

跳蚤咬了傻瓜肩膀一口，
然后跳进傻瓜被子里躲藏。
“赫丘利，”傻瓜道，“来年春上，
务必把这怪物从大地清洗光。
你干什么，朱庇特？你高高在云头上，
难道你不为我报仇将蚤族埋葬？”
为了杀个跳蚤，傻瓜痴心妄想，
逼天神借给他雷电和狼牙棒！

死神与垂死之人

死亡并不令智者惊悸，
他早做好去的准备，
他经常提醒自己，
何时该别离。
此时此刻，唉！一了百了，
虽有日月时辰分秒区别，
向死神祭献不可忽略，
因为死神统管一切；
王子们刚刚睁眼看世界，
虽然看到了光明，
可有时候，
也会成为闭眼的永别。
尽管你自恃高贵，
尽管你留恋美貌美德青春年岁，
死神对一切从不讲人情味。
总有一天全世界都要向他下跪。
这是尽人皆知的天理，
既然要我说几句，
劝君切莫对死毫无准备。

有一个百岁老人生命垂危，
竟抱怨死神匆匆来催，
逼他立刻离开人世，
连写遗嘱时间也不留点滴，
至少也该提前给他通个信息。
老人道："脚未落地人先死，是否不近情理？
请稍等片刻，老伴不愿我与她分离；
还有一个侄孙要成家立业；
我家房屋要增添一翼，
哦！残酷的死神，何必如此性急！"
死神道："老头，我并非对你突然袭击，
你怨我性急毫无道理。
嘿！你不是已经活过百岁？
有几个百寿老在巴黎？几个在法兰西？
照你说，我该提前通知你，
好让你把后事来料理：
等你把遗嘱写完备，
等你侄孙成家立业，房屋盖整齐。
难道你真的没有任何预感？
你不觉得行走乏力，
精神和情感憔悴？
万事不太如意？
耳不聪，食无味，往事如烟逝，
阳光关照似乎也不必，
家财万贯何足惜！
你看看你的同学和同事，

病的病，危的危，死的死，
难道这些迹象连提醒都不是？
走吧，老头，莫要找遁词，
至于你写没写你的遗嘱，
反正算不了国家大事！”

死神言之有理。到了这把年纪，
告别人生犹如告别丰盛宴席，
向主人道谢，收拾好行李，
你岂能推迟多少行期？
何必叹息，老头！
君不见多少壮士血空流，
他们上前线一路奔走，
明知血战无回头，
毕竟人生壮丽，有过光荣春秋。
别怪我瞎嚷嚷，请恕我心口直：
愈是不肯死，愈是难弥留。

狮子、野狼与狐狸

狮子老了，痛风不止，日子难熬，
要人寻找良药来医治衰老。
对大王说“不”乃大逆不道。
狮王向百兽寻医问药，
各类医生务必应召。
各路医生纷纷报到。
医生们对狮王问诊治疗，
唯独狐狸躲避在家不肯上朝。
野狼乘机在大王病榻前离间讨好，
罗织罪名诬陷自己的同僚。
大王当即下令火熏狐狸窝，
狐狸出洞立刻被押进王朝。

知道是大王听信野狼诬告，
狐狸道："陛下，我担心有不实举报，
污蔑我把大王小瞧，迟迟不来报到；
其实我正行朝圣大礼，
为陛下健康频频祈祷。
也就在朝圣的道路上，
我遇见了高明医道，
把陛下担心的虚弱后果向神医们求教，
他们得知陛下只是体热有些缺少，
年事已高使热气逐渐消耗。
您只需披一件活剥狼皮袄，
一定要热乎乎血气未消，
这个秘方专治虚弱衰老，
一试就灵胜似灵丹妙药。
只要陛下乐意接受，
狼先生当效献睡衣之劳。"
大王对狐狸的建议连连称好。
于是狼被脱皮、砍头、剁脚，
大王吃了狼肉宴酒足饭饱，
身上紧紧裹着狼皮袄。

诸位朝臣先生，千万别再互相厮杀，
你们歌功颂德但不可祸水转嫁，
得不偿失到头来自找苦吃。
害人必害己骑虎难下。
你们为官架子大，同僚成冤家。

寓言的威力

——致德·巴里隆先生[1]

大使的身份尊贵，
能否低就通俗故事的口味？
我能否献上我的寓言诗牵强附会？
若说小诗偶尔也敢附庸风雅自作高贵，
您是不是觉得有点儿轻率冒昧？
您外事繁忙不辞劳累，
却还有劳您的智慧，
明辨野兔与黄鼠狼孰是孰非[2]。
您读也罢，不读也可以；
但要防人顺水把舟推，
将整个欧洲包袱推给我们背；
要防止四面树敌，
教我们陷入重围，

① 德·巴里隆，法国驻英国大使，其使命是代表路易十四与英王查理二世维持结盟关系。大使先生赴任前经常出入萨布里埃尔夫人的沙龙，拉封丹得以有机会与他交往。

② 请参看第七卷《猫、黄鼠狼与小野兔》。

我对此深表同意①；
但要防英国作祟，
唆使两王不屑为友。
这样的事情委实难以接受。
难道还不到路易罢手的时候？
最终会不会有一个假赫丘利，
对七头蛇怪②作战意懒心灰？
难道蛇怪还会长出新头来与英雄作对？
倘若阁下才思敏捷，
凭借雄辩口才和机敏聪慧，
可以缓和人心并扭转时局逆退，
到时候我献出一百只羊以表钦佩：
这对帕耳那索斯居民③来说代价不菲；
不过还得请阁下施个恩惠，
接受我这微薄的敬佩，
和我炽热的心意，
献上这首古诗作为赠馈。

① 1652—1678年间，英国与荷兰为争夺海上霸权进行了三次大规模的战争，史称“英荷战争”。第一次战争（1652—1654）英国战胜荷兰；第二次战争（1665—1667）荷兰战胜英国。法国国王路易十四乘机联合英国于1672年5月对荷兰宣战，第三次战争（1672—1674）爆发。法军陆上进攻荷兰进展顺利，但在特塞尔海战中法国和英国海军溃不成军，致使英法联军出现裂痕，英国单独对荷媾和，并宣布退出战争。于是荷兰联合西班牙、奥地利、德意志、丹麦、勃兰登堡等国在陆上对法国发动反攻，甚至连法国往日的盟友英国也准备加入反法联盟，法国在外交上空前孤立。形势逼人，拉封丹担心法国四面受敌，写了这首政治寓言诗献给即将走马上任的法国驻英国大使，试图用寓言的力量为法国效力。

② 希腊神话中的七头蛇怪（一说九头），蛇头被砍后又会长出来，但最终被英雄赫丘利杀死。这里的七头蛇怪暗指法国的敌人。

③ 帕耳那索斯乃神话中缪斯女神居住的地方，居民指诗人自己。

内容与您般配，我也不必多嘴，
您本该得到真诚的赞美，
可您并不希望，
对您恭维。

从前在雅典，百姓无足轻重，
有个演说家，眼看祖国在危险中，
便登上讲坛，施展口才波涛汹涌，
征服人心接受共和，
大谈特谈全民救国。
可人们不听他那一套，
演说家便慷慨激昂，顿足捶胸；
最迟钝的灵魂也不会无动于衷：
他让死人说话，雷霆万钧，言无不尽。
但一切都当耳旁风，无人为之心动；
对牛弹琴，虽然弹得头头是道，
听众根本不听他的热闹；
大家东张西望，宁看孩子们争吵，
他到底说些什么谁也不知道。
演说家怎么办？不由变个花招：
“色列斯[1]，一天外出旅行，
有鳗鱼和燕子与她同行；
一条河流挡住了他们的前程；
鳗鱼游过水去，燕子飞过天空，
过河只消几分钟。”

① 色列斯，罗马神话中的谷物女神。

此时听众们异口同声：
“色列斯呢，她该怎么办？”
“她该怎么办？只见她怒不可遏，
首先为你们感到难过！”
怎么回事？听众对童话深感困惑！
“面对威胁造成的后果，
在希腊民众中只有他不敢忘忧国！
为什么你们不问菲利普[①]干什么？”
听众受到如此指责，
被寓言唤醒不由大惊失色，
于是全神贯注听演说家演说。
一则小寓言功不可没。
此时此刻我做这则寓言意深长，
形势逼人，我与大家犹如雅典人一样，
如果有人对我把驴皮故事[②]讲一讲，
我一定会心花怒放。
有人说世界老了，我也这么想；
但应当让老人像孩子一样喜洋洋。

① 影射路易十四王孙菲利普。法王为吞并西班牙，企图让菲利普继承西班牙王位，从而引发西班牙王位继承之战。
② 指与拉封丹同代的民间文学家贝洛（1628—1703）的童话《驴皮的故事》。

女人与秘密

没有什么比秘密更值钱，
要女人保密比登天还难，
我知道有许多男子汉，
跟女人一样说长道短。

丈夫试探妻子是否可靠，
夜里在她身边大喊大叫：
“天哪！怎么回事？我肚子疼得吃不消！
怎么？我下了个蛋！”“下蛋？”“是呀，你瞧，
刚下的新鲜蛋。可千万别瞎叨叨。”
妻子毕竟经验少，
总感到莫名其妙，
但她信以为真，保证把嘴封牢；
尽管她信誓旦旦，
信誓随夜色消散。
妻子生性沉不住气，
天一亮就起床下地，
跑到邻居大姐家卖嘴皮。
她说：“大姐呀，出了怪事啦，

千万不要说出去，否则我会挨打。
我丈夫刚下一个蛋，足有四个鸡蛋大。
看在上帝分上，千万别告诉别人，
这样的秘密公开不行。”
大姐道：“难道你拿我开心？
啊！你一点也不了解我的为人。
走吧，你什么也甭害怕！”
下蛋人的妻子回到了自己家。
殊不知隔壁的大姐早已把消息传播，
走东家串西家十处地方还要多；
邻居下蛋也从一个变成三个。
故事并没有到此结束，
另一位大嫂说是四个，
还窃窃私语咬耳朵。
这样小心又何必，
因为传闻早已不是秘密。
多亏了信息女神满天飞，
一传十，十传百，蛋的数目多得离奇，
就在当天太阳还没落地，
已经传来男人下百个蛋的消息。

占星术

愈是想把厄运绕开，
偏偏半道碰上意外。

父亲只有一个独生子，
百般宠爱如掌上明珠，
不惜求教于占星术，
预卜子嗣祸福。
一位先生说得玄乎，
孩子长大前要远离狮口，
一直到二十岁左右。
父亲关爱儿子生命，
对爱子百般呵护，
严禁孩子离家半步；
只要不出门，可以满足任何要求；
他可以成天找小朋友，
说说笑笑，蹦蹦跳跳，跑步散步。
孩子慢慢长成小伙子，
喜欢打猎围追野兽，
家里讨厌野孩子，

对他一再劝阻，
但好说歹说都难改他的脾气。
年轻人有勇无谋，岂能安分守己？
动不动心血来潮急功近利，
一提打猎就欢天喜地。
阻力愈大欲望愈急。
他懂得抽刀断水水更流。
华宅充满富丽派头，
名画挂满墙头，
挂毯油画各有说头，
奇形怪状到处是狩猎图，
这里描绘动物，
那边勾画人物，
年轻人看到狮子就按捺不住：
“啊！怪物，正是你把我在黑暗中禁锢！”
说着，心头怒火怎么也压不住，
冲着无辜的画中狮猛击拳头。
正好有枚铁钉在挂毯后头，
小伙子立刻拳破血流，
致命伤害及心头，
就是神医也无药可救。
不遗余力保命反把小命丢！
防范过度也曾害死诗人大作家，
埃斯库罗斯[①]剧血演古希腊，

① 埃斯库罗斯（约前525—前456），古希腊三大悲剧作家之一，相传著有70部悲剧，有“悲剧之父”之称。

据说有位占星家警告过他，
说其住宅很快就会坍塌，
于是他立刻离开城市搬了家，
露宿野外，远离房屋，身居天下。
有只雄鹰叼着大龟盘旋在诗人上头，
正好看见地上有块大石头，
原来是诗人闪光的秃头，
便瞄准目标甩下猎物，
以为这样可以敲开龟壳吃肠肚，
却导致埃斯库罗斯一命呜呼。

两个故事得出同一结论，
不管占星术到底灵不灵，
反正受害者常是问卜人，
愈是怕倒霉愈是逢厄运。
其中必有蹊跷，我应出面澄清。
反正我全然不相信，
大自然会作茧自缚，
并把我们双手捆紧，
竟将人的命运托给浮云；
其实命运取决于机缘巧聚，
乃是时间、地点和人物碰上头，
绝不是江湖骗子一派胡诌。
国王与羊倌在同一个天下生存，
一个手执权杖，一个手拿牧羊棍，
硬说全是木星早规定。

什么是木星？一个无知觉的星体。
它何来那玄妙的感应力，
对国王和羊倌分别处理？
又如何对人间滥施淫威？
如何穿越那厚厚的大气？
如何飞越火星、太阳和太空无际？
既然原子可改变轨迹，
占星家又如何为其重新定位？
我们面对欧洲战争局势[①]，
至少应有一个占星家可以先知，
为何无人提起？其实他们一样无知。
无论从距离、速度和位置，
星体运行岂能跟上我们的行止？
何况我们喜怒无常变化快，
它们如何领会我们心事？
它们难道有如此高智？
我们的命运自行其是，
日夜交替从不停滞，
与我们从不同步，
而占星家却想用把规尺，
勾画出我们生命走势！
诸君切勿就事论事，
只停留在我刚讲的两则故事。
那个娇惯的独子和诗人埃斯库罗斯，
并不能说明占星术有什么灵智，

① 指英荷战争，见第七卷第二十五则注。

那是瞎猫碰上死耗子，
一千次里也许只猜中一次，
完全是阴差阳错偶有之。

脖子上挂食品的狗

我们的眼睛经不起美人的考验，
我们的双手经不起黄金的诱骗，
看管财宝很少有人会不动贪心，
真正忠心耿耿的人的确少得很。

有只狗把主人的饭菜送回家，
脖子套项圈饭菜就在上头挂。
他看见一兜美味在胸前搭，
尽管馋涎欲滴口水翻白花，
还是忍住馋虫不让往外爬。
其实我们大家都一样贱骨头，
见钱眼开经不住财富的引诱。

真是咄咄怪事！人教狗要忍受，
却不教人自己抑制贪心胃口！
这只狗就这样披挂好生气派，
一只看门狗过来要抢走饭菜。
但他并没有如愿以偿，
竹篮打水空欢喜一场。
只见送饭狗把食物放在地上，
轻装上阵以便进行顽强抵抗；
一场大战，别的狗闻风到场；
野狗争食打群架家常便饭，
怕什么拳打脚踢撕咬混战。
送饭狗眼看寡不敌众抗争难，
主人的肉食显然面临危险，
急中生智，自己的一份不能丢，
说："先生们，别动火，只要一份归我有，
其余的全让你们去享受。"
话音未落，他自己先咬了一大口；
其他狗一哄而上，争先恐后，
当然落不下那只看家狗；
你有我有大家都满足。

触景生情不由我浮想联翩，
城里挪用公款也是家常便饭。
从市长到市政官员，
谁不伸手把光沾；
手段高明者自为榜样，

看他们巧立名目真是风流倜傥。

若有人胆小怕事维护公款，

尽管道理非常简单，

但一开口势必被当作傻瓜蛋。

于是胆小鬼摇身一变随波逐流，

倒不如近水楼台先下手！

拿鱼开玩笑的人

有人到处寻找噱头，我却不敢同流，
因为这种艺术总想作秀，
上帝创造贫嘴只是为了媚俗，
他们巧舌如簧专爱讽刺挖苦。
我也许用一则寓言讨个说头，
也许还有人承认我不是胡诌。

一位笑星出席大富翁盛宴，
只看见桌边摆着小鱼一盘，
大鱼盘离自己却很遥远。
他取了条小鱼，对小鱼喃喃说话，
然后假装听小鱼小声回答。
在座的人无不惊讶，
满座高才都看着他发傻。
笑星于是说话文质彬彬，
说他在为一个亲友担心：
一年前他背井离乡去美洲淘金，
会不会在海难中惨遭不幸？
于是他向小鱼打听亲友下落，

但所有小鱼年幼知之不多，
说不清他的亲人是死是活，
只有大鱼知道前因后果。
“那么，先生们，我能否对大鱼说说？”
在座的宾客连连说可，
这个玩笑开得倒挺不错，
我虽表示怀疑，但他最终还是得手。
他们给他递去一条古老的大鱼，
好一一告诉他探险家姓甚名谁，
他们竟然一去不复归，
他沉寂海底百年无是非，
广阔海洋帝国流着多少离人泪。

老鼠与牡蛎

有只田鼠缺乏头脑，
有一天在家里闷得烦恼，
便离开田野、麦穗和粮草，
索性抛开鼠洞到各地跑一跑。
他一溜出小家小灶，
不由感叹："世界是多么广袤！
亚平宁山脉高耸，高加索悬崖陡峭！"
在他眼里小小鼹鼠包也成了山坳坳。
几天后，田鼠远道来到海边观潮，
海洋女神留下许多牡蛎老小，
田鼠一看，
以为发现了高大战舰。
他说："是啊，我父亲着实可怜，
不敢外出旅行，胆小怕事到了极点。
而我，穿越沙漠，一路忍饥挨渴，
我终于看到了海洋帝国。"
田鼠曾听乡村教士提起过，
现在也来个道听途说，
他可不是啃书本的无名学士，

每个牙齿都沾满知识。
岸边许多牡蛎都把大门关严，
只有一只张开大壳对着太阳打呵欠，
和风吹得他浑身舒坦，
空气清新，尽情呼吸，意畅心欢，
多白多肥，一看就知道味道很新鲜。
田鼠老远就看见这只嫩牡蛎，
“我发现了什么？分明是一种好吃的东西，
如果我没弄错，单看她的色泽美丽，
就知道我今天能吃上千载难逢的美味。”
老鼠先生正想得心里美滋滋，
便朝着张开的牡蛎壳伸了伸脖子，
只觉得好像被紧紧地咬死，
因为牡蛎突然把壳门关死。
田鼠的下场在于贪婪无知。

这则寓言留下的教训可圈可点：
首先让我们看见，
有些人孤陋寡闻毫无经验，
少见多怪却总以为有重大发现；
我们从中也学到一个道理，
聪明反被聪明误，自欺欺人害自己。

熊与园林老人

有一只山熊生性粗野，

命运女神把他关进山林孤寂苟且，

飞马英雄落地成了瓮中鳖[①]，

孤苦伶仃闷得发慌无以发泄，

久蹲牢狱正常人也会精神分裂。

说话当然好，沉默更不错，

但老熊愤怒时开口闭口都是火。

只要有熊出没，其他动物就休想好过，

老熊太熊，孤家寡人难耐寂寞，

① 典出希腊神话。柏勒洛丰是希腊神话中的英雄，曾骑飞马射杀喷火怪物喀迈拉，先后战胜索吕摩和亚马孙等部落，最后骑飞马上天参加众神聚会时被飞马掀下地来，致使其晚年孤苦伶仃，四处飘零。

终于忍受不了这凄凉生活。
正当老熊闷闷不乐，
附近也有一个老者，
跟熊一样孤苦寂寞。
老人喜欢园艺花果，
是花神福罗拉的追随者，
也是果神波莫娜的崇拜者。
养花和种树虽都是好工作，
但缺少亲朋好友陪伴唠嗑，
草木无言，只能在我寓言里说说。
人非草木岂能成天沉默?
默默无语的日子实在难过，
老人一大早下山想找个朋友搭伙。
老熊与老人不谋而合，
也离开了他的山窝窝。
两个人也是机缘巧合，
在拐弯的路口碰了个正着，
老人害怕了，进退两难：躲开如何?
得想个妙法脱身避祸，
最好的办法就是不露惧色。
老熊不讲客套，开门见山就把话说：
“莫非你是来看望我?”
老人说：“尊敬的老爷，
请赏光到寒舍，
吃顿便饭，不胜荣幸的是我，
家里有牛奶和水果，

未必能为尊贵的老爷解饥消渴，
但我愿尽绵薄。”
老熊愉快地接受了邀请，
相见恨晚——一见如故——一拍即合。
进了家门，两人已是贤弟大哥。
从表面上看，老人精明而老熊笨拙，
英才可以单独和蠢材合作，
因为老熊一天说话不多，
老人可以安静地干活。
老熊外出捕猎，归来颇有收获，
在家还有一项重要工作，
就是为安睡的老朋友驱赶苍蝇，
不让飞客在人脸上停落。
一天老人家睡梦正香，
一只苍蝇叮准老人鼻梁，
老熊左赶右赶费尽周折，
竟闹得他没了辙。
他气呼呼地说：“我非把你逮住不可！”
说时迟那时快，老熊心头冒怒火，
抓起一块石头硬把苍蝇砸死，
苍蝇粉身碎骨，老人也血流头破。
热闹未必伤人，冷箭却可穿心，
老人直挺挺躺在床上难过。

不怕聪明的敌人叫阵，
就怕愚蠢的朋友惹祸。

两位好朋友

两位挚友家住莫诺莫塔帕[①]，
有福同享，有难同当，亲如一家。
据说当地人重友情毫不掺假，
不比我们讲友谊感情差。

有一夜两人各自去睡觉，
趁太阳不在睡他个五迷三道；
其中一人做梦，之后慌忙跳下床，
跑到朋友家急忙把守夜仆人叫，
睡神莫耳甫斯早就上门关照[②]。
睡梦中的朋友吓了一跳；
连忙取了自己的钱包，
顺手拿起了自卫武器，
匆忙出来见朋友说道：
“很少看你睡觉时会跑；
我以为你一向聪明厚道，

① 莫诺莫塔帕是东南非洲赞比西河流域的地区名，因地域遥远，常被拉封丹作为寓言故事的寄托地。

② 莫耳甫斯是希腊神话中主管睡梦的天神，他用虞美人花碰到谁谁便入睡。这句话是说大家都已经呼呼大睡。

莫非你赌博把钱都输掉?
给你钱！是不是有人欺负你?
我的剑已出鞘，我替你把仇报!
要不就是你独眠寂寞睡不着，
我身边有一个女奴很漂亮，
要不要我把她来叫?”
“不，这些原因都不是。”朋友解释道，
“我感谢你想得热情又周到。
我是看你睡时愁上眉梢，
担心你有心病，所以连忙赶来；
都是该死的梦在胡闹。”

两位朋友谁对谁更好?
读者朋友请你赐教。
难题摆在面前如何是好?
真正的朋友体贴入微多么周到!
他善解你内心的需要：
尽管你羞于启齿，
他却洞察你的微妙。
一个梦，一件小事，也许微不足道，
但往往令知心朋友心惊肉跳，
因为他摸透了你的心窍。

肥猪、山羊与绵羊

肥猪、山羊和绵羊在一起，
登上同一辆大车去赶集。
离家进城分明不是去看戏，
被人出卖故事从头说起。

赶车人并没有这个心意，
送猪羊去看塔巴汗①的笑话剧；
猪大人一路鸣冤叫屈，
好像身后有百口大猪哭哭啼啼，
震耳欲聋，闹翻了心肝肺。
两只羊却温顺守己，
本是老实人，听猪呼救惊诧不已，
他们心地坦然无所畏惧。
车夫对猪说："你为何怨天怨地？
你吵得大家心火着急，
你就不能安静安静把嘴闭？
你看这两人多老实，你简直无法比，
是不是该让他们教你活得有出息，

① 塔巴汗（1584—1633），法国笑话剧作家，街头艺人。

至少学会少说为佳懂闭嘴?
瞧瞧绵羊，好乖的孩子，
他可曾动过一下嘴皮？”
猪答道：“他是大傻子，
他如果知道危在旦夕，
还不像我一样把嗓门扯碎；
还有那一个所谓老实人，
非把天叫塌才歇气。
他们一心只想减轻身上压力，
挤掉多余的奶，脱掉厚毛衣，
我不知道他们想得对不对；
而我只能被宰当美味，
我是必死无疑。
猪窝猪舍我是再难回。”

猪大人头脑清醒争得颇有理，
但又有什么用呢？大难临头难回避，
埋怨和恐惧都对厄运无济，
倒是目光短浅者温顺得出奇。

狄尔希与阿玛朗特

——为德·希勒莉小姐而作[①]

我刚放下伊索寓言，
又来品味薄伽丘[②]；
有一位女神提要求，
兴会在帕耳那索斯山，
再读读我独树一帜的寓言。
如果贸然去对她说“不”，
又没有恰当理由，
恐怕对女神失敬，

① 德·希勒莉小姐是拉封丹的同乡，才貌双全，酷爱诗歌，其父善写格言。拉封丹献给她这则寓言时她年方25岁，正准备与一位侯爵结婚。狄尔希与阿玛朗特是拉封丹寓言中男女牧羊人的化名。

② 薄伽丘（1313—1375），文艺复兴时期意大利著名作家、人文主义者。

扫了她们的兴头，
特别当美人有美意、
主宰风流的时候。
大家都知道，
听寓言正是希勒莉小姐爱好，
想要再次听听，
狼先生与乌鸦先生说笑，
让我落笔成为诗之美妙。
希勒莉金口玉言，
一言值千金，
谁不洗耳恭听，
岂可煞风景，
当作耳边风？
不妨言归正传，
根据她的意见改改深奥文风，
把故事讲得通俗易懂，
因为聪明人未必事事都精通。
我们不妨说几个小故事，
完全不必穿插解释，
就谈谈牧羊人开心日子，
把狼和羊的对话写成诗。

有一天，狄尔希对阿玛朗特说：
“啊！假如你能跟我一样体味到，
有一种痛苦令人痛快得神魂颠倒，
天底下没有任何东西比它更美好。

请允许我向你如实传达,
相信我,别害怕,
难道我会骗你不成?
我只是想打动你那颗温柔似水的心!”
阿玛朗特马上问:
“这是什么痛苦?它叫什么名?”
“爱情!”
“这名美得很,
不妨说说有什么特征、
给人的感受有多深——
好让我按图索骥,闻味跟踪。”
“其苦也甘,帝王之乐不足欢,
倾国倾城无颜色,前呼后拥皆生厌;
有了爱,如痴如醉,忘乎所以,
有了爱,独处森林,喜笑开颜。
又好比你到河边顾影自怜,
看见的却不是自己的脸,
而是心上人的美好容颜,
那人影来回转,那人儿就在身边,
其余的一切都视而不见。
他就是村上一个小羊倌,
只要接近他,闻其声,提其名,
姑娘立马就脸红,
一想到他就激动、
莫名其妙,但情有独钟;
既怕见到他,又想得发疯。”

阿玛朗特顿有所悟：
“哦！哦！这就是你向我鼓吹的痛苦？
我似曾相识，心中早已有数。”
狄尔希以为自己被姑娘看中，
但美丽的姑娘却补充：
“克里达芒这小子闹得我丢了魂！”
小伙子听了羞愧窝火无地自容。

多少人像狄尔希一样自以为是，
只图一己私利挖空了心思，
却是为他人作嫁自讨苦吃。

狮后的丧礼

狮王死了王后，
百兽吊唁不休，
百般慰问奉承，
劝君节哀消愁，
狮王心更难受。
讣告全国周知，
葬礼时间地点，
司仪主持仪式，
安排礼宾座次，
清点到会姓氏。
只听狮王放声大哭，
哀吼响彻上下洞窟。
整个狮族仅此堂屋。
狮王哭吼犹如带头，
百兽百腔痛心疾首。
一国朝廷，文武百官，
喜怒哀乐，随时应付，
王乐臣喜，王悲臣愁，
即使假装，不可含糊。

看脸变色，甘为人猴，
仿佛灵机牵动万千头，
人成机器行动靠按钮。
还是言归正传说百兽——
只有鹿不哭！哪有泪可流？
狮后之死等于替鹿报了仇，
因为鹿妻鹿子死于狮后手。
反正鹿不哭。
有人溜须拍马去告密，
硬说亲眼见鹿笑嘻嘻。
正如所罗门言之有理：
狮王暴怒，惹事者危在旦夕！①
可惜此鹿没有读经的学历。
大王对鹿道："你这森林地痞，
你敢笑，不随大家哭泣。
圣爪不屑动你这渎神贱体，
来呀，饿狼们快动嘴，
为王后雪恨，宰牲祭高贵，
叫叛徒死无葬身之地！"
鹿答道："陛下不必生气，
哭灵期已满，痛苦又何必，
王后神灵已在花间休憩，
刚刚还对我打招呼，
音容笑貌依然清晰。
她对我说：'朋友，我上天走走，

① 典出《旧约·箴言》："王的威吓，如同狮子吼叫。惹动他怒的，是自害己命。"

神仙聚会，出殡时千万别啼哭。
在极乐世界我尝遍万千甜头，
圣人相见，谈笑风生，无忧无愁。
大王一时难受，需要时间弥补，
我对他的关爱心满意足。’”
听了这席话全场一片欢呼：
“千古奇迹！王后仙游！”
鹿非但没有受惩，反而加官进禄。

梦话连篇可以讨国王欢心，
甜言蜜语用谎言曲意逢迎，
即使大人们对你充满怨恨，
最终上当受骗视你为上宾。

老鼠与大象

法国人自以为是人物，
口气不小俨然是擎天柱，
其实不过是一介市民凡夫。
有“法国病”之说并非虚构。
此类虚荣乃法兰西特有。
西班牙人却另有派头，
我看他们虽然倨傲，
但并没有愚蠢到这般地步。
且看我们傲慢的几种形象，
毫无疑问绝不在别人之后。

一只小小老鼠看见一只大大象，

大象出身高贵出行披着盛装，
稳重大方，走路有模有样，
老鼠却笑他有点懒洋洋。
大象高大压倒其他动物，
身上驮着有名的苏丹王后，
还有狗、猫、鹦鹉和长尾猴，
大摇大摆去朝圣出尽风头。
老鼠不由感到奇怪，
人们何必对这庞然大物大惊小怪！
说：“似乎占据空间多与少，
就决定地位重要不重要！
人们为何对象如此崇拜？
难道是因为他的身材能吓唬小孩？
尽管我们个头小里小气，
但智商并不比他低。”
老鼠也许还有话讲，
可是猫已跳出笼箱，
老鼠顿时看清真相，
老鼠毕竟不如大象。

驴与狗

互助乃自然法则。
有一天毛驴却无视规则，
不知为什么像中了邪，
可他天生就该助人为乐。
毛驴由狗陪伴走在乡村路上，
神态庄重，其实心里什么也没想，
他们陪主人进城逛一趟。
主人睡着了，毛驴趁机啃草饱私囊。
他来到一片草地，
绿草如茵很合自己口味。
可惜没有蓟草，只好因地制宜，
不要老是那么喜欢挑剔，
不过餐桌少了这道菜，
盛宴很难成立。
当驴的只好凑合一回。
然而狗饿得要死，对驴说：
“亲爱的伙计，请你把身子低一低，
我要吃面包篮子里的东西。”
毛驴只顾吃草没搭理，

生怕耽误一点滴，
多吃一口少吃亏，
久久装聋是故意，
最后才说：“朋友，我给你提个建议，
还是等你主人睡醒后再提起；
到时他会按惯例送给你，
你该得的那份东西，
请你莫着急。”
正当驴在耍嘴皮，
树丛里跑出一只饿狼。
毛驴立刻呼救请狗快来帮忙。
狗一动不动，说：“朋友，我劝你逃亡，
等你的主人睡醒后再回来作商量；
请你莫着急，拔腿快逃跑。
如果老狼抓住你，你就把他的下巴踢掉，
要知道你的蹄铁刚刚装好；
你若信得过我，你会把狼打倒！”
狗说得很漂亮，狼大爷早对蠢驴撕咬。

我总结出一条：互助必不可少。

朱庇特与霹雳

朱庇特发现人间罪过，
有一天按住云头便说：
“给下界派去新移民，
把大小城镇通通占领，
原来世上的那族种群，
把我闹腾得实在烦神。
墨丘利，快下地狱查询，
给我带来那复仇女神①，
三姐妹中选那最残忍。
人类被我宠得忘了本，
这次让你们大祸灭顶。”
朱庇特吐出这口怨气，
没过多久就气和心平。
哦，你们，列为国君，
朱庇特让你们主宰世人命运，
你们动不动就大发雷霆，

① 希腊神话中复仇三女神总称厄里倪厄斯，分别叫阿勒克图、墨纪拉和提希丰，是战争、瘟疫、愤怒、妒忌、邪恶的化身。她们身材高大，眼中流血，蛇盘头发，手持蛇鞭，专门惩罚罪人。

不是下大雨就是刮暴风，
一夜之间闹得鸡犬不宁。
墨丘利拍打翅膀很轻盈，
甜言蜜语巧舌颇机敏，
一路到地狱看望三女神。
据说有这样一件事情，
墨丘利偏爱阿勒克图，
超过其他两尊女神。
阿勒克图因此忘乎所以，
便通过冥王普鲁托下令，
将整个人间都划归冥境。
这可不是朱庇特的本意，
便撤销复仇女神的决定。
主神把女神打发回地狱，
随即打了个万钧雷霆，
想把背信弃义之徒处以火刑。
引雷之神恰是雷击对象的父亲，
父亲惩罚孩子岂能不留情？
于是只轰击一片无人居住的秃岭，
父亲打孩子骂声大雨点轻。
事件的结果是什么情形？
人类因宽恕而站稳脚跟。
但整个奥林匹斯山怨气沸腾，
冥河女神斯堤克斯出面调停，
急忙调集满天乌云，
酝酿暴风雨准备再进攻，

这一次保证一举成功。
人家笑言他作为父亲，
肯定下不了这个狠心，
最好委派其他天神，
到下界释放雷霆。
于是火神伏尔甘走马上任。
他把炉火烧得通红，
锻造两种方簇箭柄，
保证会百发百中；
凡是奥林匹斯山惩罚人类，
就用这根雷电棒发雷霆；
另一种可以改变航程，
用于攻击挺拔的山峰；
但它往往去向不明。
飞箭闪电一路轰鸣，
由朱庇特亲自放行。

高士与商人

有位希腊商人在外做事，

雇到一个土耳其高明卫士，

希腊人付给土耳其人商务工资，

酬金昂贵，高级保镖也不过如此，

到头来希腊商人也颇有微词。

又来了三个土耳其人求职，

要求合伙保护希腊商户，

三份薪金合起来还低于那个高士。

希腊人觉得合算，便同他们达成共识。

有人把情报报告高士，

劝他先下手为明智，

快把那三个小子通通收拾，

让他们上天去见真主，
此事宜早不宜迟；
否则，三人抱成一团，
一旦让主人得知，
打击报复难免坏事，
这种打手他周围有的是；
只消用点毒药，
就能叫人转世。
高士听了这番高见，
胸中似有百万雄师，
胜券在握万无一失，
直赴商人宴会如同往日。
他的言谈举止，
自信中更有自持，
根本看不出别有心事。
“朋友，”他说，“听说你要把我退辞，
甚至有人怕我有后顾之忧，
但我相信你是正人君子，
看来你非下毒小厮。
我就不多费言辞，
至于那三人想当你的卫士，
不用我多讲道理来扰你心思，
只给你讲个小故事。

“有个牧羊人养只狗看管羊群。
有人大惑不解不由发问，

一只狗一顿吃一个大面包，
不知牧羊人葫芦里卖什么药，
不如把大狗奉送给本村大阔佬。
牧羊人为节省开支，
不如养两三只狗崽子，
不仅花费不多，而且看羊更省事，
三只肯定胜过一只。
要知道一只大狗比三只更能吃；
可是牧羊人未曾三思，
若要与饿狼搏斗三只能否顶一只？
牧羊人把那只大狗退辞，
换回三只狗崽子：
饭量减少了，实有其事；
打仗却开溜，事实如此。
只有羊群心知肚明；
你的选择若与此类似，
保证你后悔一辈子。
请你三思而行，再来找我不迟。”
希腊人决定留住高士。

这故事提醒各个诸侯小国，
投靠谁定要作出精明选择，
与其联合众弱回避一强，
莫如归顺一强威震众弱。

学问的优势

从前城里住着两位市民，
经常意见不合发生争论：
一个很穷，但富有学问，
一个很富，但知识贫困。
无知富翁想压倒聪明穷人，
声称聪明人本应当放聪明，
穷苦人自然应当尊重富翁。
这种人的确十分愚蠢，
因为无德之福何以为荣？
富人的逻辑我不敢苟同。
富翁经常爱对聪明人说：
“朋友，你自认为应受尊重，
不过，请你说说，你可有过宴请？
像你们这样苦读又有何用？
你们住的都是三流阁楼顶；
一套衣服从炎夏穿到隆冬；
居然把自己的身影当随从。
国家有你们倒是挺节省，
一年到头不需花几分文！

我只知社会离不开富户，
富贵人家以花钱为开心。
上帝知道，只有我们大把花钱，
才能养活你们芸芸众生：
你们才能卖手艺，做买卖，当裁缝，
才能做奴才，当跑腿，献艺卖斯文，
才能讨好财主、富翁、银行家先生，
几本臭书才换得好酬金。”
愚蠢的富翁出言不逊，
为富不仁，自然会有报应。
读书人一言不发，虽有满腹经纶。
战争的报复比什么讽刺诗都灵。
战争摧毁了富翁和穷人家园，
两人背井离乡逃离了故城。
富翁因无知而一无所有，
所到之处得到的是冷漠眼神，
而聪明人到处受到新的欢迎。
富翁与穷人之争终于可以得出结论。

任无知小人贬低学问，
知识有价贵重比黄金。

隼与阉鸡

如果有人跟你虚情假意，
千万不要急忙搭理，
相信我，没错，真的，绝对，
不被诱惑的狗才算有主意。
法国芒市有种特产叫阉鸡，
那天被赶去过堂接受审理，
只见主人的家神高高在位，
法庭就是炉灶上安把小几。
在场人人对阉鸡花言巧语：
“小乖乖，小宝贝，小弟弟……”
阉鸡并没有因此洋洋得意。
他说：“过奖了，你们未免太客气！
你们逮不住我，原因也在这里。”
此时有只隼在鸟架上栖息，
看见芒市阉鸡四处逃避。
“这里的阉鸡对我们一向多疑，
也许出于本能，也许有太多经历。”
这只鸡挣扎半天还是就擒，
说不定明天就成了晚宴美味，

做一道大菜肯定没问题，
凡是家禽命运大致差不离。
捕捉阉鸡的猛禽蛮不讲理：
“你也太愚昧，我感到很惊奇，
你是大笨蛋、大老粗、大虾米，
你身上找不到任何好东西。
你看我，会出猎，回家还讨喜。
看到了吗？主人就在窗子里。
你聋了吗？我说他在等着你！”
阉鸡答道：“我早已心领神会！
可你知道他想对我说什么？
那个油头滑脑的厨子要干什么？
他手里拿着大刀多凶恶？
难道你是来为他们当说客？
让我逃跑吧，
请你千万别笑我，
他们用甜言蜜语呼唤我，
而我拍打着翅膀拼命躲，
不肯就范忙逃脱。
只要你看看铁扦野味挨红火，
每天有多少烧烤上餐桌，
鹰隼和阉鸡一样多，
你就不会这么责怪我！”

猫与老鼠

有四只性情各异的动物：
猫，偷奶酪的老手；
猫头鹰，阴郁多愁；
老鼠，咬网绳不停口；
黄鼠狼女士，修长腰瘦。
他们个个爱耍阴谋，
经常出没于老松树洞口，
野外老树内心已经腐朽。
有一天晚上，在松树四周，
猎人把捕猎的罗网张布。
老猫起个大早外出寻觅食物。
夜雾尚未退尽，有网看不清楚，
失足误落罗网差点把小命丢，
老猫连忙呼救，却跑来一只老鼠，
老猫大失所望，老鼠却喜上心头，
终于看到死敌深陷桎梏。
可怜的猫说："亲爱的朋友，
你对我好心好意，
在我这里有目共睹，

请帮我逃离陷阱之苦，
是无知使得我深陷囹圄。
你是我最关爱的鼠类朋友，
弥足珍贵远比我爱惜自己的眼球。
我无怨无悔，感谢诸神保佑。
我还要对天神不断祈祷，
就像虔诚的猫晨祷不休。
我已陷进罗网，小命掌握在你之手，
快来帮我解开网绳死扣。”
老鼠答道：“我将得到什么报酬？”
猫立刻信誓旦旦：
“我与你永结盟友！
请你尽管放心，我的利爪归你所有，
不论打谁我保护你全力以赴，
我要吃掉黄鼠狼，
还有猫头鹰老两口，
他们早就想对你下手！”
老鼠说：“瞎吹牛！
你封我当救星？我还没那么糊涂。”
老鼠说完，就偷偷地往回溜。
黄鼠狼就守在老鼠洞口。
老鼠吓得爬上了树，
却看到猫头鹰把路堵，
老鼠四面受敌，急得火烧屁股。
咬网眼专家不得不掉转头，
替猫把网眼一一解除，

最终把伪君子解救。
恰好猎人就出现在这个时候。
两个新盟友拔腿就逃走。
过不久，老猫远远看见了老鼠，
老鼠对猫仍然警惕张目。
老猫说：“啊！好兄弟，过来拥抱握手，
你对我提防是对我的侮辱，
你用仇视的眼光看待盟友。
你以为我是忘恩负义之徒，
除了上帝你就是我的再生父母！”
老鼠回答：“可我忘不了你本性难移，
一纸空文岂能迫使猫感激老鼠？
谁不知道结盟是一时需求？”

两只狗与死毛驴

如果说美德是好姐妹，
那么恶习就是坏兄弟。
我们的心一旦染上恶习，
邪恶便趁虚而入毫不客气。
我理解物以类聚道理，
臭味相投才能沆瀣一气。
谈到美德，不可能万事如意，
更难看到白璧无瑕十全十美。
勇者易躁，冷静者难免谨小慎微。
动物世界又何尝不是如此：
狗对主人忠诚，甚至体贴入微，
但狗嘴贪馋而且经常傻里傻气。
两只看家狗提供了这样的实例。
他们看见一只死驴漂浮在波浪里，
顺流又顺风。眼看着毛驴漂离，
一只狗说：“你比我有眼力，
瞧瞧开阔的河面水深流急，
我仿佛看到什么东西。
是牛是马你能不能分个仔细？”

只听另一条狗回答道：
“咳！是牛是马又有什么关系？
反正是佳肴美味。
关键是如何吃到嘴里；
离我们还有好长距离，
再说逆风泅水很不容易。
我们不如喝干这床河水，
正好嗓子渴得出奇，
肯定可以喝干河底，
到时候畜生也就晒成肉干，
一个星期的口粮当不成问题。”
于是两只狗拼命喝河水，
一口接一口喘不过气，
顿时涨破了肚皮，
最终断了气。

人通此理：
一旦头脑发热追求私利，
就希冀太阳会从西边升起，
不惜一切代价追逐荣华富贵！
总希望万事如意，却往往步步荆棘。
“我可以扩大联邦土地实现大统一！
我可以让金库装满耀眼金币！
我可以学会希伯来文典籍，
学贯古今精通天文地理！”
所有这一切犹如喝干海水，

要满足人的欲望谈何容易！
只要有一人异想天开提动议，
就得有四个人长出三头六臂；
得寸进尺，人心不足蛇吞象，
欲壑难填，千岁之后还想万岁！

狼与猎人

敛财狂是个怪物，

对天神的善举竟熟视无睹，

我费尽了笔墨进行讽刺挖苦！

何时你才能吸取教训有所悔悟？

如果有人把我和智者的话当作耳边风，

他就永远说不出："该满足了，何不轻松轻松？"

"朋友，时光如流水，人生转头空。

我反复强调这句话，人生得意须尽欢。"

"我会的。""什么时候？""明天就行动。"

"唉！朋友，死神可能半路把你等。

我劝你从现在就开始享受人生，

切莫重蹈寓言中狼和猎人的不幸。"

猎人开弓射倒一只黄鹿，
又一只小牡鹿倒在黄泉路，
草地上顿时躺倒一对美丽的猎物。
也算名正言顺，打猎打倒两只野兽，
猎人若不贪心，理当心满意足，
没想到又出现一头野猪，
这是求之不得的大野兽，
猎人恨不得咬几口精瘦肉。
冥河边又添一个冤魂来居住。
命运女神剪断生命线颇费功夫，
地狱女神好几次催野猪快上黄泉路，
沉重的打击实在叫野兽支持不住。
照理说猎户应当见好就收，
但征服者从不收敛胃口，
正当野猪从昏迷中苏醒时候，
猎人发现有一只山鹑在垄沟觅食。
小山鹑无论如何比不上三头大野兽，
但是猎人顺手开弓飞箭一去不回头。
此时受伤野兽垂死就争一口气，
猛然扑向猎人破开肠肚，
最终报了一箭之仇，
山鹑却意外得救。

贪得无厌的人请以此为戒，
吝啬鬼且继续读下面一则。

一只过路狼看到这血淋淋场面，
不由得兴高采烈高声呼喊：
“啊，命运女神，我应当为你修座神殿！
四具尸体横地面！发横财天遂人愿！
不过还是省着点，好事千载难见。
(吝啬鬼都会这么自我慰劝)
我有了一个月的菜饭，
一、二、三、四，四个星期分摊，
如果我没算错，每个星期都有饱餐。
好肉留到后天，先来啃掉这把弓弦，
弓弦是肠子做的，那腥味还挺新鲜。”
说时迟那时快，老狼扑向弓箭，
一支毒箭把老狼肠子扎穿，
又一条生命归天。

寓言贵在讲理，享受贵在开心，
狼和猎人同归于尽：
一个死于贪心，
一个死于悭吝。

急流与深水

一道急流从山后直奔而下，
雷鸣般的声响煞是可怕，
谁见谁逃，无不惊恐，
村野闻声浑身抖动。
旅行者望而却步，
犹如遇到拦路虎！
有个人被强盗追逐，
狗急会跳墙，只好冒险强渡。
急流咆哮吓唬人，
湍急水不深，
此人只受到一场虚惊。
险胜胆气升。

强盗依然穷追不舍，
落难人不怕挫折，
途中遇到一条深水河，
水面平静，安详，犹如在梦乡，
逃难人以为渡河易如反掌。
不见陡岸，只有清净沙滩，
坐骑帮他躲过盗匪劫难，
却沉没在无声波澜，
冥河呛水人马翻，
人马共渡鬼门关，
离开阳世久居阴间。

不吭声的人很阴险，
嗓门大的人反不然。

德莫克里特与阿布德人

我历来讨厌庸人思想，
低俗、不义而且莽撞，
主观和客观往往对不上，
总以自己标准把别人衡量。
伊壁鸠鲁学派大师[①]深感冤枉，
他的老乡硬说他疯疯癫癫精神不正常！
俗话说本地出不了先知，好经来自外乡。
当地人错了，德莫克里特才是高智商！
阿布德老乡一错再错，
竟派代表投书外乡，
求神医希波克拉底[②]救治膏肓。
来人声泪俱下求情说：
“德莫克里特丧失了理智，
我们的老乡读书太多成了书呆子，
教我们如何去敬重一个白痴？

① 即古希腊哲学家伊壁鸠鲁。伊壁鸠鲁（前 341—前 270），古希腊唯物主义哲学家，在雅典一座花园里办学，史称“伊壁鸠鲁花园学派”。他们认为物质是唯一的实在，论证并发展了德谟克利特的原子论和流射说，强调感性认识的重要性。

② 希波克拉底，古希腊名医。

他说什么宇宙无穷尽，
多少世界数不清。
如果他说的是事实，
也许有无数个德莫克里特在世！
他想入非非，还胡说有什么原子，
无中生有，无非是子虚乌有的影子；
他一动不动，竟想在下界丈量天日；
他懂得天文，却对自己不认识。
过去他还能在争论中求共识，
现如今自言自语无伦次。
神医快来吧，请您高抬回春贵手，
他已病入膏肓，迟了恐怕无药可治。”
希波克拉底对阿布德人将信将疑，
不妨动身前去看个实际。
请读者看看人生机缘有好戏！
没想到希波克拉底来到之时，
丧失理智之人正在研究理智，
只见德莫克里特专心致志，
正在人和动物身上寻思，
到底是心还是脑想事。
只见他独坐河边树荫下，
苦思冥想挖空心思，
脚下散放着满地书，
朋友光临竟然不知，
还是那样如醉如痴。
寒暄客套不讲究，

惜时如命方是君子，
聪明人从不浪费言辞。
双方开门见山不叙家常，
津津乐道的却是人和思想，
当然最后落脚在道德问题上。
我在这里不必罗列双方说些什么。
上述情节足以说明，
人云亦云未必可信；
我曾读过一句名言：
神谕即民声。
我对此该不该认真？

教　养

“拉里东”和“恺撒”都是狗名，
兄弟俩出身于高贵家庭，
健美、勇敢、威风，
各随其主所受教育却大不相同：
弟弟在森林狩猎，哥哥在厨房争宠。
哥两个本来都各有美名。
但由于两家教养不同，
一只得天独厚发展了优良天性；
另一只则退化成了厨房小帮工，
外号叫“胖堆拉里东”。
其弟成天东奔西跑，
追杀野鹿勇猛冲锋，

号称“狗族恺撒一世英雄”!
他注意不乱搞对象,
以免改变优良血统。
拉里东则放肆多情,
拈花惹草一谈就成功,
繁殖的野种林林总总。
在法国到处可见这类狗杂种,
他们招摇过市,遇风险就逃命,
与恺撒一族大相径庭。

对祖宗三代倒不必毕恭毕敬,
但时过境迁往往会丢失传统,
若不注意继承优秀民族品性,
哦!多少“恺撒”将变成“胖堆拉里东”!

第九卷

两只鸽子

两只鸽子本来亲亲密密，
一只在家却待得烦腻，
恨不得远走高飞，
到异国他乡游历。
另一只则劝道：“你这是何必？
难道想离开你的兄弟？
人生最苦是别离，
你好残酷！别光为你自己！
再说一路担惊受怕千辛万苦，
到时候你就会打退堂鼓。
我说，还是等天气暖和些再走！
何必这么着急？春风自会来招手。

刚才乌鸦还为一只鸟儿啼哭，
我满脑子都是不祥事故，
鹰隼袭击、罗网诱捕……
我会说：‘下雨了，路上太苦，
兄弟他是不是该有的都有？
吃得好吗？住得好吗？还有……’”
伙伴唠唠叨叨动摇军心，
弄得冒失旅行者心神不定；
但出门见世面的欲望蠢蠢欲动，
不安分守己的心情最终占了上风。
他说：“别哭啦，只玩三天就满意，
我会很快飞回来告诉兄弟，
桩桩奇遇皆亲历，
让你展愁眉。
当然不见世面也就提不出什么问题，
我的旅行见闻会让你欢天喜地。
我说我曾到哪里游山玩水，
你会以为是亲身经历。”
说完兄弟俩惜别挥泪。
旅行之鸽远走高飞，
忽然乌云密布，只好找地方将息，
只有一棵树绿叶枝头可暂栖，
但还是受到暴风雨侵袭。
雨过天晴，冻僵的鸽子又起飞，
淋湿的羽毛需要晒一晒，
从头到脚理一理，

却猛然发现田地里有麦粒，
上面还有同类在觅食，
这令他羡慕不已，
不由飞下去，却绊住了双腿，
原来是中了诱捕罗网的阴谋诡计。
但罗网已陈旧，鸽子用尽平生之力，
用嘴扯，用脚踢，拍打翅膀拼命冲出去；
掉了几根羽毛未免太可惜。
祸不单行，倒霉人老倒霉，
一只秃鹫张爪跟踪来追击，
发现鸽子破网身上披，
犹如逃犯穿号衣，
拖着长绳尾。
正当秃鹫捕获成功在即，
一只苍鹰从云头向秃鹫发动突袭，
鸽子利用两强相争之机，
仓皇逃离，停落在一家破屋脊，
以为不幸中得到万幸，
这下子总算可以化险为夷；
没想到有一个顽童（正是不懂事年纪），
手持弹弓顿时拨响鸣镝，
落难的鸽子差点儿把命丢弃。
怪只怪自己对外面的世界太好奇！
惊弓之鸟拖着瘸拐的伤腿，
好歹挣扎着鼓起双翼，
半死不活回故里，

幸好没受别的罪。
鸽子重逢几多喜？
多少辛酸化泪水！

情侣们，幸福的情侣们，
蜜月旅行宜就近，
心心相印永温馨，
丰富多彩味常新；
痴情重知己，闲事若轻尘。
我也曾经热恋过，
但并不羡慕卢浮宫与其藏品，
并不想远走高飞傲苍穹，
却恋恋不舍山村野店大树林，
那里有她留下密密麻麻的脚印，
那里有她左顾右盼的眼神，
可爱的牧羊姑娘还年轻，
我请爱神为我们做证，
我为她第一次立下海誓山盟！
唉！何时能唤回这样的良辰美景？
多少柔情妩媚成心病，
教我此生如何得安宁？
啊！但愿我重新燃烧青春之心！
难道不觉得藕断丝连情犹在？
莫非我误了爱的光阴？

谎言的报应

感谢诸位缪斯女神帮忙，
我才能为动物放声歌唱。
假如我描写别的主人公，
也许就不可能获此殊荣。
老狼说话用神的语言[①]，
在寓言中与狗自由交谈；
畜生和野兽争先恐后，
纷纷把不同角色扮演；
有的很愚蠢，有的很聪明；
不过聪明人反爱误事，
傻瓜有时却占有优势。
这样的例子比比皆是。
我也让骗子招摇撞骗，
恶棍和无赖同台表演，
最恨霸道和背信弃义，
讽刺冒冒失失小混蛋，
少不了溜须拍马之徒，
更有些愚不可及蠢汉，

① 指诗歌语言。

兴许还要补充新篇章，
专门组成说谎大兵团，
古代圣贤[①]早就讲：
“世上无人不撒谎。”
如果这话无深意，
只是下层小是非，
那就不必太为难——
谁人没有小缺点？
如果另外有人讲，
我们人人都撒谎，
大大小小都一样，
我看这是大冤枉。
即使有人好假冒，
把伊索、荷马来仿效；
但虚构是艺术创造，
富有梦幻的妩媚情调，
穿着亦真亦幻的外衣，
为我们提供真实的生活写照，
但这绝不是玩弄虚伪的那一套。
伊索与荷马都有著作问世，
我看值得流芳百世，
甚至永垂青史。
谁想学大师们虚构，
恐怕没有那么大的本事；

① 指所罗门王。但“世上无人不撒谎”一语应出自《旧约·诗篇》：“我曾急促地说，人都是说谎的。”

不过谁要学说谎，
像下文受托人那样，
搬起石头砸自己脚上，
只能落得个狼狈不堪下场。
请看事实真相。

一位波斯商出门做生意，
有一天来到邻居家里，
寄存一百斤铁器。
商人回来问邻居铁在哪里。
“你的铁？没了，我遗憾地告诉你，
通通被一只老鼠吃掉哩。
我对下人大发雷霆，
但又有什么用？
是谷仓就有漏洞！”
商人佩服邻居撒谎天衣无缝，
也就装得信以为真。
过几天商人把邻居的孩子拐骗，
然后邀请孩子父亲吃饭，
邻居婉言谢绝泣不成声：
“请你理解我的苦衷，
我的一切欢乐通通落空，
我爱我的孩子胜过我的生命；
我只有这根孤藤，唉！现在断了根，
谁这么狠心？可怜我断子绝孙！”
商人回答说：“昨晚，夜色朦胧，

我亲眼看见飞来一只猫头鹰，
抓走你的儿子飞向旧楼顶。”
父亲道：“你怎么叫我相信，
一只猫头鹰能带一个孩子飞腾？
倒有可能是孩子抓住了猫头鹰。”
商人道：“我不跟你讨论是否合理合情，
反正是我亲眼所见，爱信不信，
我说的话该让你清醒清醒。
这个地方的老鼠成了精，
竟能吃掉生铁一百斤；
同样地方的猫头鹰，
难道就抓不走孩子五十斤？
你何必大惊小怪不相信？”
对方明白奇谈怪论用意深，
便当场把生铁归还给主人，
商人也把孩子归还给父亲。

两位旅客发生一场类似争论，
其中一个撒谎不嫌腰疼，
看什么都用放大镜，
无不议论：
欧洲怪物不亚于非洲。
此人开口就是胡诌：
“我见过一棵卷心菜比房子大！”
另一个说：“我见过一口锅比教堂大！”
前者嘲笑后者说大话，

后者回答："千万别见怪，
我的锅专门用来烧你的卷心菜！"

说锅的人很逗乐，说铁的人很巧妙。
谎言如果太荒唐，说理反而被小瞧；
生气发火又何必，怨天尤人更糟糕；
谎言往往大欺小，以毒攻毒是绝招！

猴子与豹子

猴子与豹子一起，
在集市上赚钱做生意。
他们做广告各有拿手好戏。
豹子说："先生们，我的名气，
上流社会交口赞誉，国王对我都有意，
如果我死了，国王想扒我的皮，
做副手笼色彩多么富丽，
花花点点耀眼炫奇，
条纹斑驳陆离！"
人们先睹为快，五颜六色谁不欢喜？
但进去看一眼也就够了，转一圈便撤离。
猴子那边说："过来呀，我这厢有礼，
诸位先生，我会玩上百种把戏，
千变万化，人们有口皆碑。
隔壁豹子只玩身上一张皮，
我的智慧却藏在脑子里：
丑星吉尔在为你演戏，
猴哥贝特朗与你称兄道弟，

教皇生前的猴子为你鞠躬作揖[①]，
刚刚乘坐三条大船来到城里，
特地来与诸位谈天说地；
猴子说话都能领会，
他会手舞足蹈，他会耍各种把戏，
会钻火圈也会跳芭蕾，
花六个布朗[②]就可以看一场戏——
算了，只收一个苏，包您会满意；
如果实在不满意，门口当场把钱退！”

猴子说得在理，
我喜欢的不是花外衣，
而是脑子里灵活多变的才气，
猴子的机智给人以快慰；
豹子看一眼就烦腻。
哦！多少达官贵人与豹子何其相似，
全部才华只有一张花外衣。

① 影射教皇儒略二世（1443—1513）的宠物猴。儒略二世是反法集团的始作俑者。“教皇的猴子”后来变为成语，有国王的宝贝之意。
② 布朗，法国古币名。6个布朗相当于2.5苏。

橡子与南瓜

上帝造物天衣无缝。
不必天南海北到处取证，
南瓜身上就可以找到说明。
有个村民爱琢磨问题：
瓜长得这么大，藤为何这么细？
“造物主当时到底是何用意？
莫不是把南瓜放错了位！
对了！不如把南瓜挂在橡树上，
岂不是门当户对、
两全其美！
大树结大果，合情又合理。”
加罗[①]老学究，实在对不起，
本堂神父的布道你未曾听仔细：
“万物本可以更合理！
且看这指头大的小橡栗，
挂在南瓜藤上岂不更合适？”
加罗越看越该怪上帝，
阴差阳错太离奇！

① 加罗是当时家喻户晓的村夫子式喜剧人物，在生活中洋相百出。

加罗越想越觉得不可思议。
他自言自语：“难怪多思少睡意。”
于是索性躺在橡树下眯一眯。
正好掉下一颗橡子，
砸着他的鼻子，
他猛然疼醒过来，手指忙捂脸上，
只感到橡子绞上了胡子。
鼻子疼得他改变了说话调子：
“哦！哦！鼻子出血了！
要是树上掉下一个大果子，
橡子换成大葫芦，
后果会是什么样子？
上帝不希望出类似事故，
才决定大橡树结出小橡子，
上帝做事当然有道理，
我明白了：原来如此！”
加罗对上帝推崇备至，
于是高高兴兴回屋子。

学生、教习与园主

有个孩子年幼无知，
上学不学好尽闹蠢事，
这要怪宠坏他的那帮教习。
据说学生刁顽无赖蛮不讲理，
到邻居家偷果摘花糟蹋得无法收拾。
果神慷慨赐予让果园金秋硕果满枝，
每个季节都奉献时新鲜花和果实，
特别到春天主人更是美滋滋，
享受花神赏赐千红万紫。
有一天，邻居发现学生正在园里滋事，
只见他爬上一棵果树胡闹放肆，
把柔嫩的花蕾扼杀在幼时，
满树果芽预兆金银满枝，
可顽童糟蹋却无休止，
果园主人连天叫苦，
最后只好派人报告教习。
教习虽然来了，却带来一帮孩子，
果园顿时成了熙熙攘攘闹市，
比一个孩子糟蹋更有过之，

学生们个个有恃无恐，
教习纵容加剧过失，
说为了惩一儆百，
保证下不为例，
教训煞有介事，
于是他开始吟诵书诗，
维吉尔和西塞罗[①]满天飞，
抑扬顿挫涉及各类基本知识。
教习越是长篇大论慷慨陈辞，
果园就遭受更大更多损失，
花无完蕊，树无完枝。

我痛恨空洞无物的言辞，
长篇大论，滔滔不绝，无的放矢；
若不是那个教习大放厥词，
我以为世人都会被没教养的孩子气死，
如此教习如此学子，
人人掩鼻嗤之。

① **维吉尔**（前70—前19），古罗马诗人。

雕刻家与朱庇特雕像

一块大理石极其漂亮，
一位雕刻家慷慨解囊。
他想：“该把它雕成什么样？
是桌子、洗脸盆还是神像？
当然应该雕成神像，
并让他手握雷电棒，
让人类在神前颤抖心慌！
他就是主宰大地的天王。”
好一个巧夺天工的高匠，
你手下岂止是一尊雕像，
朱庇特形象跃然石头上，
除了不会说话其他都像！
甚至有风言风语到处传扬，
说雕刻家最后一刀很勉强，
他先被神像吓得浑身筛糠，
以为主神发雷霆从天而降。
雕刻家精神的确非常脆弱，
与古代诗人没什么不一样，
他们亲手创造了诸神形象，

却害怕天神震怒仇恨八方。
可见雕刻家心同孩童紧张，
好比爱玩布玩具的小姑娘，
生怕激怒了手下的狮与狼，
一个劲地甜言蜜语忙捧场。
心情随着思想起伏跌宕，
心生错觉导致崇拜偶像，
多少民族因此敬神烧香，
约定俗成以至流传甚广。
神像偶像出自人的幻想，
偶像成形便引起拜物狂，
皮格马利翁雕出美人像，
石人终于变成皇后娘娘[①]。

人人都有自己的痴心妄想，
为求梦想成真费尽了思量，
人们对谎言有股火热心肠，
可是对真理却是冷若冰霜。

① 典出希腊神话。塞浦路斯王皮格马利翁是位出色的雕刻家，有一次他雕出一具倾国倾城的美女像，竟然爱恋上自己的作品。爱神被雕刻家的真情感动了，便赋予雕像生命，使雕刻家同自己的作品结为夫妇，从而成为千古美谈。

出卖智慧的狂人

千万不要把疯子的话当真，
我不可能提供更高明的教训。
躲开四面漏风的脑袋，
这样的忠告最实在。
宫廷里怪事多见怪不怪，
王公们经常因此笑口常开，
总有人装疯卖傻耍无赖。
一个疯子站在街口叫卖：
谁要购买智慧赶快过来。
有人敢卖便真有人敢买，
一本正经讲价毫不懈怠。
只见疯子不断挤眉弄眼，

而后顾客付钱慷慨解囊，
一具折叠风箱[①]好刮耳朵，
一根生命线长只不过一庹；
顾客大都后悔又无可奈何，
对此奇耻大辱，要么付之一笑，
要么忍气吞声什么也不说，
只好默默带走羞辱和尖刻。
若要刨根问底什么意思，
准会被他人嘘为大白痴。
狂人举动到底有没有理智？
思想受刺激难免思维混乱，
所思所想偶尔睿智非凡。
风箱和绳线不由令人纳闷，
有个上当的人不甘心受骗，
有一天便去请教一位圣贤，
那圣贤不假思索对答如是：
“这的确像远古的象形文字，
很难作出合情合理的解释，
只有狂人之间能互相暗示，
疯子对疯子只有一线距离，
一旦沟通彼此便备受安慰。
其实您并没有上当受骗，
狂人的确在卖弄智慧！”

① 法语“soufflet”本义为折叠风箱，引申义为耳光或侮辱；“fil”的本义是线绳，引申义为刀锋。这里意义双关，从本义看疯子在骗人；但从引申义看，疯子的确是在卖智慧。这则寓言具有很强的讽刺意味。

变成少女的老鼠

从猫头鹰嘴里掉下一只老鼠，
我没有对老鼠进行紧急抢救，
但我相信印度教徒会去保护。
每个国家有自己的信仰。
这只老鼠受了重伤。
下次遇到类似情况，
我们还是无关痛痒，
但印度教徒则手足情长。
他们的脑子会这么想，
国王死了灵魂转世，
会变成一只虫子，
或命里注定要投胎畜生肚子。
他们的观念就是如此。
神秘主义影响过毕达哥拉斯[①]。
因此，印度教徒请来巫师，
让老鼠回老家托生，
灵魂附体转世。
巫师将死耗子变成妙龄女子，

① 毕达哥拉斯（约前580—约前500），古希腊数学家和哲学家。

芳龄十五便有天香国色姿，
以至特洛伊王子帕里斯，
会拐走美人再挑战事[①]！
印度教徒惊喜新鲜事，
便对千娇百媚的美人道：
“天下男人随你挑，
谁当丈夫谁自豪！”
于是美人回答道：
“既然这样，我的选票，
就投给一代天骄。”
印度教徒双膝跪地叫好：
“太阳啊太阳，
你被我们闺女选作新郎。”
太阳听了连忙讲：
“不行，不行，乌云比我强，
他可以挡住我的光芒，
我推荐乌云做东床。”
“好极了！”教徒挽住飞云团，
“你天生要同我闺女结成双？”
“唉，不行啊！风比我强，
他可以把我赶到另一个地方，
风的权利我岂能沾光？”

① 典出希腊神话。斯巴达国王的女儿海伦美艳绝伦，众多求婚者达成协议，由海伦自己挑选夫婿，一旦成婚，人人要尊重这段姻缘，并共同保卫丈夫的权利。海伦选中了迈锡尼部落酋长阿伽门农的弟弟墨涅拉俄斯。但特洛伊小王子帕里斯却违约拐走了海伦，于是引发了长达十年之久的特洛伊战争。这则寓言把耗子转世的美人与海伦媲美。

教徒气呼呼嚷嚷道：
“那么风呢？既然风争俏，
那就快投入我家千金怀抱！”
风闻讯连奔带跑，
一座山却横空挡道。
于是球又踢给了山坳，
但山也推辞再三话里有话：
“我曾与老鼠吵过一架，
只有疯子才得罪他，
他可在我肚里把洞挖！”
耗子小姐听说老鼠挖洞，
立刻把耳朵张大摇动，
夫婿终于选中。
耗子配老鼠！
有情人终成眷属！
这故事有目共睹。
但我们只一笑了之。
叶落归根，土生土长还入土。
这则寓言说明这话有出处。
但只要细细琢磨研究，
就会发现漏洞百出：
如此类推，太阳岂不比不上耗子？
巨人岂不比跳蚤幼稚？
因为跳蚤会把巨人咬死。
按说老鼠也该推辞，
因为猫吃老鼠；

猫该把美人让给狗崽子；
狗该让给野心狼；
如此往复无休止，
最后又回到大太阳，
太阳娶年轻美人当仁不让！
然后我们再来谈轮回转世。
巫师把耗子变成美人，
显然没有根据不足信，
简直是奇谈怪论！
我不妨验明正身。
根据婆罗门教义，
男女、猫鼠、虫蚁……
都有灵魂附体，
共汲一腔宝气，
万物皆有灵犀，
只因器官构造各异，
才有不同的动作行为，
有的爬行，有的直立。
既然人体构造如此精密，
耗子小姐何必挑剔，
不与太阳结为连理？
而老鼠反倒温柔似水！

经过权衡和分析，
老鼠和美人不通灵犀，
彼此的灵魂有很大距离；

还是回到命运这个老话题，
也就是说天然的规律不可违，
不论谈魔鬼，还是要巫术，
都无法改变任何生命根底。

FOURNIER

牡蛎与诉讼者

有一天两个朝圣者巧遇在沙滩，
只见一只牡蛎刚被海浪冲上岸边，
他们瞪大眼睛看着海鲜用手指点，
至于谁能吃到嘴里可就引起争端。
一个已经弯腰准备顺手来捡，
另一个则把他推开振振有词：
“谁吃海鲜最好先取得共识。
谁先看到牡蛎谁就能吃，
谁后看到只好侧视。”
对方说：“如果按此标准行事，
谢天谢地，我的眼睛占有优势。”
回答：“我的眼睛也不近视，

我比你先看到，我拿生命发誓！”
“好吧！就算你先睹为快，
可我是先闻其味而来。”
正当两人吵得不可开交，
贝兰·当丹[1]闻声来到，
两个朝圣者便请他说个公道。
贝兰一本正经地剥开牡蛎，
煞有介事地大嚼其味，
两位先生看得馋涎欲滴。
贝兰俨然以庭长的口吻宣判：
“把壳拿去吧，法庭判你们一人一片，
免付诉讼费，平平安安回家转！”

请记下今天打官司得多少打点，
打完官司各家还剩多少也算算，
你会发现法官从中搜刮多少钱，
诉讼者只落得囊空如洗壳一片。

① 贝兰·当丹，拉伯雷《巨人传》中的人物，是一个能说善辩的调解人。他专门调解民事纠纷，借此大吃大喝一顿，在这里成了从中渔利之人的代名词。

狼与瘦狗

我过去提到一条小鲤鱼，
好说歹说也救不了自己，
还是被渔夫扔进煎锅里[1]。
我说过：放弃到手的东西，
却寄希望于子虚乌有的厚利，
到时候只能竹篮打水。
鲤鱼没有错，渔夫也有理，
人人为生存辩护使尽千方百计。
现在我还要补充几笔，
深入我提出的命题。

犹如渔夫精明无比，
有只狼却愚不可及，
在村外遇见一只狗，
就想把狗抓走。
狗辩解说自己还太瘦：
“我瘦得皮包骨头，
怎么配大老爷的好胃口？

① 请参看本书第五卷《小鱼与渔夫》的故事。

你不妨等我一等，
我的主人正要出嫁独生千金，
婚礼上，我肯定会吃得又肥又嫩。”
狼信以为真，权且把狗放掉，
过了几天，狼回头来瞧瞧，
看看狗是不是长了肥膘，
如果肥了就顺便干掉。
可是那狗原来是开玩笑，
躲在家里隔着栅栏对狼说道：
“朋友，我就来，请稍候，
我还带一只看门狗，
我们马上就献你身首。”
看门狗是只勇猛的大块头，
对付恶狼堪称高手。
狼寻思不大对头，
说：“不必劳驾看门狗。”
说完就跑，腿脚倒是灵巧，
可惜当初缺乏机灵头脑，
狼的功夫还不老到。

切勿过分 ①

天地造化巧夺天工，
造物主总想保持公平，
可惜做起来往往事与愿违，
很难做到一碗水端平，
好也罢，糟也罢，
没有人能恰如其分。
谷物女神金发飘逸在麦田，
可是麦苗太密物极必反；
耗尽地力和肥料，
到头来收成寥寥；
麦苗如果长得过旺，
麦穗就很难灌浆。
林木也一样，枝多叶多徒风光。
为了遏止麦苗疯长，
上帝允许在麦地里牧羊——
叫羊群来收拾过茂密的麦秧；
可是羊群一来麦田遭了殃，

① 这是刻在希腊特尔斐阿波罗神庙上的一道神谕，意为不要过分，相当于汉语“适可而止”或“过犹不及”之类。

胡乱践踏把麦苗啃精光；
于是老天又放下恶狼，
叼走过多的羔羊；
可是狼恨不得要把羊都吃光；
即使做不到，狼心很嚣张，
于是老天又叫人来惩罚恶狼；
轮到人滥用神圣的权杖，
竟把人间当作屠宰场。
人有一种极不好的倾向，
在动物中最爱干过火勾当，
对上对下态度很不一样。
其实天下谁没有失误？
惩治千万不要过度，
切勿老是空谈而熟视无睹。

大蜡烛

蜜蜂原本来自神仙国度。
据说，第一批蜜蜂飞来落户，
首先寄居在希腊的伊米托斯山麓[①]。
和风习习，蜜蜂采蜜皆宝库。
当人们占有蜜蜂殿堂，
就剥夺蜂房内玉液琼浆，
失去蜂蜜的蜂房空荡荡，
人们又用蜂蜡制蜡烛照明；
多少大蜡烛应运而生。
其中一根眼睛很明亮，
发现陶土久烧硬邦邦，
便也想自焚成器寿命长。
曾有哲学家[②]勇跳火焰山，

① 伊米托斯是希腊名山，在雅典城南的阿提卡，这里盛产蜂蜜，是诗人们向往和歌吟的胜地。据传说，蜜蜂具有神仙的智慧，不仅是酿蜜的高手，而且是建筑宫殿的能工巧匠。

② 指古希腊唯物主义哲学家恩培多克勒（约前495—约前435）。他认为世界无非是由火、水、土、气四种元素组成，即所谓生灭“四根”；并认为爱和恨是事物变化的根本原因。传说他被火山的壮观和神奇所吸引，便以身殉职，跳进埃特纳火山探险，但又恐后人不理解他的壮举，特意在山下留下他的拖鞋。

以身殉火葬，
举止称疯狂。
丧失理智无从论短长。
蜡烛并不懂哲学思想。
天下万物都不一样，
切不可以主观尺度来衡量。
蜡烛效法哲学家熔化火葬，
鬼迷心窍半斤八两。

夫妻与小偷

有个丈夫感情多，
真心实意爱老婆，
尽管拥有但并不快活。
夫人从来不给好眼色，
一句奉承话也不肯说，
听不到她的好言好语，
看不见她的微笑酒窝，
可怜老爷受冷落，
是不是被爱很难说。
婚姻之神不可靠，
命运之神倒利索，
他不必谢天谢地把头磕。
怎么说？如果爱而无乐，
婚姻还能剩什么？
我看倒不如光棍快活。
这位夫人就是这种空摆设，
从来就不肯给丈夫一点亲热。
有一夜丈夫忍不住埋怨老婆，
一个小偷打断了夫妻口舌。

妻子怕得抖抖呵呵，
想找个地方躲躲，
一下子抱住丈夫的胳膊。
丈夫兴奋地对小偷说：
“朋友，
你来得正是时刻，
没有你，
这样的温柔千载难得。
为了感谢你的大恩大德，
屋里的东西随你选择，
就是要房子也毫不吝啬。”
小偷还不至于无恶不作，
拣几件东西也就告别。

这个故事颇有启发：
最动情处是惊吓，
厌恶之情怕高压，
爱情受惊方开花。
有时爱情也可把恐惧驯化。
我还可以做证，
有人点火烧房夺美人，
穿火海时把情人抱紧[①]。
疯狂举动动我心；

① 当时法国盛传一个“火中夺爱”的故事，说有一个叫让·德·维拉·美迪纳的贵族，故意在宫里放火，然后冒着大火从西班牙国王腓力五世怀里夺回自己的所爱。

这故事让我爱不释手，
堪称又是西班牙式人物，
爱到疯狂更显高度。

朱庇特与过路人

哦！倘若我们还记得遇难时许的愿，
天神的财富早就堆积如山！
只是，人们一旦躲过了难关，
就把对天许的愿忘在云烟，
只计算人间欠债何时还。
一个不信神的人说：
“朱庇特真是个好债主，
从来不向许愿人讨债务。”
有人反问说：“咳，打雷是何缘故？
一道道警告难道你没听清楚？”

一个渡河的人遇见暴风雨，

求主神保佑并许愿一百头牛。
反正他一头也没有，
许一百头大象又何如?
安全到岸后他烧了几片骨头，
烟火升天萦绕在朱庇特鼻子左右。
路人喃喃祈祷：
“天王老子，我来还愿，请你接受，
闻闻牛骨香，香烟请享受，
我们的债务从此化乌有。”
朱庇特只回他笑脸一副。
可是过了几天，
主神来敲他的窗户，
托一个好梦让他记清楚，
在某个地方藏着珠宝财富。
许愿之人急忙寻宝火烧屁股。
当他跑到藏宝地方却被土匪围住，
他身上除了一枚钱币什么也没有。
可他却许诺一百金币作谢酬，
说金币就埋在某个小镇里头。
强盗知道那地方穷得鬼发愁，
便对空口许愿者教训几口：
“伙计，你要我们，简直昏了头，
带着你的金币到地狱去走走！”

财富与命运

有条汉子断了一切财路，
囊空如洗只好让鬼居住，
也就是说穷得一塌糊涂，
于是动了上吊自杀的念头，
索性让生命与贫穷断路，
免得忍饥挨饿更加难受。
拿定主意便走进一间破屋，
此间便发生惊心动魄一幕。
只见那人带来一条绳子，
高墙上用力钉挂绳钉子，
没想到这面墙过于破旧，
刚敲几下就掉下大块松土，
稀里哗啦一块黄金暴露。
绝望之人连忙捡起财富，
撂下绳子扭头就往家走，
管它是方是圆，是轻是重，
成色多少也来不及细瞅，
只见他大步流星逃出破屋。
这时藏宝人来找财富，

发现金块已被人偷走。
他说："我的命为何这么苦，
人还没死，
金钱怎么就会丢？
非上吊不可了！
可怜我走投无路，
可是找不到绳子结束痛苦。"
其实身边就是死路，
只等有人来走。
只见他把绳子挂好，
上吊轻而易举一命呜呼。
也许轻生者可以聊以自慰，
有人免费为他做好上吊服务，
犹如他为别人准备好金银财物。

吝啬鬼很少临终不大哭，
省吃俭用才积攒下财富，
眼看着死后不能再拥有，
更可惜白白送给了小偷，
不让亲人拿去也得入土。
命运女神真会移花接木，
导演咄咄怪事无奇不有；
悲欢情节愈是离奇古怪，
命运女神愈是欢欣鼓舞。
哪天命运女神心血来潮，
开口便念起生死颠倒咒：

不想死的富翁偏上吊，

想死的穷光蛋偏得救。

猫与狐狸

猫和狐狸伪装成小圣徒，
同时踏上了朝圣的征途。
这是两个地道的伪君子，
一对货真价实的大骗子、
一双名副其实的大拐子。
他们偷吃了太多的禽鸟，
骗取了数不清的香奶酪，
路上争先恐后撞骗招摇。
道路漫长难免心烦意躁，
于是用争论来解除疲劳，
别说争论确是助兴妙药，
只要不争论就老想睡觉。

两个朝圣者一路很热闹。
吵腻了嘴便换了个话题，
狐狸终于对猫挑起是非：
“你自以为你很会投机，
比起我来你又算老几？
我有上百条锦囊妙计。”
猫倒很谦虚地回敬道：
“惭愧，我的褡裢里只有一招，
但一招胜过妙计千条！”
于是两人又吵得不可开交。
正当双方难分是非高下，
一群猎狗平息了吵架。
猫对狐狸连忙劝告：
“朋友，还不赶快在你囊中找找，
动动老奸巨猾的头脑，
找一条可靠的逃生之道？
我反正就是这么一招。”
说着，老猫立刻爬到树上。
狐狸则费尽了百计千方，
钻了数不清的土洞，
故意把狗引错方向，
与追兵玩起捉迷藏，
可就是找不到安全地方，
到处烟熏火燎。猎犬腿短牙长，
好不容易逃出一个洞口，
立刻扑上来两只猎狗，

狐狸顿时被掐断喉头。

技不在多在于精，
关键时刻要管用。
滥竽充数真要命，
费时费力还不灵，
贪多嚼不烂，什么事也干不成！

猴子与猫

猴子叫贝特朗，老猫叫拉东，
同住一间屋子，主人也相同。
一丘之貉，为非作歹会逞能。
胆大包天，偷抢闹有恃无恐。
如果屋里有东西遭损坏，
千万别把邻居责怪，
贝特朗无所不盗，
拉东不逮耗子专偷奶酪。
一天，两个馋嘴靠近炉子，
看着火上烤着几个栗子。
嗑栗子该多有味道！
两个无赖追求一箭双雕：

使自己得到实惠，
给别人带来苦恼。
贝特朗对拉东说道：
“兄弟，今天该你出道，
露露你的绝招，
为我火中取栗显你本领高！
如果上帝让我长本事，
火中取栗怀绝技，
栗子有你吃！”
说干就干，拉东忙伸爪子，
动作很是雅致：
轻轻拨开炉灰，
又忙缩回脚趾，
来回探了好几次；
先掏出一颗栗子，
接着第二、第三只，
贝特朗却忙着偷吃。
一个女佣进来，
猴子和猫溜得倒快。
据说拉东怪贝特朗太坏。

各路诸侯处境大致如此，
表面上受冠冕堂皇支使，
实际上为国王出生入死，
到外省烫坏自己的脚趾。

鹞鹰与夜莺

鹞鹰是耀武扬威的强盗，
他向周围发出凶恶警告，
村童们见他吓得嗷嗷乱叫，
有只夜莺不幸被他抓到。
春的使者求他饶命：
"我身上没有美味，
只有动听的歌声，
我把忒瑞俄斯讲给你听听，
说说他的情欲和暴行①。"
"谁？忒瑞俄斯，是不是一道菜名？"
"不，这是一位暴君，
他的欲火呼唤我报仇雪恨。
我要为你一展歌喉，
保证你听了开心——
我的歌人人爱听。"
鹞鹰嫌夜莺不识时务：
"说真的，你我一见如故，

① 典出希腊神话。色雷斯王忒瑞俄斯迷恋上小姨子菲罗墨拉，便强行把她抢走，占为己有，为防止她吐露真相，便割掉她的舌头，把她关进一座塔里。姐姐知道后设法把妹妹救出。忒瑞俄斯到处追杀两姐妹，天神遂将她们分别变成夜莺和燕子。

正当我饥肠辘辘，
你却谈什么音符！”
“国王们都听我倾诉！”
“当国王们把你抓住，
你可以如怨如诉；
可对鹞鹰来说，
听了非笑不可：
饥饿的肚子不长耳朵！”

牧羊人与羊群①

“怎么搞的？最近老丢羊，
这群笨蛋实在不像样！
狼老来向我讨口粮。
我数得过来吗？共有千多羊，
小羊洛宾已被狼叼走，
我心里老惦着他那可怜相；
小洛宾为一点面包，
跟着我全城乱逛，
哪怕浪迹天涯走四方。
唉！只要我的风笛一响，
方圆百步他都会很快跟上。
啊，可怜的洛宾羊！”
牧羊人悼念小洛宾情意长，
洛宾的美名永远不能忘，

① 这是一首政治讽刺寓言诗，委婉地批评那些不敢面对现实、只会夸夸其谈的君主，比如弗朗索瓦一世或亨利三世等，他们不敢果断反抗“神圣同盟”，却热衷于与无关国家谈判。拉封丹用寓言的方式表达了意大利政治思想家马基雅弗利（1469—1527）的养兵思想：“国王的第一要务是善于养兵和指挥军队作战。国王应当行使国王的职责，演说家行使演说家的职责。”拉封丹主张各负其责，反对不解决问题的文字游戏。

于是召集全体羊群开大会，
从小羊羔、男女老少一直到领头羊，
鼓励他们要顽强抵抗，
非如此不能赶走野心狼。
全体表忠心信誓旦旦，
保证像界碑一样不退让：
“我们要掐死那只大恶狼，
正是他叼走可爱的洛宾羊。”
一呼百应响彻牧羊人头上。
他信以为真大加赞扬。
可是夜幕刚刚垂降，
羊群中又出现了恐慌：
狼来啦！羊群各自逃亡。
其实来的并不是狼，
只是黄昏黑影晃。

临阵难训老爷兵，
一呼百应假威风，
风吹草动鸟兽散，
将军喊杀也枉然。

第十卷

两只老鼠、狐狸和鸡蛋

两只老鼠谋生找饭，
他们捡到了一个鸡蛋。
将就够两口子吃顿晚餐，
耗子没必要做偷牛的笨蛋[①]。
胃口大开，好不喜欢。
一个鸡蛋两人平分秋色，
却发现走来一位不速之客，
只见狐狸师傅摇唇鼓舌。
双方见面肯定没好脸色。
如何保住到手的鸡蛋？

① 法语“oeuf”（蛋）与“boeuf”（牛）音形相似，经常用于文字游戏。这里的意思是说老鼠有鸡蛋吃就够了，用不着杀牛做饭。

最好是乔装打扮，
用前腿推推转转，
连拉带滚推到路边。
这样做很困难而且有风险。
有需要才会动脑筋，
急中生智促进发明。
他们可以往回赶路，
可是眼看着骗子就差几十步，
一只老鼠便四脚朝天抱紧鸡蛋；
另一只老鼠当机立断，
尽管磕磕碰碰手忙脚乱，
还是急忙抓起伙伴的尾巴，
拼着老命往前拉……
故事暂且放下，
但愿有人支持我的看法：
“动物毕竟缺乏常识！
假如我是他们的老师，
我会像教孩子一样教他们知识。
孩子们一生下来懂不懂事？
也许有个别孩子，
虽不能自知，
却有所思。”
再举一个类似的例子，
我赋予动物一种理智，
当然不同于人的行为方式，
但比盲目的弹簧玩具要有意思。

我窃取了一点物质，
不花点功夫谁也无法创制，
那是用光提炼出来的微粒原子，
没有比火更活更烈的性质；
若说柴可生火，
那么柴火可化作灵光，
岂不让我们有所感想？
不是矿石中的黄金在闪光？
我只是让我的著作知觉善断，
如此而已，何况并不完美完善，
并不要求猴子引经据典滴水不漏。
可我对人的要求则近乎严酷，
我们是双料财富生灵：
首先是生，肉眼凡胎，芸芸众生，
或聪明，或疯癫，或幼稚，或愚蠢，
在动物的名下，人成了世界的主人；
而后是灵，心有灵犀，天使红尘，
在某种程度上人可通神。
精神财富是造物的副产品，
飘飘欲仙，流水行云，
犹如天神列阵，
从容不迫追求极致，
虽早已开始，但绝不会停止，
尽管有些古怪，但却是真实。
只要童心不泯，
就有仙女同行，

给我们一线柔弱的光明；
只要我们的器官更加强健，
理智必将穿透物质的黑暗，
这层物质总在遮遮掩掩，
粉饰心灵的粗俗和缺陷。[1]

① 拉封丹利用寓言展开哲学讨论，使寓言富有“哲理”，但也匪夷所思。法国哲学家和科学家笛卡儿（1596—1650）提出著名的“动物－机器”说，认为一切动物均不存在任何心理现象，其运动事实上只不过是一系列纯物质的、机械的或化学的过程而已，他曾断言：“动物不仅没有人的理智，而且根本就没有理智。”而拉封丹则用寓言表明自己站在伽桑迪（1592—1655）一边，说：“动物虽然没有人一般的理智，但比弹簧玩具要有意思得多。”拉封丹的观点得到其保护人德·拉萨布里埃尔夫人的认可。因此，拉封丹将这则寓言诗献给保护人。

人与蛇

有个人看见一条蛇便说：
“啊！坏蛋，除害的好事我要做，
让普天下日子都好过！”
那动物看起来居心叵测，
（我不是说人，是指那条蛇，
大家经常把人和蛇搞错）
说罢这番话，人就抓起蛇，
放进一只口袋里随便一裹，
更可恨不问功过是非，
就给蛇定了死罪。
不过判刑总得说个原委，
于是对蛇宣布罪状累累：
“你这忘恩负义的家伙，
我对你这坏蛋心慈手软就是罪过；
你死有余辜，我叫你暴跳如雷，
你的毒牙休想把我诋毁。”
人有人话，蛇有蛇语，
只听蛇据理为自己辩护 ：
“世上到处都有忘恩负义之徒，

如果都要严加惩处，
那么有谁可以得到宽恕？
你是在进行自我控诉。
你罗列的罪状正好自作自受。
看看你自己是什么面目！
我的命运已落在你手，
要剐要剐随你杀戮，
你行使生杀大权，
全凭你的喜怒，
有用就是法律，
可以随心所欲，
那你就依法给我治罪。
但死到临头我不揣冒昧，
对你大胆反驳：
‘忘恩负义之徒不是蛇，
恰恰是你这败类。’”
一席话叫捕蛇者生畏，
他不由挪步后退，
然后反驳声色俱厉：
“你的指控不成立。
我说了算，是因为我有权力，
不妨请个裁判断是非。”
“奉陪！”爬虫表示同意。
一只奶牛正在旁边徘徊，
那人一招呼，奶牛便过来，
案情一说就明白。

奶牛道："一碟小菜，
就为这点小事把我叫来？
游蛇说的没错，何必要掩盖？
长年累月这人尽喝我家奶，
没有我的养活他一天也难捱。
我们流血流汗他却独自发财，
卖我的子女卖我的奶，
每次回家都金银装满钱袋；
甚至他的健康也靠我担待，
恢复了元气不感到老迈；
我的血汗成了他的需要，
我的痛苦成了他的欢笑。
如今我老了，他竟把我旁边一撂，
舍不得喂我一把草！
这也罢了，起码得让我出去把草吃，
可他却用绳子把我拴死！
假如蛇是我的主子，
也不至于这么厚颜无耻！
恕我一吐为快，就此告辞。"
主人受奶牛的控告不胜惊讶，
便对蛇说："你难道能信她的话？
她说话没头没脑瞎胡闹，
还是公牛可靠。"
爬行动物同意："公牛公道。"
说到做到，公牛慢吞吞来了。
公牛经过一番思考，

不禁把满腔苦水倾倒：
多年来为主人卖苦力，
年复一年，日复一日，
干的活最重最累，
换来五谷丰登，
女神满意；
可人给牛马辛劳的回报，
却是鞭子抽打如冰雹，
不给一点好；
等牛老了，
宰牛敬神血祭庙，
竟说这是牛的荣耀。
公牛说话有一套。
捕蛇者忙说："不许他胡说八道，
我最讨厌他唱高调，
他不是来当裁判，倒成了原告。
他的话同样不可靠。"
于是请大树来评理，
树对人的批评有过之而无不及。
大树为人提供了避难场所，
炎热可乘凉，风雨可避躲；
树荫不仅仅为人提供阴凉，
还能把田园装点得更加漂亮，
结出硕果累累累弯了腰；
可是农夫财迷心窍，
竟然把树砍倒，

这就是人给树的回报。

一年到头，树给人多少美好：

春天的花，秋天的果，

夏天的阴凉，冬天暖烘烘的炉火。

说是为树剪枝，难道不曾动用刀斧？

论树质，树应当活得更长久。

捕蛇者越发觉得不对头，

他们说的条条是理，

自己反倒理亏，

无论如何要打赢官司。

他想："我也太过老实，

竟听他们说三道四！"

于是立刻抓起装蛇的袋子，

拼命往墙上掼一下子，

蛇被活活摔死。

达官贵人也是如此，

他们蛮横无理行事，

满脑子全都是自私自利，

以为天下万物生来为自己办事，

管它是四条腿、两条腿还是没有腿，

如果有谁敢争辩张张嘴，

就硬说人家是讨厌鬼。

"就算是讨厌鬼，有冤屈何处讨是非？"

"要说话就远远发配，

要留下就闭上鸟嘴！"

乌龟与两只野鸭

有只乌龟头脑很简单，
在洞里待腻了想见见世面。
谁都愿意到外地去看看，
瘸子在家待久了也会心烦。
乌龟大姐看见一对野鸭子，
便说出自己美好的打算，
野鸭说有办法让她如愿。
“瞧瞧，阳光大道不就在蓝天？
我们可以把你空运到美洲那边，
那里有许多共和国值得一看，
还有许多王国和民族天外有天，
奇风异俗管保你流连忘返。
乌利西斯[①]曾走过这条路线。”
想不到这事与乌利西斯有关。
乌龟同意了野鸭的意见。
拍板成交，飞禽负责空运，
便造了飞行器十分简便。

① 乌利西斯是希腊神话中的大英雄，特洛伊战争后他曾在海上漂流十余年，见多识广。

用一根棍子让乌龟口里叼衔，
吩咐道："咬紧了，千万别松口。"
然后两只野鸭张口各咬一端。
地上的人看了无不惊叹：
乌龟竟能飞上天！
平时看她背负房盖爬得太慢，
现在竟然飞行在两只天鹅中间。
只听有人呼喊："快来看，
简直是千古奇观！
乌龟女王飞在白云间！"
"女王！我确是女王，苍天可鉴，
你们可不要闹着玩！"
乌龟大姐本当一心赶路莫发言，
因为她一松口就是大灾难，
跌落粉身在观众脚下边。
大意失言乃杀身祸端。

冒失，多嘴，爱虚荣表现，
再加上好高骛远，
堪称孬种家传，
一脉相承不变。

鱼与鸬鹚

有只鸬鹚占领附近池塘，
吃喝不用愁供应很顺畅；
鱼池、鱼塘都得纳贡，
膳食丰富身体也健康；
但到老时却缺少口粮，
可怜的动物雪上加霜。
是鸬鹚都得自食其力，
可怜他年老眼花看不清水底，
既不会撒网也没有围网，
只感到饥肠辘辘痛苦难当。
怎么办？需要是最好的谋士，
居然能急中生智。

鸬鹚站在一个池塘旁边，
看到里面有一只小虾子，
便叫道："这位大姐，请你马上行动，
向水族宣布一项重要通知：
就说他们大祸将至，
地主过八天要来捕捞清池。"
小虾急忙去通风报信，
闹得水族胆战心惊，
奔走相告，开会讨论，三五成群，
问鸬鹚说："鸬鹚大人，
您的消息来自哪里？
有什么根据为证？
您能担保可信？
难道没有办法补救？
如何才能避免不幸？"
鸬鹚道："改换门庭！"
"我们怎么做才行？"
"你们不用担心，
我为你们全体安排移民，
一个接一个朝我家前进，
只有上帝和我知道行程，
再无别的地方可以安身。
那是一个世外桃源，
卑鄙小人摸不清地名，
你们的共和国可以在那里复兴！"
水族群众信以为真，

跟着鸬鹚鱼贯而行，
来到人迹罕至的悬崖水滨。
鸬鹚简直虚伪透顶，
把水族带进一池浅水，
水池不宽，但池水很清，
方便鸬鹚捕鱼捉蟹吃点心，
今天吃这窝，明天吃那群。
鸬鹚给水族留下惨痛教训：
对死敌万不可轻信，
要警惕吃人的人！
鸬鹚之害毕竟零星，
人若加害则是抄斩满门！

被谁吃还不都一样？
管它是人还是狼，
反正都进肚肠；
早一天，晚一天，
迟早难逃死亡！

埋金者的醒悟

有个守财奴积攒了大笔金钱，
竟不知哪里存放最安全。
吝啬和无知往往相依相伴，
弄得守财奴左右为难。
找不到合适的委托人选，
因为大笔财富总得有人保管，
理由倒是很简单：
钱多惹人眼馋，
如果放在家里，
自偷自盗难免！
自我盗窃？怎么说得这么玄？
自己偷盗自己的钱？
亲爱的朋友，你大错特错怪可怜。
且听我把教训说一段：
钱之所以为钱，
能不能花掉是关键；
有钱不花就会成灾难。
难道你存钱不是为了花钱？
转眼间你就到了风烛残年！

辛辛苦苦挣钱，费尽心机保管，
人家大有用场到你手里就不值钱。
为了摆脱这种尴尬局面，
守财奴也许可以找到可靠人托管，
只要需要这么办，
但他认为土地爷保管最保险；
于是他找他的好友来帮办——
他们一起掩埋了金钱。
过了一阵子，守财奴去查点，
发现藏金洞里空空荡荡，
怀疑朋友所为理所当然。
于是守财奴连忙找朋友交谈：
“准备一下，我还有一笔余款，
还是帮我埋到原地方保险。”
老朋友立刻把偷走的钱还原，
等下次再一起拿走两笔款，
却不让主人发现任何破绽。
但主人接受教训多长了心眼，
决定把钱留家里享受一番，
不再积攒，不再埋钱。
而窃贼朋友却丢了赌注连环，
吓得魂飞魄散。

让骗子受骗看来也并不难。

蜘蛛与燕子

“哦，朱庇特，你善于脑袋开花，
偷偷地发明新的分娩法，
把我的宿敌帕拉斯变成雅典娜[①]。
请听我向你诉诉苦！
燕子老来夺我的食物，
她掠空贴水盘旋飞舞，
夺我捕捉的苍蝇抢到家门口，
我要说这些食品本当归我所有；
如果没有该死的燕子我早已丰收，
我结的网具有很高的强度。”
蜘蛛喋喋不休，
她原是纺线女工爱诉苦，
想当初她在地狱也是命运女神，
要把一切飞虫一网打尽。
现如今燕子老打蛛网猎物的主意，

① 典出希腊神话。主神朱庇特听首任妻子说她肚里怀的是女儿胎，未来的外甥将比朱庇特强大，便把妻子一口吞下。后来他感到头疼，火神为他做开颅手术，女儿雅典娜乘机披坚执锐从父亲脑袋里跳将出来。雅典娜既是智慧女神，又是战神。有一次她无意杀死了海神特里同的女儿帕拉斯。为了纪念死者，雅典娜改名帕拉斯。因此，帕拉斯也叫战神。

在空中捕虫不顾蜘蛛抗议，
为她的孩子当然也为她自己，
你看她高兴得欢天喜地；
她的孩子们胃口大得出奇，
成天张着嗷嗷待哺的大嘴，
吞吞吐吐，结结巴巴，半张半闭，
为争食乱作一团，瞎吵一气。
可怜的蜘蛛干守着头和腿，
白忙了半天工夫，
自己差点被燕子掳走；
燕子飞来冲破蛛网兜，
蜘蛛倒挂在丝一头。
朱庇特待人严格分等级：
巧者、警者、强者坐上席，
残羹剩饭留给下席小虫蚁。

竹鸡与公鸡

一群公鸡粗俗不讲理，
总爱吵吵闹闹寻衅斗嘴，
他们中间却收养着一只竹鸡。
作为母鸡自然吸引多情的公鸡，
因此总希望公鸡们对她彬彬有礼，
温文尔雅会给饲养场增添高贵。
可这群公鸡动不动就发脾气，
对外来女士常常不怀敬意，
时不时狠狠地啃她几嘴。
开始她也伤心落泪，
可一看到公鸡们暴跳如雷，
互相攻击对方要害部位，
不禁感到无比的欣慰：
“他们已经养成习气，
我们不必求全责备，
只是为他们惋惜。
朱庇特创造万物，
模式岂能划一？
家鸡和竹鸡秉性自然迥异。

倘若依照我的择偶标准，
伴侣应当通情达理，
成为终身知己。
这家主人却乱拉关系，
他竟然把我们骗进网里，
又把我们同公鸡关在一起，
还剪掉我们的翅膀不让起飞，
这事应当怨人不要怪公鸡。”

割掉耳朵的狗

“我到底犯了什么错，
主人非要加害于我？
瞧我这副狼狈模样！
教我如何在其他狗面前亮相？
哦，你们是灵长中的灵长，
对动物一贯道霸称王；
如果割掉你们的耳朵，
你们该做何感想？”
小狗穆夫拉拼命喊冤枉，
身边人根本不理小狗痛苦的惨叫，
正是他们刚刚把小狗的耳朵割掉。
看来穆夫拉讨不回公道。
时间长了他倒觉得因祸得福，
因为他生性争强好斗，
狗咬狗难免头破血流，
耳朵上累累伤口，
回家时难遮其丑。
好斗的狗没有好耳朵[①]。

① 这是一句古老的法国谚语。

耳廓越大挨咬的机会就越多，
割掉耳朵当然是防卫的上策。
要害地方需重点防备，
有备才能防范万一。
穆夫拉先生戴项圈就是这个理。
再说狗已经失去耳朵，
狼咬狗也无可奈何。

牧羊人与国王

两个魔鬼随意分享我们一生，
从我们的灵魂深处赶走理性，
还没见过有人不为魔鬼献心。
您若要问魔鬼的身份和姓名，
一个叫爱情，另一个叫野心。
而野心极力将势力范围延伸，
甚至蔓延到爱情的风光名胜。
我会让读者把来龙去脉看清，
且说国王如何把羊倌召进宫，
这是古老故事，不是今日事情。

有位国王看见羊群满山遍野，

草肥羊肥年年都是丰收景色，
收入可观多亏牧羊人费心血，
羊倌管理有方博得国王大悦。
国王说："你不愧人中豪杰，
别看羊了，去管理人间世界，
任命你当最高法官务必负责。"
牧羊人便把生杀大权手中握。
尽管他过去见的人并不太多，
无非是羊、狗、狼和隐修者，
但羊倌颇有远见卓识和胆略，
总算一帆风顺，好花结出好果。
可邻居隐修士跑来对他说：
"我是不是睁着眼睛把梦做？
你是国王宠臣？你是高官显赫？
伴君如伴虎，国王靠不得！
宠辱犹如滑梯，上当之后必滑落，
最糟糕的事情是代价太苛刻，
失足铸大错会带来杀身大祸。
你喝下了迷魂汤当然看不破，
但作为你的朋友我不得不说：
防人之心不可无，小心没有错。"
牧羊人一笑，隐修士接着劝说：
"你瞧瞧，宫廷把你变得傻呵呵，
我仿佛路上看见一个瞎大哥，
半路上他摸着一条冻僵的蛇，
他把毒蛇抓到手里当作鞭策；

原有的鞭子缠腰却早已失落。
感谢上苍雪中送炭机缘巧合。
行人惊呼:‘你手上抓的什么?
哦,上帝!还不赶快扔掉这家伙,
他是阴险毒辣卑鄙无耻毒蛇!’
‘这是一条鞭子,千真万确!’
‘分明是一条蛇,听我说没错。
我为你着急,对我利害关几何?
我好说歹说你还当宝贝舍不得?’
‘为什么得到的东西要割舍?
老鞭子坏了,找根新鞭子好得多,
你喋喋不休莫非忌妒心发作?’
瞎子最终还是对路人信不过,
他自己倒很快成了匆匆过客,
毒蛇一复活就咬伤他的胳膊。
至于你,我斗胆对你预言说,
你迟早要遇到一场不测风波。”
“嗨!大不了一死,有何了不得?”
隐修士预言:“当心宦海多漩涡!”
此话果然应验,隐修士预料没错。
宫廷尔虞我诈阴谋诡计太多,
法官的清白和政绩受到指责,
以至于国王眼睛也雾障云遮。
奸佞沆瀣一气煽阴风点鬼火,
诬陷栽赃对在押犯也敢挑唆:
“他用我们的财富建自己楼阁。”

国王想看看法官财富有多阔。
所见却是清官自律近乎苛刻，
为官清廉安贫乐道口碑可歌，
这就是指控他的淫欲骄奢！
有人说："他窝藏珠宝很多，
满满一大箱子，安了十把大锁。"
国王亲自开箱看看究竟如何，
竟惊吓得奸佞之徒面如土色，
打开箱子一看里面非旧则破，
无非是牧羊人穿过的旧衣着：
小帽、内裙、干粮袋和牧杖托，
我想他吹的风笛一定也留着。
他说："宝箱保存着温馨和欢乐，
你从未招嫉恨引来蜚语这么多，
我要带你离开这王宫是非窝，
犹如噩梦初醒猛然得解脱。
陛下，请原谅我慷慨高歌：
我早料到爬得高必然跌得重。
不过我倒感到有失也有得，
谁心里没有一点野心作孽？"

狼与牧羊人

有只狼心地善良，
(如果世上真有这样的狼)
对自己残暴行为，
表示深刻的反悔。
他说:“人家恨我，谁?
世人把我恨入骨髓!”
狼成了人人憎恨的公敌，
狗、猎人、村民联合起来置狼于死地。
朱庇特在天上被他们吵得心烦，
一下子让狼在英国销声匿迹[①]。
收买狼头的悬赏很高，
地主乡绅到处张贴布告，
要把狼通通杀掉。
孩子从此再也不敢哭闹，
妈妈动不动威胁说“狼来了”。
“只不过吃点生疮毛驴肉，

① 影射英国和平王爱德加(943—975)的灭狼政令。当时英国狼害成灾，国王通令全国，贵族可用300狼头抵交税款。此令一出，狼在英国果然销声匿迹。

一只烂绵羊，几条疯狗，
填填我的胃口。
那好吧！改邪归正不再吃活牲口，
从此改为吃草，啃啃草料，
如果饿死就拉倒，
这事有什么大不了？
挨饿总比挨骂好！”
狼正说着改恶从良，
却发现牧羊人大吃烤全羊，
铁钎上的烤肉味道香。
狼如梦初醒道：“哼！哼！
我正后悔不该嗜血成性，
护羊人却成了吃羊人，
人和狗一样残忍；
而我，本性就是狼，
何苦狼心惶惶？
不，天神在上！
不，我会成为耻笑对象。
羊羔迟早要被吃掉，
我不必用铁钎烧烤；
我不仅要吃羊羔，
羊羔的奶妈跑不掉，
羊羔的养父在劫难逃！”

这只狼言之有理。
当我们大摆宴席，

吃野生动物津津有味，
难道有脸逼迫肉食野兽，
回到天下太平的黄金世纪[1]？
狼既无铁锅也没有凶器！
牧羊人啊牧羊人，
如果狼有过错，
只是因为他们不是最强者，
难道要让他们去做化缘的隐修者？

① 古代诗人把神话时代分为黄金纪、白银纪、青铜纪和黑铁纪。黄金纪是天下太平的时代，人人相亲相爱，和平共处，人与野兽一律吃素不吃生，因此也就没有邪恶的存在。

鱼群与吹笛牧羊人

有个牧羊人叫狄尔希，
只见他沿着长长小溪，
有一天奏起风笛，
风笛声缠绵悱恻，
小溪蜿蜒流经草地，
鲜花遍地春风和煦，
笛声悠扬感天动地，
歌声献给他心中的唯一，
牧羊姑娘安内特就在那里。
安内特正在河边钓鱼，
却没有一条鱼前来讨喜，
牧羊姑娘白费力气。

牧羊少年的歌声跌宕逶迤，
铁石心肠曾为之回肠荡气，
竟以为、误以为对鱼儿也有吸引力。
只听他的歌声再起：
“水族的全体居民注意，
请让贵国女神深藏洞里；
这里有一个姑娘千娇百媚，
你们快来看一看绝代佳丽，
别害怕你们会中美人计，
她只对牧羊小子无情无义，
她对你们肯定有柔情蜜意，
人家才不会断你们的生机：
水晶般的鱼池供你们生息；
即使鱼饵对某条鱼具有诱杀力，
但能死于安内特之手乃是好运气，
这样的艳福令我羡慕不已。”
他的长篇大论没有多大效力，
广大听众装聋作哑置之不理。
狄尔希白白浪费心机，
甜言蜜语也随风匿迹。
他一气之下索性撒网捕鱼。
鱼群被他一网捞起，
倒在牧羊姑娘脚下作为献礼。

哦！你们，你们是在牧羊还是在牧人？
国王们，你们以为有理便可横行，

去征服外国外族的民心，
到头来势必一事无成，
来软的不如施硬，
强权无所不为，索性一网打尽①。

① 这则寓言诗影射法王路易十四发动的对荷兰战争的结局。1678—1679 年间，以法国为首的一方和以荷兰为首的反法同盟为另一方在现在荷兰的尼曼根签订了一系列和约，路易十四向整个欧洲显示了法国政治上和军事上的强大。

母狮与母熊

一只母狮失去了自己的爱子，
是一个猎人抓走了小狮子。
母狮痛恨交加怒吼声嘶，
整个大森林吓得要死。
尽管黑夜伸手不见五指，
尽管万籁俱寂鬼影摇枝，
森林女王依然哭吼不止，
林中百兽谁也睡不踏实。
最后母熊对她说：
“大妈，我只说一句话，
你的嘴吃过那么多孩子，
难道他们没有自己的父母？”
“当然有。”“既然如此，
为什么没有人哭得暗无天日？
既然那么多母亲能一声不吱，
为什么你就不能自持？”
“叫我如何不哭？我的命好苦！
唉哟喂！我失去了我的儿子！
晚年孤苦伶仃叫我如何过日子？”

“告诉我，是谁逼你到如此地步？”

“唉！是命运把我恨得要死。”

从古至今一言以蔽之。

可悲的人们，这寓言请君三思：

怨天尤人之声甚嚣尘世，

都以为祸害是上天的不是，

想想赫卡柏[①]谢天谢地犹迟。

① 赫卡柏是希腊神话中特洛伊国王普里阿摩斯的妻子。特洛伊战争中，她失去了丈夫和几乎所有的孩子，自己也被俘。后来她报了仇，弄瞎了色雷斯王的眼睛，杀死了他的两个儿子，自己也悲壮而死。

两位冒险家

没有鲜花之路通往富贵荣华，
赫丘利的英雄业绩明证有加；
这位天神打遍天下无敌手，
寓言里难找，历史上难查。
这里倒是有一位冒险家，
怀揣着护身符闯荡天下，
要到浪漫世界寻求兴旺发达。
有个骑士与他结伴而行，
发现有一根杆子作支架，
一幅广告高高挂：
探险家老爷如有意，
见识游侠从未经历，

你只要渡过此急流，
前面有石象等着你，
石象卧倒在芳草地，
你抱住石象冲上去，
到山顶只用一口气，
山峰巍峨高插云际。
结伴的骑士泄了气：
“且不说河水深又急，
即使拼命泅水渡过去，
又如何能抱住石象爬上去？
简直是滑天下之大稽！
高手也许可以抱着走几步，
但一直抱到山顶谈何容易！
何况只许用一口气！
凡夫俗子没有这般能力，
除非石象是小人国小东西，
用根竹竿就可轻轻挑起。
万一达不到目的，
冒险骑士岂不名誉扫地？
这张布告分明玩弄把戏，
不过是哄孩子玩的猜谜。
你抱你的石象我恕不奉陪。”
瞻前顾后的骑士扬长而去。
义无反顾的冒险家跳进河里，
只见他闭上眼睛只顾游水，
其实水流既不深也不湍急，

看见对岸确实有石象卧地。
他抱起石象就连忙登山，
一口气终于到达目的地。
眼前呈现一片开阔地，
只见城池楼台鳞次栉比，
石象忽然发出一声怒吼，
全城武装紧急集合出其不意，
见此声势骑士无不望风披靡，
但我们这位非但没有胆怯后退，
反而准备拼死要大长英雄志气。
只听见万民欢呼令他好生诧异，
原来是举国欢腾拥他登上王位，
也就是说由他代替已故的国王。
他只好顺水推舟谢天谢地，
委此重任实在有点担当不起。
西克斯特斯[①]当选教皇曾作榜样：
当教皇或当国王，
安知是福还是殃？
这番话显然是言不由衷表面文章。
财富不长眼，盲从瞎子胆；
智者不问智，往往当机立断。
瞻前顾后必然前功尽弃；
老谋深算但不优柔寡断。

① 此指西克斯特斯五世，罗马教皇（1585—1590）。据说，当时教廷正物色一个过渡教皇，西克斯特斯五世在遴选期间故意装年迈多病。但他当选后立刻扔掉了拐杖，显得朝气蓬勃、处事果断。

兔　子

——与德·拉罗什富科公爵①一席谈

我听过千奇百怪的故事，
观察过成千上万人的行为举止，
与鸟兽相比何其相似，
不禁自言自语念念有词：
“国王并不比臣民少误事，
大自然造就血肉之躯，
血肉之躯生养心思，
精神与肉体离不开物质。”
我要证明我说的是事实。

① 德·拉罗什富科公爵（1613—1680），拉封丹的挚友。

每当太阳来去匆匆忙忙，
那是潜伏狩猎的最好时光，
或利用太阳急忙赶回家乡，
或趁黑夜已去白昼未归，
我来林边爬到一棵树上。
我仿佛是朱庇特再世，
登上奥林帕斯山眺望，
我随意就是一枪，
一只野兔饮弹身亡，
他没有想到会祸从天降。
只见兔群闻声四散，
兔群原躲在灌木丛里觅食忙，
眼睛瞪得老大，耳朵竖起老长，
高高兴兴正大吃百里香。
只听林中一声枪响，
兔子各自逃亡，
地下城里把身藏。
危险一旦过去，
恐怖气氛顿时消散，
只见野兔们更加喜气洋洋，
又招引我举起手中枪。
芸芸众生又何尝不是这样？
船民遇海难各自随波逐浪，
好不容易挣扎着回到岸上，
风暴过后照样出海忙，
随时还要战胜狂风恶浪，

他们和野兔没有什么两样，
到头来逃不脱命运女神手掌。
类似的例子比比皆是。
比如外地狗路经一个地方，
此地毕竟不是自己家乡，
热闹的场面可想而知！
当地狗只想享口福极端自私，
对外来狗张牙舞爪乱咬撕，
直到把过客驱逐出境为止。
各路诸侯、朝廷命官不亦如此？
各行各业也有人欺行霸市，
发财致富，争名夺利，挖空心思，
这已是家常便饭尽人皆知，
趁火打劫，甚至盗尸。
就连才子佳人也装腔作势，
新作家活该倒霉惹得浑身不是！
分蛋糕人越少越好吃！
游戏和生意规则都如是。
还可以举出千百条例子，
让我的观点得到证实。
但佳作历来短小精致。
我当仿效历代艺术大师，
题材引人入胜还得发人深思。
因此我的谈话点到为止。
公爵大人您使我精神充实。
您思想高深又虚怀若谷，

您德高望重令人敬佩，
您备受赞颂当之无愧，
但您依然含辛茹苦。
您的英名就是我的护身符，
让书报检察官无从下手，
世界各国将传扬您的名字，
并超越时空流芳百世，
为法兰西增色添姿。
法兰西必将新人辈出，
在世界上独树一帜。
至少请允许我让天下周知，
是您启发我写下这几行诗！

鹦鹉父子与国王父子

有两只父子鹦鹉，
天天吃国王烤肉；
有两尊父子神人，
把鹦鹉当作宠物。
年龄决定神鸟亲疏，
子亲子，父亲父。
尽管孩子们轻浮不懂事，
但同桌吃饭，同校读书。
小鹦鹉更是欢欣鼓舞，
宠他的是王子，其父是君主。
命运女神决定人的好恶，
王子爱鸟也是天赋。
有只麻雀很风流，
人见人爱国内少有，
王子当然爱不释手。
有一天小鸟们一起做游戏，
争执起来像小孩子，
游戏演变成了一场打斗。
麻雀有点麻痹大意，

不小心被鹦鹉啄了几口，
耷拉着翅膀，半死不活，
大家认为无药可救。
王子一生气处死小鹦鹉。
老鹦鹉闻噩耗号啕大哭，
伤心绝望莫过于丧子老父——
一切都是徒然，哭喊于事无补；
能言的小鸟已经乘舟渡向冥府，
说白了，就是说鹦鹉已不会谈吐。
老鹦鹉悲愤满腔发怒火，
猛扑小王子啄瞎了他的双目，
老鹦鹉立刻逃亡飞上了一棵松树，
把树巅当作僻静安全的避难处，
在天国可以回味复仇甘苦。
国王亲临树下，好言把老鹦鹉引诱：
“朋友，跟我回家，哭又何苦？
把仇恨、报复和悲伤通通赶出脑后，
尽管我悲痛至极，
可我不得不表明态度：
错在我们这边，王子先动手，
我的儿呀！不。这是命运造的事故，
命运女神早就写好了生死簿：
你我的孩子一个死于非命，
一个失去双目。
让我们都节哀自重，
你还是回笼子里去住。”

鹦鹉回答道："国王陛下，
你以为经过这番变故，
我还会对你推心置腹？
你信誓旦旦，装神弄鬼，
企图用命运女神打掩护，
好哄骗我继续上钩？
但不管是上帝还是命运，
如何决定人世间大小事情，
我注定要了此残生，
站在高高的松树顶，
或深藏在茫茫大森林，
远远躲开那祸害之根，
盲目使报仇雪恨名正言顺；
而我知道报仇是君王的本性，
因为王即神而神多恨。
你愿意忘掉我的大不敬，
我倒是想对你的话信以为真，
但最好还是远离你的手和眼睛。
陛下！朋友！走吧，别耽误御驾，
休再说叫我回去的话，
疏远是医治仇恨的良药，
也是控制爱情的镣铐。"

商人、贵族、王子与牧人

有四个人寻找新大陆，
逃脱了海难几乎一无所有。
虽是商人、牧人、王子和贵族，
狼狈相还不如落难将军贝利萨留[①]，
一路逢人就伸手，
希望讨点东西缓解贫苦。
他们来自天南海北不同家族，
命运却把彼此紧紧拴在一处，
故事说起来还有点跌宕起伏。
沦落人只好围坐泉水边，
开会商议如何渡过难关。
王子讲灾难言必称大人物。
牧人则主张少怀旧，
远水不能把近火救；
大家应竭尽全力，
共同解决燃眉之急。
他说："怨天尤人救不了自己，

① 贝利萨留（约505—约565），东罗马帝国将领，一生南征北战，战功赫赫，但晚年失势，最后沦落为沿路乞讨的叫花子。

只有干起来才能达到目的。”
一个普通牧人说话如此在理！
有种说法岂不值得怀疑？
说什么老天只让权贵聪慧，
好像只有他们知书达理；
还说放羊人长着羊脑子，
少见多怪缺乏知识。
牧人的意见却得到三人同意，
他们在美洲海岸同舟共济。
商人能说会算先提议：
“我去教数学没问题。”
王子也随身附和：
“我教政治还可以。”
贵族连忙道：
“我通晓章学，办学合我意。”
来印第安世界想入非非，
愚蠢的虚荣心还在作祟！
牧人道：“朋友们，
你们说的都挺美，
叫我从何谈起？
一个月三十天，在这些日子里，
难道你们的许诺能充饥？
你们给我一线希望虽然很美丽，
但毕竟遥遥无期，
还得饿肚皮。
谁能解决明天的伙食问题？

哪怕给我一个准确信息，
今晚饭菜是否已有着落？
这才是当务之急，
别的暂且莫提。
你们的学问解不了燃眉之急，
而我的手则可以有所作为。”
说罢，牧人便钻进一处树林里，
砍柴卖钱买粮做饭充饥，
解决了生存大问题，
安慰了长期挨饿的肠胃，
保证各自的才能日后得到发挥。

从这个故事可得出结论：
过日子并不要求太深学问；
大自然为我们作出慷慨奉献，
自己动手是最可靠最直接救援。

第十一卷

狮　子

从前有只豹子苏丹，
据说没收了大笔外侨遗产，
原野草地上到处是牛羊，
树林里野鹿结伙成帮。
忽闻一只狮子在附近森林降生，
恭喜道贺本是人之常情，
诸侯礼节也很通行。
豹子苏丹便召见狐狸大臣，
狐狸老谋深算手段精明。
苏丹说："你怕邻居小狮子？
他父亲刚刚才去世，
狮崽子能成什么大事？
我倒是可怜这个遗孤，
森林中恰逢多事之秋，

只要他安分守己不对外扩张，
就应该谢天谢地烧高香。”
狐狸摇头进言说不然：
“陛下，对这样的遗孤不必垂怜，
只需与他保持友善，
或者索性趁早将他了断，
趁他的爪还不灵便，
趁他的牙还不善战，
趁他现在还不足以构成外患。
切勿坐失良机耽误时间。
我观察过他的星象，
他必在战争中成长，
在盟友中一支独秀，
号令天下称霸封侯。
要么赶紧与他结为盟友，
要么阻挡他的后路。”
狐狸大臣白费口舌之苦，
豹子苏丹却听得迷迷糊糊，
周围的王公大臣也稀里糊涂，
小狮子终于成长为狮国之主。
警钟顿时敲响，
警报雪片般飞扬，
狐狸大臣应召前来磋商，
不由得唉声叹气把话讲：
“大王何必动怒？
局势已无药可救。

调动千军谈何容易，
何况调兵遣将代价昂贵，
将士们吃我们的羊倒是很卖力。
稳住狮子乃当务之急，
他将一人独霸天下，
其威力超过我方千军万马。
狮子拥有千金难买的三大魔力：
勇敢、力量和警惕。
快献一只羊供他练练利爪，
若嫌不够就再添几只让他耍耍，
再不满意就选头牛送他，
厚礼一定要最肥最大，
舍不得小牲口保不住一大家！”
狐狸的建议被束之高阁，
苏丹的邻邦却遭了大祸——
被雄狮各个击破，
没有一个幸免逃脱。
尽管豹盟负隅顽抗，
最可怕的局势却势不可当，
当年的小狮子终于成了霸王。

既然让狮崽子长成大气候，
早就应该与狮子结成盟友[①]。

① 这是一则政治寓言诗。狮子影射法王路易十四。狮子成长的几个阶段与路易十四经历暗合，例如路易十四在荷兰战争中锋芒毕露。豹子（léopard）影射波希米亚国王利奥波德一世（Leopold I，1640—1705），他曾参加反法同盟，支持荷兰抗法战争。这首诗对路易十四有褒有贬，褒多于贬。

教育神童

朱庇特有个儿子很聪明，
很小就知道自己出身神门，
顿觉得自己是神不是人。
小孩子懂得什么爱情，
主神之子却很多情，
既懂得去爱又会讨欢心。
爱与智在他心中提前觉醒，
唉！时间的翅膀太轻盈，
把青春花季过早送上门。
婀娜多姿的花神秋波相迎，
一下子迷住了神童的心。
如醉如痴的热恋折磨人，
甜酸苦辣都充满温馨，
一会儿哭泣，一会儿呻吟，
终身难忘百味翻腾。
但朱庇特的儿子毕竟是神，
聪明才智非同凡人，
潜移默化的影响随影潜行，
天生就是一个多情种，

举手投足何其传神！
但朱庇特还是要对儿子严加教训。
于是朱庇特召集众神：
“我治理宇宙至今还是孤家寡人，
我想让小神分担责任。
我看这个可爱的孩子有灵性，
不愧是我朱庇特家族血统，
大家已把他奉若神明。
为了使他的学识与血统相称，
他应通晓一切才行。”
朱庇特话音刚落，大家鼓掌赞成——
务必让孩子成为万事通。
战神自告奋勇称：
“我要亲自教他作战本领，
英勇善战出了多少英雄，
拓展了帝国的疆域，
为奥林匹斯山增添了光荣。”
博学的金发阿波罗神道：
“我可以教神童诗和琴。”
披着狮皮的英雄赫丘利[1]则说：
“我嘛，我会教他克服毛病，
抑制心血来潮的激情，
这可是毒害人的妖精，

① 典出罗马神话。英雄赫丘利来到提任斯完成的第一项业绩就是杀死涅墨亚狮子，取得毛皮披在自己身上。

犹如九头蛇[①]不断在心头蠢动，
淫乐就是敌人，
我会带他走前人没走过的道路，
在美德的道路上立业建功。”
可是爱神维纳斯一鸣惊人：
“我要把一切都教给神童！”

爱神说的合理合情，
智慧加爱情何事办不成？

① 英雄赫丘利完成的第二项业绩就是杀死九头水蛇。

农夫、狗与狐狸

狼与狐狸比邻而居但爱摩擦，
千万不要在兽窝周围安家。
狐狸老窥探农夫的鸡舍，
虽然称得上老奸巨猾，
但他对家禽很难把手下。
一方面馋涎滴滴答答，
另一方面也很害怕，
这家伙急得没办法。
“讨厌！”只听他牢骚大发，
“这混蛋也敢把我笑话？
我来来回回累坏了骨头架，
挖空心思想尽了办法，
可这乡巴佬却怡然自得守着家，
准备把家禽通通卖掉换钱花，
剩下的公鸡、母鸡上烤架，
可怜我这个偷鸡的行家；
哪怕能抓到一只老公鸡，
我的心里也会乐开花！
为什么老天偏让我长狐狸尾巴？

我要向天神和冥王起誓，
总有一天会说我好话！”
狐狸心里恨得切齿咬牙，
选好那一夜正开催眠的罂粟花，
只听农舍内鼾声如雷打，
莫说主人和雇工呼呼大睡，
就连看家狗也不看家，
母鸡、公鸡、仔鸡都说梦话。
农夫大意竟忘了关鸡舍，
这个疏忽真是糟糕到家。
狡猾的窃贼来回观察，
终于潜入这窥伺多时的农舍，
开始了一场血腥大屠杀。
狐狸的暴行暴露在晨光下，
只见大片的尸体血花花，
就连太阳也吓得跌落海下①。
这样的场景实在太可怕，
犹如阿波罗与阿伽门农斗法，
散布瘟疫让敌军横尸如麻，
希腊武装几乎被彻底摧垮，

① 典出希腊神话。堤厄斯忒斯勾引兄弟阿特柔斯的妻子并阴谋篡夺其王位，事情败露后携姘妇逃离迈锡尼。阿特柔斯为了报仇，杀死了堤厄斯忒斯的儿子，并将孩子的肉做成菜请兄弟吃以示和解。堤厄斯忒斯发现自己吃了自己儿子的肉恶心至极，并连声咒骂阿特柔斯的子孙。此情此景太阳也惨不忍睹，便忿忿不平地退回大海去了。

这只是一夜恶战的描画①。

又好像惨案发生在希腊军帐下，

埃阿斯忍无可忍要气炸，

冲向羊群进行大屠杀，

以此把对手乌利西斯镇压②。

狐狸就是血洗鸡窝的埃阿斯③，

能带走的全带走，只把悲惨留下。

主人除了大喊大叫没有别的办法，

把帮工和看家狗好一顿臭骂——

这是司空见惯的家法：

“啊！该死的畜生，

你跳河自杀吧，

狐狸进门为什么不把警报发？”

看家狗不得不回答：

“您怎么早不设防？

早就该想出办法，

您是农庄的主人，

只能怪您自己马大哈，

① 典出希腊神话。阿波罗在特洛伊的祭司之女叫克律塞伊斯。特洛伊战争期间她被俘获送给阿伽门农当女奴。其父要求归还女儿但遭拒绝。阿波罗大怒，便给希腊军营散布了九天的瘟疫。后来希腊人将克律塞伊斯送回，瘟疫才得以消除。

② 典出希腊神话。乌利西斯（即奥德修斯）和埃阿斯都是特洛伊战争中的大英雄。阿喀琉斯死后，其母海洋女神决定将盔甲赠送给希腊联军中最英武的英雄乌利西斯，埃阿斯大怒，认为这是对他最大的侮辱，决定杀死联军的各路英雄。但战神雅典娜却使埃阿斯丧失理智，冲向羊群，把羊群杀得七零八落，以为报复了乌利西斯及其部属。清醒之后，埃阿斯无法忍受奇耻大辱，遂自杀身亡。

③ 拉封丹把狐狸血洗鸡窝的惨状与特洛伊战争的残酷相提并论，使得这则寓言享有“史诗式寓言”的美誉。

只顾睡觉忘了把门闩插，
这事怎么能怪我？
我只是一条狗，狗有什么办法！
难道叫我不睡觉白白看家？”
这条狗倒挺会说话，
如果是从主人口里说出这话，
那就更理直气壮长身价，
只可惜这是一条普通的狗，
所以都说“狗嘴里吐不出象牙”，
下等人说真话反挨鞭打。

不论你是谁，只要是你当家，
（可我从没羡慕你的荣华）
别只顾自己睡觉指望别人看家，
把家门关严后你才能睡下。
如果有什么事情牵挂，
不请代理人为佳。

莫卧儿人之梦

从前有个莫卧儿人[1]，
梦见宫廷中一位大臣，
在爱丽舍田园[2]享尽欢情，
无限的欢乐是那样纯净，
价值连城又万古长青；
莫卧儿人还进入另一个梦境，
一个隐修士周围火焰升，
就是叫花子见了也同情。
这梦太离奇，有悖人之常情，
地狱判官弥诺斯似乎看花了眼睛，
莫非两个死人之间搞错了案情？
莫卧儿人一觉醒来大吃一惊。
这个梦神秘中疑团重重，
他便请人来圆这个梦。
占梦人对他说：“不必虚惊，

---

① 莫卧儿帝国（1526—1858），印度古国，当时称雄整个南亚次大陆，经济文化鼎盛一时。法国人爱用莫卧儿帝国来自我夸耀或形容某些富强的王国。

② 爱丽舍田园是希腊神话中的极乐世界，巴黎的“香榭丽舍田园大街”就是出自这个典故，只是当时翻译没有统一译名，才出现“爱丽舍”宫和“香榭丽舍”田园大街同名异译的现象。

你的梦有意思，
若说不合常情，
那是神的指令。
大臣下凡为官，
不时也追求清静，
而隐士对大臣们表示欢迎。”

我对圆梦做点补充，
我欣赏隐退的热衷，
隐士的享受痛快从容，
天赐的玉液琼浆脚下生。
清静中体验到幽幽隐情，
世外桃源让我迷恋终身，
我何不一劳永逸远离嚣尘，
细细品尝树荫下的清新？
噢！是谁把我拉进你的庇荫？
缪斯九姐妹何时能把我彻底关心？
让我远离城市与宫廷，
把天数运行教给我听，
满天星斗的运动在我眼里太陌生，
敢问闪烁的星星姓甚名谁何德何能？
竟可预示千变万化的命运和风情！
既然我天生干不了大事业，
小河流水总可以给我温馨！
让我在诗句中描绘花之滨，
命运女神不给我发财命，

我安睡不了金壁宫。

但人们是否看清，

金床好睡梦难成，

睡得不香少欢情？

我把荒梦再献睡神。

最后的时刻一旦来临，

黄泉路上找前人，

无牵无挂断红尘，

瞑目无悔恨[1]。

① 这则寓言是拉封丹“最内向的诗篇”，抒发归隐山林的意愿。

狮子、猴子与两头驴子

狮子为了国家长治久安，
打算学习道德规范；
有一天他召见猴子，
因为他是动物界艺术大师。
大师的第一课便这样开始：
“大王，为求英明统治，
君主无不倾心国家大事，
而不斤斤计较一己之私。
唯我独尊为常人所不齿，
太过自尊往往造成过失[①]，
动物世界教训比比皆是。
想彻底摆脱这种劣根性，
并不是轻而易举小事情，
也不是一朝一夕就能完成，
只有下苦功才能抑制这种虚荣。
因此，大王陛下应洁身自好，

① 法语“amour-propre”意为“自尊心”或“自爱”，在这则寓言里为贬义；考虑到现代汉语中的“自尊”或“自爱”多为褒义，因此翻译时不得不添加“过分”“盲目”等贬义成分。

切不可有失公允而为天下笑。”
国王听了答道：
“请举一两个例子好不好？”
猴博士便开始讲故事：
“天下动物皆如此，
就从我们猴子开始，
各行各业都自以为是，
好像别人都是无知白痴，
总看不惯别人的行为举止，
总认为别人的言谈一钱不值。
自尊先得抬高同行的至尊地位，
抬举他人也为抬高自己创造良机。
综上所述我完全可以认为：
世上许多高人都是在耍脸皮，
结党营私，千方百计抬高自己，
愚者往往反比智者更懂道理。
一天，我跟着两头毛驴赶路程，
他们正在轮番互相吹捧，
互相抬举是蠢驴一贯作风。
只听一只驴对同伙说道：
‘爷们，难道你不觉得不公道，
而且愚蠢得十分可笑，
说人这动物好得不能再好，
竟敢公然污蔑我们的尊号，
把愚昧无知之徒戴上“蠢驴”的高帽。
他们还滥用陈词滥调，

把我们的言笑一律贬为“驴叫”。
人类贬低驴类还挺骄傲，
这未免太可笑！
不，不！该轮到你头头是道，
叫他们的演说家把嘴闭掉，
他们才是真正的瞎胡闹。
让他们去自我陶醉好了，
只要你和我互相称道。
你的歌声是那样悦耳美妙，
夜莺听了也自知羞臊，
你比大歌唱家朗贝尔[1]水平高。’
另一头蠢驴回答道：
‘爷们，我同样赞赏你的高妙！’
两只蠢驴互相吹捧意犹未尽，
边走边吹走遍各大城镇，
一唱一和互相涂脂抹粉，
沆瀣一气彼此都很受用。
吹捧别人实指望得到吹捧，
这种人如今不在少数，
不是驴子而是官场高手，
老天让他们高升高就，
官官相护高抬贵手，
互称‘阁下’尚不知足，
敢受‘陛下’殊荣不会少有。
我说的话也许有点过头，

① 朗贝尔（1610—1696），拉封丹时代著名的歌唱家。

这个秘密有劳大王保守。
陛下本希望得到启发，
由此及彼小中见大，
盲目自尊会闹出大笑话。
至于不公正的事情说来话长，
下回找时间慢慢再讲。”
猴子点到为止。
至于是否议论不公之事，
话题太敏感我也不得而知。
猴子毕竟是艺术大师，
还不至于好为君师，
懂得伴君即伴狮。

J. GAUCHARD

多瑙河农夫

看人切不可光看外貌，
这不是一个新的忠告。
从前小老鼠犯的过失，
我现在可以借来说事，
为了说得有根有据合情理，
我请出贤达伊索和苏格拉底，
还有一个人在多瑙河畔种过地，
罗马皇帝①还留下相关事迹。
前面两位人物家喻户晓，
后面那位人物我来勾画几笔。

① 指罗马皇帝马可·奥勒留（121—180）。他曾同多瑙河流域的日耳曼人作战，行军途中著有《自省录》12篇。

他下巴的胡须十分浓密，
浑身毛茸茸活像熊罴，
一身土里土气。
浓眉毛下隐藏着斜眼一对，
歪歪的鼻子加上厚厚的嘴，
一件山羊皮短袄身上披，
一根草绳腰间系。
其貌不扬却代表沿岸城镇利益，
多瑙河洗礼奔腾不息。
当时这里没有一块安全土地，
到处都有罗马人的铁蹄，
他们贪婪成性强奸民意，
手伸得很长胡作非为。
农民代表赶到就把演说发表：
“罗马人，在座的诸位元老，
承蒙听我发言还请赐教，
首先我祈求天神多多关照，
让神来指导三寸不烂之舌，
但愿我说的话无可指责！
若无天神助我一臂之力，
心中就会充满邪恶和不义，
若不求助于神明，
有人就会犯法横行。
贪婪的罗马人把我们蹂躏，
就是最好的证明，
罗马人给我们上刑，

并非他们有赫赫战功，
而是因为我们错误沉重。
罗马人，有你们害怕的时候，
到时候眼泪和苦水让你们受够，
今天你们手中作恶的武器，
总有一天会回到我们手里，
对你们进行严厉的报复，
老天会对你们大发脾气，
该轮到你们给我们当奴隶。
我们为什么要给你们做奴隶？
凭什么说你们的民族最优秀，
动不动称老子天下第一？
你们有什么权力当世界领袖？
你们为什么要断送我们的生计？
我们原本安居乐业欢天喜地，
我们勤劳耕作又有手艺，
你们对日耳曼民族有何教益？
日耳曼人机智而且勇敢，
如果他们贪得无厌，
像你们一样横征暴敛，
也许他们早已取代你们的地位，
并懂得如何人道地使用权力。
而你们的行省总督滥施淫威，
简直叫人不可思议。
你们的祭坛高高在上，
却被你们玷污了高尚，

要知道神灵已投放目光，
关爱在我们日耳曼人身上。
你们的暴行有目共睹，
神明眼前到处是恐怖，
你们对神明和神庙大肆亵渎，
你们的贪婪到了疯狂的程度。
罗马来的人从来不知足，
我们耗尽了地力和人力，
罗马人欲海无边际。
你们趁早班师回朝吧，
我们不再为罗马人种庄稼！
我们家破人亡妻离子散，
背井离乡逃难到深山，
我们不得不与野熊为伴。
谁愿意生儿育女受迫害，
为罗马帝国培养受压迫的后代？
至于我们已经出生的孩子，
我们倒希望看到他们早点死，
行省总督强加给我们以灾祸。
快撤兵吧，罗马人无恶不作，
只会教我们软弱和邪恶，
日耳曼人到头来也会变得可恶，
贪得无厌到处掠夺财物，
这就是我在罗马的耳闻目睹。
如果不给当官的送点礼物，
比如绫罗锦缎红绸布，

就休想获得法律保护，
更何况走不尽官府漫长路。
我的讲话言辞有些激烈，
可能从一开始就使你们不悦。
我的发言到此终结。
我的控诉直言不讳，
就请你们判我死罪！”
说完，他就俯伏在地，
周围听众无不称奇，
赞赏野蛮人慷慨陈词，
智勇兼备，舍生取义。
元老院赐予他贵族称号，
这是对他直言不讳的回报。
人们把行省总督改选，
元老院将演说记录在案，
以为后人讲话作典范。
可惜这篇雄辩的讲演，
在罗马未能久传。

老翁与三个后生

有个八十老翁在种树。

邻居三个小后生瞎嘀咕：

“老人盖房还说得过去，

这么大年纪还种什么树！

莫非他真的是老糊涂。

喂，天神在上，敢问老伯伯，

您这样辛劳能得到什么结果？

除非您活到九百岁还差不多[①]。

您自找麻烦这是何苦？

您享不到将来的清福！

别到时候后悔莫及，

① 典出《旧约·创世纪》，说族长能活 900 岁，如赛特活了 912 岁，该南活了 910 岁。

别指望放长线能钓大鱼，
别异想天开想入非非。
我们年轻人干干还可以。”
老人对这种说法不同意：
“未来并不光属于你们自己，
大器晚成，而且不能一劳永逸。
你我的命运都掌握在白脸女神[①]手里，
人生苦短其实大同小异。
你我四人谁能享受最后的青天白日？
谁能保证你们比我多活一朝一夕？
前人种树是为了后人乘凉，
子孙后代不会辜负我的期望，
这不得了！难道你们不主张，
智者多为他人的欢乐着想？
这就是我今天尝到的甜头，
明天、后天我还能继续享受，
说不定你们比我早几天入土，
朝霞几度我会为你们扫墓！”
老人的话果然应验，三个小伙子先他归天：
一个去美洲才出港就死于海难；
一个升了官为国奔赴前线，
苦战疆场牺牲于意外流弹；
一个嫁接果树却把命摔断。
老人为死者立碑泪流满脸，
把我说的故事刻在上面。

① 指命运女神。

狼与狐狸

伊索何以让狐狸屡屡得手，
是因为狐狸老奸巨猾爱耍阴谋？
我百思不得其解，
找不到合适理由。
当狼需要保自己命的时候，
或当狼要夺别人命的时候，
不也跟狐狸一样会来一手？
我甚至认为狼比狐狸更高一筹。
若干理由与高师伊索不甚相投。
但有一事例叫我口服心服，
一切狡猾的头衔应归洞主。
一天晚上，狐狸看见井下月亮，
圆润皎洁分明是大奶酪模样，
辘轳上下有两只吊桶，
轮番上下可把井水打上。
我们的狐狸饿得慌忙，
便一屁股坐在吊桶上，
另一只水桶就升到井架，
而狐狸顺势抵达井下，

忙中出大错脱身艰难，
看来死期已在眼前，
如何才能回到上面？
除非还有饿死鬼上当受骗，
重蹈自己倒霉的路线，
他下来我上去安然脱险。
两天过去了无人光顾井边，
两夜漫漫时间不肯偷闲，
天体运行总是按部就班，
银色的圆脸熬成了弯镰。
狐狸先生陷入了绝望。
狼大哥正好口渴难当，
晃晃悠悠经过井旁。
狐狸连忙把老狼呼唤：
“老伙计，我要请你吃顿美餐，
你看看这是什么宝贝？
这是一块奶酪美味！
农牧神法翁亲手加工，
用神牛伊娥[①]的奶汁做成。
就是朱庇特胃口出了毛病，
吃块这样的奶酪也饭量大增。
我已经吃掉其中的一小半，
剩下的够你吃一顿美餐。
请坐进我为你备好的水桶，

① 典出希腊神话。伊娥是天后首席女祭司。主神宙斯爱上了伊娥，天后出于嫉妒把伊娥变成小母牛，故有伊娥奶之说。

下来让你好好受用。”
狐狸好赖吹得天花乱掉，
老狼竟然一时鬼迷心窍，
笨重的身体把水桶坠下，
另一只桶把狐狸提上井架。

请不要把这个故事当笑谈，
我们不也经常会上当受骗？
尽管诱惑叫人简直难以置信，
唯恐求之不得才会信以为真。

Gve Doré

老鼠与猫头鹰

千万别对人标榜自己：
“请听一段佳话，请听一段传奇！”
你知道听众是否喜欢同样口味？
不过这里有一个例外之例，
我还是认为它太离奇，
似乎与寓言差不离，
但它却是真迹。

有人砍倒一棵古松，
那是猫头鹰的故宫；
他是命运女神的代言鸟，
阴森的宫殿是他幽居老巢。

古松的树干已被时间掏空，
还有不少外来户聚居其中，
比如无腿的老鼠圆咕隆咚。
猫头鹰啄掉老鼠的四条腿，
然后用麦粒把残废老鼠养肥。
应当说猫头鹰自有他的道理，
因为他曾捕捉到好多只老鼠，
关在家里却让他们偷偷溜走；
老家伙最终汲取了经验教训，
便把抓到的老鼠弄成残废，
没腿的老鼠吃起来更顺嘴，
今天吃一只，明天杀一尾。
岂能一口把一群老鼠吃个精光？
何况还得注意身体健康。
猫头鹰有远见与我等相当，
竟懂得为老鼠提供食粮，
免得他们挨饿死亡。
笛卡儿派是否还主张，
猫头鹰不过是钟表机装[①]？
难道真的有什么弹簧，
会让夜猫子产生奇思妙想，
为群鼠截肢以便长期饲养？
如果还说猫头鹰不会推理，
那我看世界上就没有道理。

① 拉封丹用寓言反驳笛卡儿的动物机械论观点。笛卡儿在《方法谈》一书中认为，动物只不过是装弹簧的机器，既没有思想也谈不上感情。

请看猫头鹰遵循什么逻辑：
“老鼠抓回家会逃跑，
因此一抓住就得吃掉；
一大群老鼠根本吃不完，
留一批耗子很有必要，
能不能留下耗子不许逃掉？
那么怎么办才好？
只好砍断老鼠的四只脚！”
哦！那么现在请你分析分析，
人类还能想出比这更妙的一步棋？
亚里士多德[①]及其学生传授逻辑，
莫非猫头鹰也深受教益？
思维艺术并不很低！

其实这算不上一则寓言，
事情虽然离奇，
简直令人难以置信，
却不是子虚乌有。
也许我夸张了猫头鹰的远见，
因为我并不认为动物具有如此高明的推理能力，
但写诗是允许夸张的，
而我写作尤爱夸张。

① 亚里士多德（前384—前322），古希腊哲学家、科学家。其逻辑学理论影响深远，是形式逻辑的奠基人。

第十二卷

乌利西斯的战友

——献给勃艮第公爵殿下[①]

王子，您是天神最爱，
请接受我焚香一拜。
我奉送缪斯赠礼稍迟，
年迈和繁忙权作歉辞。
我的文思正逐渐下降，
而您的才智却眼看着高涨，
从学步到奔跑犹如展翅飞翔。
您继承了英雄[②]壮丽本色，

① 勃艮第公爵（1682—1712），路易十四之孙，路易十五之父，费奈隆的学生。1693年9月1日，年过古稀的拉封丹把本卷寓言诗献给年仅11岁的王孙勃艮第公爵，其中有个别篇章是专门为教育王孙而创作的。

② 指勃艮第公爵的父亲，路易十四的王太子。

他也渴望驰骋疆场壮怀激烈，
并非他不曾求胜心切，
未能大踏步前进，
实现建功立业。
有位神明着意拦阻，
(这尊神就是我们的君主[①])
其实他只奋战一个来月，
就把莱茵流域征服。
正所谓兵贵神速。
但今天看来未免失之莽鲁。
这件事我不便多议论，
笑神和爱神想必不爱长篇大论。
您的宫廷有各种各样的神明，
他们在您左右随影潜行。[②]
但这不是说没有崇高的神圣，
情感和理智之神在此坐镇。
有一件事可以请教情理之神，
那就是希腊人太不谨慎，
竟然中了魔法变了形，
由人变成了畜生。

乌利西斯的战友们苦战十年，
又在海上漂泊受尽命运熬煎。

---

① 指国王路易十四。

② 指大主教和宫廷教育家费纳隆（1651—1715）。他著有《忒勒马克斯历险记》《论女子教育》《寓言集》等。费纳隆对拉封丹颇为器重，曾用拉封丹寓言诗去教育王孙，并让译成拉丁文。

他们终于靠了岸，
日神之女就住上边，
那儿有喀耳刻[①]女神宫殿。
女神赠送他们一种饮料，
味道很美却是毒药。
他们一喝就昏倒，
不一会儿就变成了野兽，
身体和嘴脸都改了外貌。
转眼间熊、狮、象应有尽有，
有的是庞然大物，
有的却微不足道，
例如像只鼹鼠（拉丁文）。
乌利西斯却没有中毒，
他早怀疑酒中有药。
因为他不仅足智多谋，
而且英俊潇洒能说会道，
他把魔女哄得好温柔，
她犹如吞下类似的药酒，
不过那是萌生爱情的春药，
药性发作神女隐情吐露，
喀耳刻更是火急火燎。
乌利西斯一向机敏善诱，
不会让机会白白溜掉，

① 喀耳刻即罗马神话中日神赫利俄斯的女儿，精通巫术，居住地中海埃埃亚岛森林宫殿里。乌利西斯及战友们漂泊至该岛时，喀耳刻用药酒将其伙伴变成野兽，而乌利西斯则利用自己的智慧迫使魔女用解毒药使战友恢复人形。

趁机要神女恢复战友们面貌。
神女道:“他们真的愿意接受?
去问问你的部下便会知道。”
乌利西斯立刻跑去问战友:
“喝下毒酒还有解毒的药,
我专门赶来解救朋友,
你们愿不愿意恢复人的体貌?
你们说话的机能已经恢复。”
狮子留恋自己的吼叫:
“我还不至于昏了头,
我刚获此殊荣岂能轻易丢掉!
我张牙舞爪,谁碰我就咬他几口。
我已为王,岂能回乡与小市民厮闹!
你也许还要我当军中小卒,
我可不想失去狮王的荣耀。”
乌利西斯离开狮子去问熊包:
“喂!兄弟,你可出了风头!
瞧你的模样多俊俏!”
“啊!真是他乡遇故旧。”
老熊不紧不慢回答道,
“我怎么会变得这么丑?
老熊本来就这相貌。
说什么这个好看那个难瞧,
难道我的长相要用你的标准套?
只要爱我的母熊看我顺溜!
你看不上我?那你就走,

你走你的阳关道，
让我自由自在无忧无愁。
我索性对你和盘托出：
我不愿脱掉熊外套。”
希腊王[1]又去把狼的意见征求，
不管是否再遭拒绝总得把话说透：
“战友，我为你感到害臊，
有个美丽的牧羊姑娘奔走呼号，
控告你贪得无厌大开胃口，
她的羊被你吃掉多少！
过去你曾把她的羊群营救，
你走过一段人间正道。
离开树林吧，别与豺狼为伍，
还是做个善良的人为好。”
“有你说的好人吗？”狼答道，
“好人我怎么看不到？
你把我当成吃肉的野兽；
那你说，你是什么动物？
即使没有狼，你们不照样吃肉？
照样得罪全村男女老少！
就信你的话，假如我讲人道，
我真的会洗手不杀戮？
你们有时为口角互相斗殴，
人际关系比狼又好多少？
左思右想，思前想后，

① 乌利西斯本是伊塔刻国王，希腊英雄。

彼此彼此，何必对调?
做狼比做人也许更酷，
改变身份没有必要。”
乌利西斯挨家进行劝告，
战友们不谋而合一个腔调，
一一回绝了英雄的要求。
自由和森林更适合他们的胃口，
这是他们最高的喜好。
他们不信高尚行为的说教。
他们以为纵欲就是自由，
实乃自甘为奴自作自受。

王子，我本想选个好题，
既有趣味又有教益，
如果选材很容易，
这样的计划当然很得意。
乌利西斯的战友们终于入笔。
尘世间此类人不胜枚举，
您恨您骂他们没出息，
我便把他们来治罪。

猫与两只麻雀

猫和麻雀同年同月同日生，
比邻而居从小就不陌生，
鸟笼与猫窝共有大屋顶。
小鸟却常常惹恼小猫，
一个用嘴啄，一个用爪挠。
但猫对小朋友并不斤斤计较，
惩罚往往适可而止，
只是装腔作势，
不让利爪放肆。
但麻雀却很不懂事，
老用嘴去回敬猫的克制。
聪明的猫先生不骄不躁，
原谅小麻雀的无理取闹，
朋友之间岂能分道扬镳，
不可动不动就如雷暴跳。
由于彼此从小知根知底，
长期以来没有伤过和气，
从未因玩笑而打成仇敌。
有一天来了一个近邻，

另外一只麻雀飞来串门，
看望家雀皮埃罗这个小淘气，
和聪明的拉东小猫咪；
没想到麻雀见面就打架，
拉东当然出面为朋友护驾：
“这个陌生人岂有此理，
竟敢侮辱我的知己！
外来的麻雀欺人太甚，
不行！猫在此岂能容忍！”
于是小猫加入了战斗，
把串门的麻雀咬了一口。
猫先生吃得有滋有味：
“麻雀的味道真美！”
于是把好朋友索性送进嘴里。

攒钱人与猴子

有个人拼命攒钱。
爱钱如命往往使人疯癫。
此人满脑子金币和银元。
有钱不用，
等于没钱。
为了保证财宝安全可靠，
我们的吝啬鬼移居海岛，
让海神充当防盗保镖。
要我说简直无聊之极，
但吝啬鬼乐此不疲，
只见他成天做堆钱游戏：
清点，计算，把玩，
度过多少黑夜和白天。
因为他总觉得账有缺口。
原来他养了只大马猴，
在我看来猴子比主人内秀；
它总喜欢往窗外扔钱币，
弄得账目与实际不对；
库房明明上了大锁，

银币就在柜台上堆垛。
有一天猴子心血来潮，
想对大海贡献一些财宝。
我这人就喜欢对比强烈，
猴子之喜比较守财奴之乐，
我不知道谁赢谁输，
论才智猴子更胜一筹，
个中原因一时说不清楚。
那一天猴子大搞恶作剧，
几枚多布朗①扔了出去，
一枚雅戈布②，
一枚杜卡顿③，
然后是名贵的玫瑰金④。
为了证明它的力气和技巧，
它把这些金属片打水漂，
多少人为得金币命不要。
若不是听到库房有动静，
眼看着锁眼在转动，
还不知道多少金币付东风，
冒险在大风大浪中，
沉入海底成财富，

① 古西班牙金币名。
② 英国詹姆斯一世时期的金币。
③ 古威尼斯银币名。
④ 英法古金币，因铸有玫瑰图案而得名。

多少沉船积作宝库。
上帝有意保护大富翁，
把财宝保存在大海中，
谁让他们有钱不会用。

两只母山羊

两只母山羊吃饱了肚皮，
便开始想入非非，
心血来潮外出碰碰运气，
奔向青青的草地，
最好是罕见人迹。
那里如果没有什么大路小道，
只有奇峰怪石悬崖陡峭，
那才是贵妇浪漫情调，
攀岩动物不怕任何艰险阻挠。
两只母山羊就放开胆子，
她们有白蹄贵族气质，
各自离开草地殊途同至，

正好朝对方走去神差鬼使。
她们同时来到一条河边，
只有一条独木桥横跨其间；
就是两只黄鼠狼面对面，
要过独木桥也很困难。
更何况水深流急，
两位女杰本该却步颤栗。
但是不管有多大危险，
一位女杰踩上了桥板，
另一位也同时登上另一端。
我仿佛看见国王两位，
一头是路易，一头是腓力，
同时登岛前来聚会[①]。
巾帼冒险家就有这等勇气，
面对面挪步前移，
只见两位神气十足，
都朝着桥中央往前走，
谁也不肯让谁一步，
她们都有荣耀家族。
据史书记载周详，
其中一只远祖举世无双，
独眼巨神赠海女神礼物吉祥[②]；

① 路易指法国国王路易十四，腓力指西班牙国王腓力四世。1659年西班牙与法国在比达索瓦河上的费藏岛举行和谈。6月6日，两位国王在岛上会晤，签订《比利牛斯和约》。

② 典出希腊神话。独眼巨神波吕斐摩斯的山洞里养了许多母山羊，他爱上了皮肤白皙的海神之女该拉特亚。拉封丹据此产生联想。

而另一只祖宗则是神羊，
曾是主神朱庇特奶娘[①]。
两只羊都不肯退让，
落得个同样下场，
双双坠河身亡。
发迹之路花明柳暗，
此类事故司空见惯。

① 典出希腊神话。母山羊阿玛尔忒亚曾用奶喂养过朱庇特，后来主神把她请到天上，并把她的一只角赠给仙女们，成为著名的“丰收之角”。

老猫与幼鼠

一只小老鼠涉世不深，
对老猫幻想动之以情，
企图晓之以理求他怜悯。
“请给我留条活命的路子，
我不过是饭量很小的小耗子，
会给这家主人带来什么损失？
你看看男女主人一大家子，
难道我会让他们都饿死？
一粒麦子就够我一顿粮食，
一颗核桃就能把我养成胖子。
我现在瘦成这个样子，
不如等我长大了更好吃，
何不把这顿饭留给孩子？”
被捕的老鼠对猫求情不止。
猫的回答咬牙切齿：
“你看错了老子！
竟敢对我说三道四？
你还不如去求聋子！
我——老猫，对耗子讲仁慈？

从来没有这样的日子！
照老规矩办事，
下地狱去找死，
对命运女神这般如此。
我的孩子们自会有饭吃。”
老猫说到做到干掉耗子。

我的寓言包含这层意思：
年轻时自以为是异想天开，
年老时心狠手辣气急败坏。

PANNEMAKER-DOMS

生病的鹿

有一个地方聚居着鹿群，
有一只鹿忽然得了病，
惊动了右舍左邻，
纷纷前来探望、帮忙和慰问，
赖着不走真是烦死人。
“唉，先生们，让我死了清静，
按照通例，让命运女神剪断我的命根，
大家请别哭得如此伤心。”
可是慰问的人谁也不听，
非要救苦救难到最终，
即使谢天谢地要走人，
也不能不喝水不吃点心，

也就是说得到草地上啃啃青。
于是纷纷到附近山林大吃一顿。
弄得病鹿的口粮很少留存。
他甚至吃不上青草根，
于是身病添了心病，
眼看着死期将临，
看来非饿死不行。

不管是治身病还是治心病[1]，
没有不伸手要价的医生；
世风日下，陈规陋俗，非改不可，
我苦苦呼吁毫无结果，
世人老敲诈勒索！

① 治心病的医生指神职人员。

蝙蝠、荆棘与鸭子

蝙蝠、荆棘和鸭子做生意，
三人都看到国内不景气，
小打小闹没什么大出息，
便合伙经商远走高飞。
商行、代理和经纪人齐备，
一个个都精明强干富有智慧，
收支进账准确无误不漏点滴。
正当一切都顺风得利，
他们的商船通过某地，
海面狭窄水下暗礁林立，
行船航线岌岌可危，
成包成捆货物沉入海底，
就在地狱仓库隔壁。
三位商人后悔莫及空叹息。
其实不如咽下这口气，
小商小贩尚且知道保密，
为了保住信誉，不可泄漏败迹。
祸从天降根本无法挽回，
只可惜过度悲伤走漏了消息。

他们顿时失去了信誉和财力，
只等戴绿帽子名声扫地[①]。
没有一个人肯解囊救急。
谈什么资本金和高利息，
法警和官司无法回避，
讨债人叫门不客气，
天刚蒙蒙亮就来催，
三位商人穷应付千方百计，
左右逢源好话排长队。
每次都是荆棘出面唱段纠缠戏：
“先生们，求求你们通个消息，
满船的货物沉在哪家海底？
全怪无底深渊不讲义气。”
鸭子会潜水已经躲进水里。
法警随时跟踪蛛丝马迹，
蝙蝠只好藏在黑洞里，
大白天不敢挨家飞。

我倒认识不少欠债大户，
他们并非鸭子、荆棘或蝙蝠，
也没有落到一蹶不振之地步，
但他们都是大老爷大贵族，
天天从机关暗道进进出出。

① 法语“le bonnet vert”（绿帽子）与汉语的概念迥异，是“破产者”的象征，而无妻子不忠的意思。在拉封丹时代，负债者无法偿还债务时可以戴上绿色高帽游街，以免受牢狱之苦。

狼与狐狸[1]

人生不足是常见现象，
原因何在令人费思量。
有的老百姓喜欢当兵，
有的兵却羡慕老百姓。

据说有只狐狸怀梦想，
一心一意想变大灰狼。
嗨！谁能说干吃羊这行业，
狐狸变狼就不叫苦不迭？

狐狸竟然对狼说得出口：
“亲爱的，每天吃饭真难受，
不是公鸡太老就是母鸡太瘦，
我都吃腻了这干巴巴的鸡肉。
而你的饭菜丰富风险也不大，
你野外作业而我得挨近住家。
哥们，行行好，教兄弟一把！

① 费奈隆神父曾用狼与狐狸为主题训练勃艮第公爵的拉丁文写作能力，拉封丹为此写了这则寓言助兴。原稿至今保存在法国国家图书馆。

让我成为狐狸中的佼佼者，
铁叉烤肥羊拿出一手绝活，
对你老兄我保证感恩戴德。”
老狼道：“我愿意为你效力，
最近我刚死了一位兄弟，
赶快去取皮做件外衣。”
狐狸言听计从，老狼又说：
“若要躲开牧羊犬的折磨，
你非得如此这般不可。”
于是狐狸披上了狼皮，
反复按老师的指点演习。
开始别扭，后来不错，越来越好，
最后惟妙惟肖。
正当狐狸以假乱真，
迎面过来一大帮羊群。
假狼立刻往羊群飞奔，
周围顿时笼罩着恐怖气氛。
犹如英雄帕特洛克罗斯出城，
披挂阿喀琉斯盔甲叫阵[①]，
一下子搅乱了敌营和特洛伊城，
公婆老幼纷纷躲进神庙逃命。
羊群咩咩哭叫仿佛看到狼群，
人和狗赶着羊群急忙逃进村，

① 典出希腊神话。帕特洛克罗斯是英雄阿喀琉斯的好朋友。在特洛伊战争中，他披戴阿喀琉斯的盔甲冲到特洛伊城下，被赫克托耳杀死。阿喀琉斯后来为他报仇雪恨，杀了赫克托耳。

只留下一只母山羊把狼吸引。
假狼鬼子一把叼住母山羊，
此时，只听隔壁公鸡啼唱，
狼的门徒立刻奔公鸡方向，
并把狼皮工作服甩在地上，
忘掉了山羊、功课和师狼，
恢复了狐步走路模样。

装腔作势管什么用?
改头换面难改本性，
只要稍有风吹草动，
虚情假意就露原形。

螯虾母女

聪明人有时像只螯虾，
背朝着港口退走泥沙①。
水手也会玩这套把戏，
这就是所谓韬光养晦，
往往还善于声东击西，
再加上调虎离山妙计。
我这里是小题大做，
有可能涉及征服者②，
他让百头联盟③大惊失色。
不管他要干什么动作，
征服前却不动声色，
然后必有所得④。
谁也看不清他深藏的意图，
都是命运女神在调度，

① 螯虾属于横行动物，但当时不少文人写文章说螯虾是倒行动物。

② 征服者指路易十四。

③ 指奥格斯堡联盟。1686年由日耳曼皇帝出面联合荷兰、瑞典、西班牙、意大利、巴伐利亚等君主组成反对路易十四扩张政策的联盟，英国于1689年加入该联盟。

④ 指路易十四善谋略，经常在战前严密封锁消息，然后搞突然袭击，屡屡得手，胜利后就连他的参谋助手有时也感到莫名其妙。

谁也无法从中拦阻。
潮流终究势不可当。
百仙岂能同朱庇特主神较量！
路易王与命运之神似乎联手，
拉扯着世界往前走。
让我们回到寓言里头。

这天虾妈妈对女儿说：
“老天仁慈，
瞧你走路什么姿势！
难道你不会走直？”
女儿回答说：
“还不是跟你们的模样学！
我能不能走出自己特色？
家人弯弯绕而我更直接？”

女儿说得很有道理，
言传身教都在家里，
潜移默化点点滴滴，
好事坏事都易沿袭。
聪明子孙太难得，
愚蠢后代却很多。
至于声东击西战术好，
带兵作战少不了这一套，
运用自如关键在巧妙。

老鹰与喜鹊

老鹰素有空中女王[①]之称，
与喜鹊马尔格各自飞行，
不论从言谈举止到品性，
或是从所思所好到性情，
以至服饰爱好都不同，
但飞越草地却随缘分，
只是巧合才狭路相逢。
喜鹊见老鹰不由胆战心惊，
幸好老鹰吃饱肚子心不狠，
喜鹊便对老鹰曲意逢迎：

① 法语名词“aigle”（鹰）既是阳性又是阴性，阳性为雄鹰，阴性为雌鹰，这里为阴性，故有空中女王之说。

“让我们结伴而行，
就是朱庇特也有苦闷，
尽管整个宇宙听他号令，
而我就善于给人消愁解闷，
同我聊聊天，不必客气太认真。”
于是喜鹊便信口开河，
东家长，西家短，无所不说，
犹如贺拉斯笔下的人物[①]，
海阔天空褒贬如漫步，
但也比不过喜鹊喋喋不休，
简直是小巫见大巫。
喜鹊对老鹰无事不提醒，
上蹿下跳左右逢迎，
是不是神探上帝也说不清。
多嘴多舌谁也不爱听，
老鹰不禁对喜鹊大喝一声：
“回去守住你的喜鹊窝，
像母鸡一样在家里啰嗦，
我的宫廷不需要贫嘴婆，
播弄是非是最坏的性格。”
高攀不得的喜鹊只好守窝。

天宫并非想象的那么美妙，
神仙的殊荣往往伴随烦恼。

① 指古罗马诗人贺拉斯（前65—前8）《歌集》中的差役米那。其人负责宣读公告，最爱信口开河，说长道短。

衣冠禽兽告密者挑拨是非，
各怀鬼胎浑身生厌发了霉，
犹如喜鹊变幻着黑白灰，
见风使舵搞投机。

狐狸、苍蝇与刺猬

林中狐狸堪称老奸巨猾，
被猎人打伤鲜血染泥沙，
倒在烂泥地里不能再爬，
顿时招来苍蝇密密麻麻，
长翅膀的食客呼呼啦啦。
狐狸怨天尤人竟把神仙骂，
命运无情把他害得好苦，
招引苍蝇叮咬流血伤口。
“怎么！你们敢往我身上飞扑，
殊不知我乃林中灵兽！
请问到底从什么时候，
名菜谱里增加了狐狸肉？
留着尾巴何用，沉痛太别扭？
滚蛋，老天会来把你们结果，
你们这些讨厌的家伙！
你们干吗不靠别人生活？”
附近有只刺猬正在赶路，
他可是我诗中的新人物，
他见狐狸惨状想帮一手，

要把这群贪婪之徒赶走，
于是对狐狸开了口：
“我动用身上每根利刺，
就能把上百只苍蝇成串插死。
狐狸老乡你不必发愁，
让我帮你结束痛苦。”
狐狸婉言谢绝说：
“朋友，你自己保重，万万不可，
索性让他们大吃大喝。
反正他们搜刮得差不多，
如果再换一批叮我血肉，
势必更加猖狂和残酷！”

人间烟火食客何其多，
贪官污吏敲诈，法官当廷勒索，
亚里士多德让寓言广为传播[①]。
举不胜举类似例子，
在我国更是比比皆是。
贪官的肚皮越是鼓圆，
对百姓反而少找麻烦。

① 这则寓言源于《伊索寓言》。亚里士多德在《修辞术》一书中曾引用伊索的这则寓言作比喻。

爱神与疯神

有一天，疯神与爱神一起游戏，
那时候爱神的眼睛十分亮丽。
疯神与爱神忽然开始吵嘴，
爱神想请诸神都来评理，
疯神怎么也沉不住气，
便对爱神狠狠一击，
爱神从此不见天日。
维纳斯要求报复，
为妻为母，鸣冤叫屈，
天神被闹得天翻地覆，
朱庇特和涅墨西斯[①]受惊，

① 涅墨西斯是希腊神话中的报复女神。

地狱判官和各路神仙不宁。
维纳斯指出事情后果严重：
孩子不拄拐杖就寸步难行，
肇事者罪孽之大天理不容，
理应补偿受害者伤痛。
天庭合议全面权衡利弊，
考虑原告和公众利益，
最高法庭最后宣布：
疯神必须提供服务，
为盲目的爱神引路。

乌鸦、羚羊、乌龟与老鼠

羚羊、老鼠、乌鸦和乌龟，
团结友爱生活在一个集体。
他们选择一处栖息地，
人迹罕至，十分隐蔽。
但太不实际！
人总会找到蛛丝马迹。
即使茫茫荒漠无边际，
即使海阔天空深无底，
动物都难逃人类诡计。
正当羚羊无忧无虑独自玩耍，
一只该死的猎狗偷偷出发，
为主人的野趣到处冲杀，
来到草地搜寻羚羊蹄花。
羚羊闻风赶紧逃跑。
开饭时老鼠不禁唠叨：
“怎么今天如此不巧，
只有我们三人开灶？
难道羚羊把我们忘了？”
乌龟马上应声喊叫：

“如果我像乌鸦，
长着翅膀会呼啦，
我就立刻动身去找她，
起码知道快腿伙伴怎么啦，
到底在什么地方出了差，
该不会有三长两短回不了家……
她不在我心里总七上八下。”
乌鸦二话没说就起飞，
远远发现了羚羊冒失鬼，
只见她垂死挣扎在罗网里。
乌鸦立刻回头报告事态紧急。
可是龟和鼠提出大堆问题，
不外乎何时何地怎么地，
羚羊才会落到这般田地，
废话连篇白白把时间浪费，
犹如师爷教诲不着边际，
左右不是，似是而非。
乌鸦飞来飞去打听消息。
据此三位朋友连忙开会。
最后决定两位连忙动身，
一口气赶到出事陷阱。
于是乌鸦当机立断：
“乌龟留下把家看管，
她爬得太慢，
等她赶到时羚羊早已完蛋！”
说完火速前往救援，

羚羊是多么可爱的伙伴，
忠实的羚羊离山太可怜。
乌龟心有余而力不足，
本想陪伴乌鸦和老鼠，
到现场一起搭救，
只可恨腿短难走路，
更何况还背负大房屋。
啮齿动物名副其实，
老鼠身怀咬绳绝技，
咬断罗网救出羚羊，
姐弟相见欣喜若狂。
此时猎人一看大叫：
“谁把我的猎物放跑？”
老鼠闻声躲进洞里逍遥，
乌鸦则呱呱飞上了树梢，
羚羊早已消失在山林小道，
猎人几乎气昏了头脑，
一点线索也没有找到，
却发现乌龟怒气顿消：
“有失有得何必烦恼？
做顿美餐不也很好！”
猎人把乌龟放进猎囊，
若不是乌鸦通知了羚羊，
乌龟很可能就成了替罪羊。
只见羚羊故意装作瘸腿，
抛头露面引诱猎人来追，

猎人果然上当顾此失彼，
把身上东西通通撂地；
老鼠趁机施展齿威，
咬碎猎囊救出乌龟。
乌龟差点成猎人晚餐美味。

《比拜寓言》说了来龙去脉，
我无意祈求太阳神关怀①，
我只是为您一展长诗风彩，
可比《伊利亚特》和《奥德赛》②。
老鼠也许是史诗的主人公，
老实说哪个角色都很重。
乌龟负重但言辞犀利，
乌鸦善于探密传信息，
羚羊随机应变巧设计，
猎人为老鼠作业提供良机。
各种人物各就各位，
介入，行动，工作积极，
谁该得奖？如若信我，奖在心里。

① 太阳神阿波罗管缪斯九女神，乃诗神之首，拉封丹是诗人，自然应拜倒在太阳神门下。

② 《荷马史诗》名。

猫狗之争与猫鼠之争

纷争女神统治世界纷争四起，
你争我夺例子何止千计，
纠纷女神无处不设神位，
让我们先从基本元素[①]说起：
你听了也许会大惊小怪，
它们处于相生相克状态，
水、火、土、气称王称霸，
竟会有千奇百怪变化，
搅得天下老在打架！

从前有一家养了狗和猫，
百条家规行之有效，
猫狗从此不再争闹。
主人分配任务规定伙食，
谁敢闹事便动用鞭子，
家畜亲密无间相安无事，
兄弟团结感动邻里连连称是。

① 古希腊唯物主义哲学家认为，世界是由水、火、土、气四种基本元素组成，它们变化无穷，构成现实的存在。

然而好景不长。
就为了几根骨头一碗汤，
主人偏心眼亲疏不一样，
激怒了受歧视的一方，
要求公平对待得到补偿。
我看史学家早就有主张，
规定下崽的母狗更吃香。
不管怎么样，
争执闹翻了餐厅和厨房：
猫派和狗派纷纷表立场。
主人草草宣判正负方，
猫派不服全区皆惊惶。
猫派律师要求翻老账，
于是猫派找根据一阵瞎忙，
先找到藏文件的小洞墙，
谁知耗子把文书早啃光。
于是又增一纸诉讼状，
老鼠家族遭了大殃，
更何况老猫机敏奸诈又乖张，
恨不得把鼠辈一扫光，
窥伺，捕获，扒皮吃肉肠。
主人歪打正着反落得好收场。

我还是回到开头的话题。
天下万事万物皆有对立，
自然规律不可回避。

若问个中道理，恐怕大可不必。

上帝为其所为，不才岂知天机。

但我知道大吵大闹讨是非，

往往是为了鸡毛蒜皮，

大半人生空叹息。

人过花甲直奔古来稀，

还得回头进校再学习。

G. Doré
PANNEMAKER-DOMS

森林与樵夫

樵夫废弃了一根木头，
一时做不成把柄来装斧头，
这一损失岂能短时间弥补，
森林暂时免受刀斧之苦。
最后樵夫苦苦哀求，
请森林高抬贵手，
允许他轻轻动手，
将一根树枝带走，
好装好他的板斧。
樵夫说他要到他乡谋生路，
让这里高高长大橡树和松树，
老当益壮，翩翩风度，备受爱护。

善良的森林便献出了柄木。

樵夫安好斧头，森林来不及悔悟。

卑鄙小人何其歹毒，

竟对恩人大打出手，

砍伐森林大刀阔斧。

森林唉声叹气连声叫苦，

提供斧柄为何反挨斧？

这就是世态炎凉心隔肚，

利用好心下毒手。

过河拆桥的故事说烂了舌头。

绿树成荫为何惨遭凌辱？

岂不令人痛心疾首！

唉！我自讨没趣大声疾呼，

奈何到处是背信弃义之徒，

恩将仇报花样无奇不有！

狐狸、狼与马

有只狐狸虽小却很狡猾，
他平生第一次看到马。
他对一只幼狼说道：
“快去，有只动物正在吃草，
长得漂亮个子也挺高，
我看他心情特别好。”
狼不由笑开腔：
“难道他比我们还强壮？
请你说说他长得什么样。”
狐狸立刻回答：
“我若是学生或画家，
我就会说得你乐开花，
你见了肯定叫呱呱。
还是去吧！谁能说得清楚？
也许是老天给我们送来猎物。”
他们一起走了过去，
马对来客不感兴趣，
只顾吃草低头不语，
甚至准备扬蹄而去。

狐狸连忙上前说道：
“老爷，在下有礼请教，
敢问尊姓大名何称号？”
骏马可不是傻头傻脑，
只听他出口成章头头是道：
“两位先生要知鄙人名号，
请看看铁蹄就能知道，
我的鞋匠钉得很牢！”
狐狸推说自己学识浅薄：
“我的父母没让我上学，
家里太穷只有一个巢穴。
狼父母乃名门大老爷，
狼公子才高学富五车。”
狼被吹捧得洋洋得意，
便欣然靠近马蹄；
骏马抬腿狠踢一下狼下巴，
虚荣心使狼丢了四颗大牙。
小狼倒大霉立刻倒地，
痛得死去活来鲜血淋漓。
狐狸趁机对小狼说事：
“兄弟，智者之言得到证实，
你的下巴留下动物蹄（题）词：
聪明人从不轻信未知。”

鹞鹰、国王与猎人

一位猎人活捉一只鹞鹰，
鹞鹰在巢穴里拼命扑腾；
猎人想把鹞鹰献给国王，
物以稀为贵可以得重赏。
猎人毕恭毕敬将神鸟献上，
这个故事任凭虚构想象，
鹞鹰肯定会径直飞向，
捷足先登在陛下鼻梁上。
“什么！上了国王鼻梁！”
“老鹰见鼻子就上，
国王与百姓一个样！”
“难道国王当时没手持权杖？
或者头戴王冠威风扬？”
“有没有其实没两样，
王鼻不比普鼻吃香。”
朝臣们吵吵嚷嚷惊惶失措，
上火着急也无可奈何。
国王倒是没有冲动，
大喊大叫有失君王体统。

大鸟继续高踞王位，
大家只劝他暂时回避。
主人唤他骂他叫苦不迭，
威逼利诱挥拳跺脚也没辙。
看来到明天还得折腾，
该死的鹞鹰张爪蛮横，
充耳不闻傲视群雄，
有意在御鼻上歇至天明。
生拉硬拽惹火了鹞鹰野性。
但鹞鹰最终还是退下宝座，
国王并未曾追究过错：
“鹞鹰及其主人罪不轻饶，
献鸟有功功过抵消。
鹞鹰前来进贡，
猎人亲自送进宫，
朕知道该如何裁定：
鸟与人一律免刑。”
宫廷一片欢呼声。
佞臣趁机歌功颂德，
一味吹捧却不效圣上美德，
王公诸侯口是并非心悦。
倒是进贡之人逃过一劫。
猎人和鹞鹰如果有错，
就是不懂投君如投火。
他们对山林猎物知之甚多，
却不明白宫廷有杀身之祸！

印度《比拜寓言》很生动，
说恒河人不肯杀生，
就是国王也不忍心。
君主们说起猛禽无不动容：
“谁能说我们手中这只飞禽，
当年就不曾战斗在特洛伊城？
也许就是某位王子或英雄，
来自富贵的最高层，
过去是贵人，将来就不会是孬种。
我们信仰毕达哥拉斯[①]，
我们灵魂转世变成动物形式，
也许变成鹞鹰，也许变成鸽子，
这代是人，下代可能长飞翅，
在空中成家立业展英姿。”

这段故事说法颇多，
驯鹰人的遭遇还有一说：
从前有一位训隼猎人，
打猎时捉到一只鹞鹰，
（其实并不可能）
便想带去向国王进贡，
鹞鹰毕竟是珍稀猛禽，
百年难遇这等好事情。
在训隼史上堪称造极登峰。

① 毕达哥拉斯（约前580—约前500），古希腊哲学家，认为灵魂不灭，会轮回转世。

猎人从朝臣队伍中穿过，
左右逢源，兴致勃勃，
一生也没有这么快活。
这贡品乃天下头等稀罕，
他以为献国王可以时来运转。
这鹞鹰虽然佩戴铃铛，
野性不改依然嚣张，
利爪尖锐如钢，
一把抓住猎人的鼻梁，
然后又猛然扑向可怜的国王，
国王吓得大叫大嚷，
朝臣们大笑哄堂。
谁不笑才见鬼！
你就是让我做皇帝，
我也会笑破肚皮。
就是教皇见了也难免破涕，
我虽不敢保证但深信不疑。
如果为人君者不苟言笑，
国王处境一定很糟糕，
欢笑乃神仙乐道。
朱庇特和诸神也爱笑闹。
据神话故事记载，
火神伏尔甘一瘸一拐，
向主神敬酒博得大笑开怀。
且不管众神是否失礼，
我改变说法自有正理，

因为事关道德修养大计，
猎人的冒失固然可气，
我们是否能从中获得新教益?
无论时代变化如何，
愚昧的献媚者总比明君多。

狐狸与火鸡

为了抵御狐狸骚扰，

火鸡们把树当城堡。

狡诈的狐狸围城绕一绕，

发现火鸡个个站岗放哨。

狐狸不由大叫：

“怎么！这帮家伙竟把我嘲笑！

异想天开在劫也想逃掉！

不，不行，没人能替天行道！”

狐狸说到做到。

当时一轮明月高高照，

似乎对狐狸不太友好，

倒是对火鸡格外关照。

狐狸搞围城很有一套，
一肚子坏水汩汩往外冒。
他时而假装爬墙垫脚，
时而躺倒装死，时而活蹦乱跳。
大丑阿勒奇诺[1]本事再高，
这么多角色未必演得了。
只见他翘起尾巴玩技巧，
油亮发光耍花招；
火鸡死死盯住狐狸尾巴摇，
不敢合眼睡个囫囵觉，
尽管被敌人弄得很疲劳。
时间长了眼睛哪里受得了，
可怜火鸡晕头晕脑，
一个个开始往下倒；
狐狸一只一只往旁边撂，
鸡群大半被收拾掉，
送进狐狸食品储藏窖。

大敌当前如果太紧张，
往往会上当自投罗网。

① 阿勒奇诺，17世纪初意大利喜剧演员，因他创造了一个穿彩衣、戴黑面具的丑角形象而闻名欧洲。

斯基泰哲学家

有个哲学家住在斯基泰[①]，
艰苦生活后想来点愉快，
来到希腊各地走一走，
遇见一位智叟十分和蔼，
颇有维吉尔诗中老翁气派[②]，
他比国王和神仙还要自在，
自食其力，知足自爱，
美化园林便是幸福所在。
哲学家见老人手里拿着剪刀，
正在为果树剪除多余枝条，
这里剪几剪，那里砍几刀，
天然果林得到精心照料，
硕果累累得益于剪裁功效。
哲学家看了不禁奇怪：
“为什么要对果树进行破坏？

---

① 斯基泰是黑海北岸古国，那里环境荒蛮，生活艰苦。犬儒主义先驱哲学家阿那卡尔西斯便出生在这里。后来他到希腊旅行，曾是“七贤宴”嘉宾。回国后他因在家乡崇拜谷物女神得墨忒耳而惨遭杀害。

② 典出维吉尔《农事诗》中的一个老翁形象。老翁隐居田园，过着悠闲自得的幸福生活。

对可怜的树民强行剪枝，
这样的举动也算明智？
请放下破坏性剪刀，
时间自有公道，
树木死了也得下地狱报到。”
智叟答道：
“我砍除的是多余枝条，
留下的就会长得更繁茂。”
哲学家回到荒凉的老家，
也持刀斧对树木乱加砍伐；
左邻右舍亲戚朋友都来仿效，
全村掀起剪枝高潮；
他竟然剪除枝中最秀，
该剪的不剪，该留的不留，
不管刮风下雨，不问是春是秋，
从月缺一直剪到月圆时候，
结果弄得死的死枯的枯。
这个斯基泰人的思想方法，
很像斯多葛派哲学家[①]；
他对我们灵魂大剪裁，
不许有欲望，不准谈情爱，
不问是善是恶，不管是好是坏，
甚至不许保留最纯朴的心态。

---

① 斯多葛派哲学是古希腊罗马的一个哲学派别，早期主张顺应自然，晚期则宣扬消极厌世的宿命论，主张禁欲主义，鄙弃财富，认为“肉体是灵魂的桎梏”。

对待这派人，恕我不敢恭维，
他们要从我们心中根除动力，
使我们未老先衰，失去生活意义。

大象与朱庇特的猴子

从前大象和犀牛誓不两立，
在帝国内展开争权夺利，
决定以现场决斗论高低。
决斗的日期刚刚确定，
却报朱庇特的神猴驾临，
只见他手持神杖驾行云。
此猴叫吉尔，史书有其名。
大象摇头晃耳不假思索，
认为猴子是主神使节，
特来参拜本王爷，
不由扬扬得意，
等候神猴把国书呈递，
但总觉得猴子慢条斯理。
吉尔先生终于路经此地，
顺便向大象阁下表示致意。
大象本要待以大使大礼，
可猴子却只字不提。
大象以为天神关心自己，
可天神们竟不知决斗消息。

其实不管你是苍蝇还是大象，
与诸位天神能有什么关系？
大象只好先开口把话提：
“王兄朱庇特高高在上，
会看到一场激战就要打响，
整个天庭将有好戏欣赏。”
猴子正色问道：
“什么战斗？”
大象答道：
“怎么！您竟然还不知道？
犀牛正跟我争夺地位，
大象国已同犀牛国针锋相对。
这两个王国您应当熟悉，
它们毕竟小有名气。”
吉尔先生回答倒也客气：
“听说有这等国名很高兴，
不过大天庭从未谈此类事情。”
大象不胜惭愧和吃惊：
“那您来此有何使命？”
“我来为几只蚂蚁分段草根，
我们对天下一视同仁。
至于你们的纷争，
尚未在天庭大会中讨论。
天神眼里大小国家一律平等！”

疯子与智者

有个疯子向智者扔石头，
智者连忙转身躲开，
还感谢疯子照顾：
“朋友，你干得好，请收下报酬，
这点小钱聊报您的辛苦。
俗话说种豆得豆，
你看那人正过路，
他会给你把钱付。
你扔去一块石头，
就会得到一份报酬。”
疯子为智者所利诱，
便向过路市民挑斗，
但这次赏银没得手。
只见保镖一拥而上，
对疯子一顿狠揍，
打得他断了脊骨，
打得他头破血流。
这样的疯子国王身边就有，
他们加害于你只为讨好君主，

难道你能对他们下毒手，
阻止他们进谗言喋喋不休？
你的权力恐怕远远不够。
你得设法移花接木，
借强权之刀报仇。

英国狐狸

——致哈维夫人[1]

英国人思想格外深邃。
英国狗比法国狗鼻子敏锐；
英国狐狸甚至狡猾百倍，
我不妨举一个事例。
有只英国狐狸要逃跑，
便耍了一个花招，
虽然没有实践过，
但经过反复思考。
跟踪狐狸的是群尖鼻猎狗，

① 哈维夫人，英国人，是英王查理二世派驻土耳其大使的遗孀，在伦敦与法国文人团体过从甚密。

猎狗把狐狸逼上穷途，
有个绞刑架立在末路。
只见上面吊着许多优秀动物，
不外乎獾、狐狸、猫头鹰之流，
他们往往被看作害兽，
这叫作杀鸡教猴，以儆效尤。
狐狸看见一排死难的林友。
犹如汉尼拔[①]被罗马人追逐，
耍尽诡计与敌人斗智谋，
金蝉脱壳逃出了敌手。
大群猎犬追到这里，
发现狐狸充当吊死鬼，
不由发出一阵狂吠，
声嘶力竭甚嚣云际，
猎人无法使狂吠平息，
他想不到狐狸会耍可笑诡计。
猎人不由自言自语：
“这家伙莫非钻进地里?
可猎狗明明冲着绞架尸体，
上面好些人物颇有名气。
那混蛋很可能混在那里！”
猎人过去查找，
猎狗汪汪乱叫，

① 汉尼拔（前247—前183），迦太基统帅，善谋略，多次出奇兵制胜。有一次陷入罗马军重围，他用火牛误导敌军进攻方向，从而掩护了迦太基部队撤退。

狐狸只好挺身上吊，
以为略施小计便可逃之夭夭，
但这一次，却钻进了自己的圈套，
可怜聪明的狐狸在劫难逃。
可见随机应变多么重要！
猎人为了自身安全，
决不会玩弄老套，
倒不是因为脑子不开窍。
是不是有人不承认这样的事实：
英国人并非因为吃不好，
而是因为对生活的爱太少，
才会导致有不少人自杀上吊？

太阳与青蛙[①]

泥沼地里的青蛙得天独厚，
深得宇宙之王关爱和护佑[②]，
既避免战祸，又无贫困之忧，
大灾大难从此远离这个民族。
池塘女王却大出帝国风头。
我说的是池沼蛤蟆之流，
（因为事物总得有个称呼，
尊称不尊何费踌躇）
竟敢对恩人耍弄阴谋，
变得叫人无法忍受。
暴躁，傲慢，忘恩负义，
皆因命运太顺利，
洼地青蛙顿时噪声四起，
吵得大家不能安睡。
只要有人稍感兴趣，
蛙叫就会此伏彼起，

① 这是一则政治寓言，与第六卷第十一则同名，但含义有很大差别，口气也更加咄咄逼人。拉封丹在这里公开批评荷兰对抗法国的政治态度。

② 泥沼地影射低洼之国荷兰；宇宙之王即太阳，指法国“太阳王”路易十四。

喧闹声惊天动地，
对天目[1]发泄怨气：
“太阳将把天下焚毁，
务必尽快拿起武器，
组成浩浩荡荡的军队。”
太阳刚刚露出微笑，
出使蛤蟆便哇哇乱叫，
到世界各国瞎蹦乱跳。
全世界都听到青蛙鼓噪。
似乎太阳车轮滚滚，
把洼国的利益蹂躏，
沼泽蛤蟆群情激愤。
青蛙何必怨声载道，
简直是无理取闹，
还是闭嘴为妙，
别再大喊大叫。
太阳一旦发火，
青蛙将自尝苦果，
水国必陷入水深火热，
到时候恐怕来不及悔过。

① 天目即太阳。

鼠盟

小耗子生来怕猫，
有只老猫早就窥守过道。
面对严峻形势如何是好？
精明小耗子便向邻居讨教。
这位老鼠先生心气很高，
贵族出身只是中落家道，
但住的公馆仍似富豪，
据说他最爱吹牛放炮：
既不怕公猫，也不怕母猫；
既不怕牙咬，也不怕爪挠。
鼠爷振振有词道：
“小姐，不瞒你说，

我个人势单力薄，
很难赶走威胁你的老猫。
但把周围所有耗子集合一道，
我就可以叫那家伙好瞧。”
小耗子对老人家屈膝领教，
于是老耗子连奔带跑，
来到食品储藏地窖；
主人请客好不热闹，
大吃大喝有说有笑；
鼠爷赶到气喘吁吁，
只感到浑身发毛。
有只老鼠见状问道：
“怎么啦？有话快叨叨！”
鼠爷神色匆忙答道：
“长话短说，我来不惜绕远道，
是为救一位鼠辈小同胞，
因为那只大雄猫，
已经开始大清剿。
这可是贼猫中的鬼猫，
吃完小妞就吃我等遗老。”
大家听了都把决心表：
“没错。嘘！嘘！武器准备好！”
几只母老鼠热泪往下掉。
同仇敌忾，无人能阻挠，
人人拿起刀和矛，

背囊上还装了块奶酪[1]，
人人誓死不动摇。
只见老鼠成群结队凑热闹，
个个兴高采烈斗志高。
但是老猫毕竟有高招，
早已把耗子小姐脑袋叼。
为了拯救耗子小同胞，
老鼠联军大踏步向前包抄；
但老猫非但没有把猎物放掉，
对敌军却发出雷鸣般咆哮，
耗子们历来胆子小，
害怕大祸临头，
首鼠两端不敢再大吵大闹，
个个望风而逃，
躲进洞里把小命保，
谁要不知趣，当心老雄猫[2]！

① 影射荷兰，因为荷兰盛产奶酪。
② 影射法国国王路易十四。

多情郎与无情女

从前有一位美丽姑娘，
无视爱神的神圣力量，
阿西马杜尔名传四方。
她骄傲，清高，常在林中独步，
爱在绿草地上翩翩起舞，
任性到目中无人程度。
论美丽国色天香，
论无情天下无双；
一颦一笑皆动人，
生气发火也牵魂，
就不知谁能博得姑娘欢心。
达佛尼斯是高贵牧人，

长得漂亮而且年轻，
不幸爱上了冷美人，
但得不到美人垂青，
哪怕看一眼，哪怕道一声，
姑娘对青年就是无动于衷。
青年终于灰了心，
只有以死断红尘，
绝望之中找上门，
见一面无情情人也甘心。
唉！青年痛苦的陈述付东风，
姑娘不屑开门缝，
生死攸关的屋子里多嘉宾，
薄情姑娘庆生日，
花团锦簇百媚生，
花园献宝，大地赠春。
小伙子对屋里大声呼喊：
“我就殉情在你眼前，
我知道你对我特别讨厌，
竟然不肯给我一丝苦恋，
我早已领教过你的冷艳。
我已对父亲提出要求，
死后遗产归你所有，
尽管你不屑一顾。
我还要赠给你牧场，
羊群和牧犬一起送上；
我还将委托我的伙伴，

利用剩下的财产，
建造一座神殿，
你的塑像供奉里面，
神坛周围鲜花四季开放。
一座石碑立在殿旁，
把下面碑文刻上：
达佛尼斯为爱而死，
路人请驻足哭之，
口里念念有词：
‘此人为无情阿西马杜尔殉情。’”

说着，不觉命运女神逼近，
他本想继续诉说不幸，
但痛苦提前要命。
此时无情人花枝招展走出，
大家希望她稍事留步，
为殉情郎滴泪一哭。
但她对美神之子不屑一顾。
从当晚开始，她甚至变相羞辱，
围绕爱神塑像夜夜歌舞，
爱神像因此气愤倒塌，
冷面美人被压垮，
只听云头有人说话，
回声隆隆传遍天下：
“从此人皆有爱，
无情人不复存在。”

就在此时此刻，
达佛尼斯之灵已到冥河，
不由惊讶得浑身哆嗦，
只见无情情人前来会合。
全地狱都看见美丽的杀手，
只听她向牧人苦苦哀求，
原谅她的无情冷酷。
但牧人不屑一顾，
犹如埃阿斯不甘屈辱[①]，
蒂东恨别英雄王子泪空流[②]。

① 典出希腊神话。埃阿斯是特洛伊战争中的希腊英雄，因海洋女神将象征胜利者的阿喀琉斯盔甲赠送给乌利西斯而没有赠给自己而感到奇耻难忍，自刎而死。

② 典出罗马神话。蒂东（一译狄多）是迦太基女王。特洛伊英雄埃涅阿斯落难漂流到地中海南岸时，爱神维纳斯把他送进迦太基城，并在蒂东女王心中燃起对英雄的爱欲。正当两人热恋之际，主神朱庇特派墨丘利宣埃涅阿斯快回意大利，他不得不背弃山盟海誓离开蒂东，致使女王含恨自焚。蒂东自焚的爱情悲剧在西方文学作品中多有反映。

猴　子

巴黎有只猴子，
主人为他娶了妻子。
猴子做丈夫不称职，
却学会打妻子。
可怜猴夫人唉声叹气，
忍无可忍终于断了气。
猴儿子呜冤叫屈，
乱喊乱叫也是多余：
母亲死了，父亲反倒开心，
他早学会厌旧喜新；
但改不了打人，
还经常出入酒店醉醺醺。
猴子模仿干坏事，
写书剽窃最可耻[1]。

① 这则寓言可能影射法国诗人和辞书编纂家菲雷蒂埃（1619—1688）。1684 年他获准编纂法语词典，但不久被指控侵犯他人著作权而被开除出法兰西文学院。他还写过一部寓言诗，自吹超过拉封丹的水平。

法官、医士与隐士

有三位圣徒恨不得灵魂得救，

心往一处想，面对同一前途，

三个人可谓同道不同路。

条条道路通罗马，

殊途求同归，各有各的办法。

第一位有感于官司难打，

苦恼，纠纷，拖拖拉拉，

便自告奋勇义务执法，

当法官务求光明正大，

但并不求致富发家。

有法律就得治罪，

人生大半官司累；

半生就是大半辈，
美好年华白浪费。
相信自己可明断是非，
定要根除诉讼狂热怪癖。
第二位圣徒愿意从医。
我对他的选择十分钦佩，
为别人解除痛苦乃大慈悲。
当时的病人与今人并无异，
难免给医护人员添憔悴，
忧虑，烦躁，动不动发牢骚：
“他对有些病人尤其关照，
对亲友特周到，却让我们旁边靠。”
医疗麻烦难比司法暗礁，
小巫见大巫微不足道，
因为不管原告被告，
总觉得断案不公道；
双方都说不公正，
法官的天平从来不平。
此类议论令判官失望，
便到医院探望老院长，
圣徒见圣徒见面就诉苦，
事与愿违不如辞职退休，
一起到寂静山林排忧解愁。
他们俩来到危岩泉水旁，
岩洞躲风避雨不见太阳，
第三位圣徒在洞里纳凉，

后来者便向隐士请教短长。
隐士便对两位朋友说道：
“首先应当向自己求教，
谁能比自己更了解自己需要？
学会自知乃第一门道，
这是天主对世人的谆谆教导。
你们在尘世是否有自知之明？
唯有六根清净才能清醒。
他处寻福必然铸成大错。
把水搅浑，你能看清自己本色？
不信你们把这池清水打破！”
“浑水怎么能照清自我？
还不是雾障云遮，
清水照人清，浊水照人浊。”
隐士语重心长说：
“兄弟，只要让浊水清净，
就可把自己本来面目看清。
请留下静修以图更好自省。”
圣徒三人殊途同归隐。

并不是说从业不该有麻烦，
诉讼和生老病死在所难免，
总会有人做医生或当法官。
谢天谢地，现在并不缺此类服务，
我对名利之重已大彻大悟，
但人们为名利随波逐流，

竟忘了自己本来面目。
哦，法官、大臣和王侯贵族，
你们办公事忙忙碌碌，
多灾多难弄昏了头；
忧患使你们屈服，
享福使你们腐朽；
你们看不清自己真面目，
你们也看不清别人意图。
即使豁然开朗有所悟，
又被阿谀逢迎打断思路。

这个教训作为本书结束，
但愿能为未来世纪造福！
权且向王公贤达们献丑，
我还能向何处迈好最后这步？

拉封丹年表

1621 年 7 月 8 日出生于法国东部香槟地区小城迪埃里堡（Château-Thierry）。祖父经商，颇有家资，藏书丰富；父亲是当地林泽总管兼狩猎队长。拉封丹从小受到良好的文化熏陶，在大自然的怀抱中长大，对山林水泽和动植物有特殊的感情。

1641 年进巴黎奥拉托神学院修神学，开始博览群书。

1642 年离开巴黎回乡。

1646 年赴巴黎学法律，获巴黎最高法院律师资格。

1647 年由父母包办，与年仅 14 岁的玛丽 · 埃丽卡小姐结婚，由于年龄悬殊，性格不合，夫妻感情并不融洽，小夫妻经常两地分居。拉封丹经常客居巴黎，结交文人诗友，包括诗人莫克鲁瓦、菲雷蒂埃等，诗歌才华日渐显露。

1654 年发表诗剧处女作《宦官》。

1658 年拉封丹父亲病故，继承父业。不久去职到巴黎定居。

1659 年投靠财政总监富凯，获年金，为富凯写了许多田园诗、爱情诗、抒情诗、颂歌和回旋诗等。结识塞维涅夫人等文学家。创作《沃堡之梦》，赞美富凯的豪华城堡。

1661 年国王因妒忌富凯生活奢华而下令将其逮捕入狱。拉封丹失去年金，但不忘旧情，创作了《哀沃堡的森林女神》。

1662 年法国首相马萨林侄女玛丽－安娜 · 芒西妮与迪埃里堡贵族

布庸公爵结婚，出面保护拉封丹。

1663 年作《国王颂》，请国王赦免富凯。事与愿违，反而得罪朝廷，避难利穆赞。

1664 年回巴黎，投靠卢森堡宫，为奥尔良公爵夫人侍从，并受其保护。从此得以出入上流社会沙龙，结识莫里哀、拉辛、波瓦洛等剧作家。

1665 年出版两集《故事诗》，在文学界小有名气。

1668 年 3 月 11 日出版《寓言诗》第一集，共 6 卷，124 首，反响强烈。两年内一连出 6 版。

1669 年发表韵文小说《普绪喀与朱庇特的爱情》。

1671 年《故事诗》续集出版，发表 8 首新创作的寓言诗。

1672 年保护人奥尔良公爵夫人去世，拉封丹失去经济来源，投靠银行家之妻德 · 拉萨布里埃尔夫人，寄居小田园新街府第，一住 10 年。

1673 年发表宗教诗《圣马尔克被俘》。

1674 年发表歌剧《月桂女神》《拉封丹新编故事诗》。

1675 年发表《佛罗伦萨人》。

1681 年翻译古罗马作家塞涅卡的《书简》。

1682 年发表诗《金鸡纳霜》。

1684 年当选法兰西学院院士。

1685 年发表 11 首寓言诗新作。

1687 年发表书信《致于埃》，在法国文学界“古今之争”中站在守旧派一边。

1691 年发表诗剧《正义女神》。

1693 年发表最后一卷《寓言诗》。

1695 年 4 月 13 日在巴黎病逝，享年 74 岁。

图书在版编目（CIP）数据

拉封丹寓言 /（法）让·德·拉·封丹著；杨松河译.
-- 北京：华文出版社, 2021.3

ISBN 978-7-5075-5444-1

Ⅰ.①拉… Ⅱ.①让… ②杨… Ⅲ.①寓言 – 作品集
– 法国 – 近代 Ⅳ.①I565.74

中国版本图书馆CIP数据核字（2021）第039116号

拉封丹寓言
LAFENGDAN YUYAN

作　　者：〔法〕让·德·拉·封丹
译　　者：杨松河
插　　图：〔法〕古斯塔夫·多雷
策　　划：杨　平
责任编辑：郭俊萍
特邀编辑：李小琴
出版发行：華文出版社
社　　址：北京市西城区广外大街305号8区2号楼
邮政编码：100055
网　　址：http://www.hwcbs.com.cn
电子信箱：silkroadlibrary@qq.com
电　　话：总编室 010-58336239　发行部 010-58336267
　　　　　责任编辑 010-58336254
经　　销：新华书店
印　　刷：北京画中画印刷有限公司
开　　本：710×1000　1/16
印　　张：42.75
字　　数：320 千字
图　　片：166 幅
版　　次：2021 年 3 月第 1 版
印　　次：2021 年 3 月第 1 次印刷
标准书号：ISBN 978-7-5075-5444-1
定　　价：88.00 元
